୨ଟି

ରୋମାଣ୍ଟିକ ଜହ୍ନରାତି

ଦୁ ଇ ଟି ଉ ପ ନ୍ୟା ସି କା

୨ଟି
ରୋମାଣ୍ଟିକ ଜହ୍ନରାତି

ରମେଶ ପଟ୍ଟନାୟକ

ବ୍ଲାକ୍ ଈଗଲ୍ ବୁକ୍ସ
ଭୁବନେଶ୍ୱର, ଓଡ଼ିଶା

BLACK EAGLE BOOKS
Dublin, USA

ଦୁ ଇ ଟି ଉ ପ ନ୍ୟା ସି କା

୨ଟି
ରୋମାଣ୍ଟିକ ଜହ୍ନରାତି

ରମେଶ ପଟ୍ଟନାୟକ

ବ୍ଲାକ୍ ଇଗଲ୍ ବୁକ୍ସ

ଭୁବନେଶ୍ୱର, ଓଡ଼ିଶା

BLACK EAGLE BOOKS

Dublin, USA

BLACK EAGLE BOOKS

USA address:
7464 Wisdom Lane
Dublin, OH 43016

India address:
E/312, Trident Galaxy, Kalinga Nagar,
Bhubaneswar-751003, Odisha, India

E-mail: info@blackeaglebooks.org
Website: www.blackeaglebooks.org

First International Edition Published by
BLACK EAGLE BOOKS, 2022

2ti Romantic Janharati
by **Ramesh Patnaik**

Copyright © **Ramesh Patnaik**

Cover & Interior Design: Ezy's Publication

ISBN- 978-1-64560-306-1 (Paperback)

Printed in the United States of America

ଉତ୍ସର୍ଗ

ତୁମକୁ ସବୁଠି ଖୋଜିଛି ।
ସଚରାଚର ସମସ୍ତ ଜୀବାତ୍ମା ଭିତରେ
ତୁମରି ସତ୍ତାର ସନ୍ଧାନ କରିଛି ।

ଗୀର୍ଜା ଓ ମନ୍ଦିରରେ ତୁମେ
କାଳେ ଥିବ ଅଦୃଶ୍ୟ ରୂପରେ !

କିମ୍ବା ଅରଣ୍ୟରେ ଥିବ
କେଉଁ ବୋଧି ବୃକ୍ଷ ମୂଳେ ?

ଅସମୟେ, କାଳ ଅକାଳରେ
ଉପରୁ ଓହ୍ଲାଏ ଯିଏ
ଅବତାରୀ ହୋଇ
ସେ କେମିତି ବ୍ୟାପିବ ସର୍ବତ୍ର ?

ପିତା ମାତା ବ୍ୟାପିବେ କେମିତି
ବାୟୁ ପରି, ବାଷ୍ପ ହୋଇ
ଆକାଶ ଓ ମାଟିସାରା ?

ପରମଧାମ ନିବାସୀ,
ତୁମେ ଯଦି ଏକେଲା ପୁରୁଷ
କେମିତି ବିରାଜିବ ସତ୍ତାରେ ଅନେକ
ନିରାକାର ଜ୍ୟୋତିର୍ମୟ:
ସାକାର ଲୋକରେ ଦୃଶ୍ୟମାନ
ଅନନ୍ତ ଅବଧି ଯାଏଁ ଜଳୁଥାଏ ଯିଏ
ନୁହେଁ ଅନ୍ୟ କେହି
ସେହି ଖଦ୍ୟୋତଟି ଏକା ମୁଁ...

ପ୍ରଥମ ଭାଗ

ଜହ୍ନର ଗୋପନୀୟତା

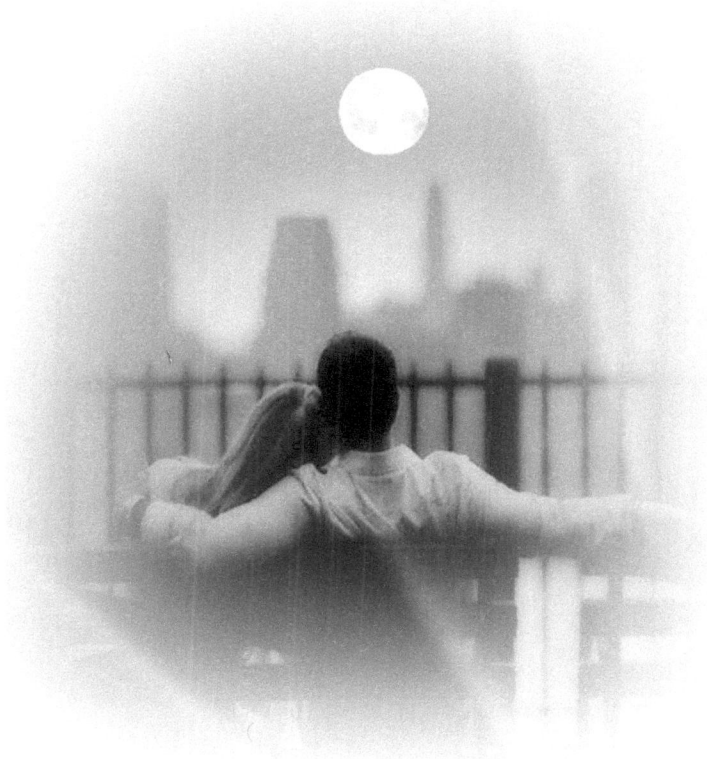

- ୧ -

ମୋହିନୀପୁରରେ ମୋର ଜଣେ ଶତ୍ରୁ ଅଛି। କିଏସେ? ସେଠି ନିତି ଅସ୍ତ ଯାଉଥିବା ଜହ୍ନ ଯିଏ ଲୁଟିନିଏ ମୋର ଗୋପନୀୟତା। ଏହେତୁକି ପଦ୍ମା ସହ ମୋ ନିବୁଜ ସଂପର୍କକୁ ଧରା ପକେଇ ଦିଏ ତାର କିରଣ।

ମନଭିତରେ ହେ ଗୋପନୀୟ ଦୁଆରହିଁ ଜହ୍ନ।

ଆକାଶରେ ଜହ୍ନ ଚହଲିଗଲେ ପୋଖରୀରେ ପଦ୍ମାର ରୂପ ଚହଲିଯାଏ।

ମୁଁ ଏବେ ପଦ୍ମାର ପ୍ରତିବିମ୍ବ ଚହଲିବାକୁ ଦେବିନି। ନିଜକୁ ହତ୍ୟାକରି ଜହ୍ନର ସ୍ୱପ୍ନରେ ମୁଁ ହଜିବିନି ଏଣିକି। ଯେହେତୁ ଗୋଟିଏ ହତ୍ୟା ଯଥେଷ୍ଟ ହୋଇଯାଇଛି ଏ ଜୀବନ ପାଇଁ। ଏଣିକି ମୁଁ ଆକାଶକୁ ନିରବରେ ଅନେଇ ପାରିବିନି। କାହିଁକି ନା ମେଂଚାଏ ମାୟା ପରି ଜହ୍ନସତ୍ତା ମୋତେ ଧିରେ ଆଚ୍ଛାଦିତ କରିଦେବ।

ପଦ୍ମାର ବାରି କବାଟ ଆସ୍ତେ ମେଲାହେବ। ତା' ପାଉଁଜି ନିଥର ରାତିକୁ ଅଳ୍ପ ଚିରି ପକାଇବ। ଅଣ୍ଟାରେ ଶାଢ଼ୀ ଖୋସିଦେଇ ପଦ୍ମା ଆସିବ: ପାଦଚଲା ରାସ୍ତା ଉପରେ ନଇଁ ପଡିଥିବା କଣ୍ଟାଳତା ଆଡେଇ-ଆଡେଇ।

ମୋର ଘରର ଆଲୁଅ ଲିଭେଇ ଦେଇଥିବି। ଦୁଆର ମେଲି ଗୁଣୁଗୁଣୁ ହୋଇ ଗାଉଥିବି ଜହ୍ନର ଗୀତ।

ନିଃସଂକୋଚରେ ଭିତରକୁ ପଶିଆସିବ ପଦ୍ମା।

: କାହିଁକି ଅନ୍ଧାରରେ ବସିଛ?

: ଅନ୍ଧାର କାହିଁ? ଏଇ ଯେ ତମେ ଆସିଗଲ!

: ଥାଉ ଥାଉ। ଘରେ ରନ୍ଧା ହେବନା ବାହାରେ ଖାଇ ଆସିଛ?

ଉତ୍ତରକୁ ଅପେକ୍ଷା ନକରି ଦିଆସିଲି ଖୋଜିବ ପଦ୍ମା। ଚୁଲି ଜଳେଇବ। ତାହା

କରିବ ପ୍ରଥମେ। ତାପରେ ପନିପରିବା ଯାହାଥିବ, କଟାକଟି କରିଦେବ। ଗୁଣୁଗୁଣୁ ହୋଇ ରନ୍ଧାବଢାରେ ଲାଗିଯିବ।

: ରାତି ଏତେ ସମୟ କୋଉଠି ଥାଅ ?

: ବାହାରେ।

: ତା' ଜାଣେ। ଘରଚାବିରୁ ଫାଳେ ମୋତେ ଦେଇ ଦେଲେ ତମେ ଆସିଲା ବେଳକୁ ମୁଁ ରାନ୍ଧିବାଢି ରଖି ଦିଅନ୍ତି। ନା ତମ ଘରୁ ଚୋରିକରି ମୁଁ ପଳେଇ ଯାଉଛି ?

: ତମ ଉପରେ ଅଯଥା ବୋଝ କାହିଁକି ହେବି ? ମୁଁ ତ ବାବାନା ଭୂତଟାଏ। ମୋର କଣ ଠିକ୍ ଠିକଣା ଅଛି ? କେତେବେଳେ କୋଉଠି ଖାଇବି, କୁଆଡେ ଯିବି, ଠିକ ନାହିଁ।

ପଦ୍ମା ଝାଉଁଳି ପଡିବ ଅଭିମାନରେ। 'ହଁ, ଆମେ କିଏ ତୁମର ଯେ ଆମ ଉପରେ ଭରସା କରିବ,' ଏମିତି ସେ ଭାବିଲାକି ? ମେଘାଦ୍ର ଆକାଶ ପରି ଏଇନା ନିରବିଯିବ ପଦ୍ମା।

ରନ୍ଧାଘରୁ ଭାତ ଫୁଟିବାର ଟବଟବ ଶବ୍ଦ ସାଥିରେ ତା ପାଉଁଜିର ରୁଣୁଝୁଣୁ ଏକାକାର ହୋଇଯିବ, ବେଶ କିଛି ସମୟ। ଶିଳ ଉପରେ ରସୁଣ-ଅଦା ବଟା ହେଉଥିବ। ହଁ, ଏବେ ହୁଏତ ଛୁଙ୍କ ପରଝଣାରେ ନାକପୁଡା ରୁନ୍ଧି ହୋଇଯିବ।

ଅଥଚ ଘର ବାହାରେ ଜହ୍ନ ଲଟକିଥିବ ଆକାଶରେ। ଆଉ ବାରଶହ ପରିବାରର ସେହି ଅଛଖ୍ୟାତ ପଲ୍ଲୀଟିରେ ରାତି ଜଳୁଥିବ ଜହ୍ନର ଉତ୍ତେଜନାରେ। ନଦୀକୂଳିଆ ପବନ ଉନ୍ମାଦ କରି ଦେଇଥିବ ରାତି। ସୁଦୂର ଡଂଗରରୁ ରହିରହି ଢାବଲ-ମାଦଳର କୀର୍ତ୍ତନ ବି ଶୁଭିଯାଉଥିବ।

: ହେଇ, ଆସୁଛି।

: ଇଏ କି ସଂବୋଧନ ? 'ହେଇ' କଣକି ? ଇଚ୍ଛାଥିଲେ 'ସାର୍' କୁହ। ନଚେତ୍ ମୋ ନାଆଁ ଧରି ଡାକ। 'ହେଇ' ଗୋଟାଏ କଣ ?

: ଭାତ, ଡାଲି, ଖଟା ଆଉ ତରକାରୀ କରିଦେଇଛି। ଶୀଘ୍ର ଖାଇନେବ। ବେଶି ଡେରି ଯାଏଁ ଚେଇଁବନି।

: ଏତେ ଶୀଘ୍ର ରନ୍ଧା ସାରିଦେଲ ? ଆଚ୍ଛା, ତମ ହୋମଟାସ୍କ କରିଛ ଆଜି ?

: ହଁ ସାର୍, ଟେବୁଲ ଉପରେ ରଖିଦେଇଛି। ସକାଳୁ ଆସି ନେବି... କହି ଚାଲି ଯାଉଥିବା ପଦ୍ମାକୁ ଭିଡି ଆଣିବି। ତାର ସୁଗଠିତ ବାହୁ ଦୁଇଟି ଧରି ଅଟକେଇ ଦେବି କେଇ ମୁହୂର୍ତ୍ତ।

ଅନନ୍ତ କାଳ ତାଙ୍କୁ ଧରି ରଖିବାର ଇଚ୍ଛାରେ ତା ଦୁଇକାନ୍ଧ ହଲେଇ ଦେଇ କହିବି, 'ଆଜି ରହିଯାଉନା ?'

: ହେଲା, ଛାଡ। କେହି ଜାଣିଲେ କଣ ହେବ ଭାବୁଛ ? କହି ମୁକୁଳିଯିବ କବଳରୁ।

ପୁଣି ସେହି ରାତିର ନିରବତା ଭେଦି ପାଉଁଜର ରୁଣୁଝୁଣୁ ସାଥିରେ ଚାଲି ଯାଇଥିବ ପଦ୍ମା। ଘରେ ବିଧବା ମାଆଟିଏ। ବାପାଙ୍କ ପେନସନରୁ ଟାଣିଟୁଣି ଦୁଇପ୍ରାଣୀର ଜୀବନ। ଘରୋଇ ପରୀକ୍ଷା ଦେଇ ପ୍ଲସ୍-ଟୁ ପାଶ୍ କରିବାର ଇଚ୍ଛା। କୌଣସି ମତେ ମାଷ୍ଟରାଣୀ, ଅଙ୍ଗନବାଡି କର୍ମଚାରୀ ଅବା କିରାଣୀ ଚାକିରିରେ ରହିଗଲେ ବି ଯଥେଷ୍ଟ। ସୀମିତ ସ୍ୱପ୍ନରେ ଗୁଜୁରାଣ ମେଣ୍ଟାଇବାର ପ୍ରଚେଷ୍ଟା।

ତାଳଗଛ ହାତ ଲମ୍ବେଇଲେ ମେଘଯାଏଁ ସିନା ପହଞ୍ଚିବ। ବାଂଗରାର ସ୍ୱପ୍ନ ପାଇଁ ଜହ୍ନତ ଦୁର୍ଲ୍ଲଭ ସବୁଦିନ। ଭାବି ବସିଲେ ଜହ୍ନ ତାଳଗଛର କେହିନୁହଁ। ମୋହିନୀପୁରର ପଦ୍ମାବତୀ ବି ନୀଳମାଷ୍ଟରର କେହି ନୁହେଁ। ଅଦ୍ଭୁତ ମାୟା ରଚନା କରିଛି କିଏ, ଆଉ ଭୋଗୁଛି ନୀଳ ମାଷ୍ଟରର ମନ। ସୁନ୍ଦରୀଙ୍କୁ ଗଢିଲା କିଏ ଦେଖ, ଆଉ ସେ ଚାଉଳ ଫୁଟାଉଛି କାହାର ?

କେତେ ଉନ୍ନିଦ୍ର ରାତି ବିତିଛି ପଦ୍ମାର ସ୍ୱପ୍ନରେ। କଳ୍ପଲୋକରେ କେତେ ଗଦ୍ୟ ହୋଇ ଯାଇଛି କବିତା।

ଆଖିପତା ପଡି ଯାଇଥିଲା କେତେବେଳେ। ହଠାତ୍ ଅଧ ରାତିରେ ଜଂଜିର ଖଟଖଟ୍ ହେବାରୁ ଉଠିଲି। କବାଟ ଖୋଲି ଦେଖେ ତ କିଏଜଣେ ଠିଆ ହୋଇଛି ଅଶରୀରୀ ପରି। କିଏ ? ପଦ୍ମା ?

: କଣ ହେଲା ? ଏବେ କାହିଁକି ଆସିଲ ?

: କିଛି କାରଣ ନାହିଁ, ଏମିତି ଆସିଗଲି।

: ଏତେ ରାତିରେ ?

: ମୋତେ ଏ ଗାଆଁରୁ ଉଠେଇ ନେଇଯାଇ ପାରିବ, ଏବେ ?

: ତମ ମୁଣ୍ଡ ଖରାପ କି ?

: ତମେ ମୋତେ ବାହା ହୋଇଯାଅ, ସେ କହିଲା ନିର୍ଲିପ୍ତ ହୋଇ।

: ହୋସରେ ଅଛତ ପଦ୍ମା ? ତମକୁ କଣ ଦେଇ ପୋଷିବି ? ମୋ କଥାରେ ଭାଂଗି ପଡିଲା ସିଏ।

: ତମେ ଯାହା ଖାଉଛ, ତାର ଅଧା...ନହେଲେ ସେ ବୁଢା ମାଷ୍ଟର ସହ ମୋର ନିର୍ବନ୍ଧ ହୋଇଯିବ କହିଲା ବେଳକୁ ମୋ ଛାତି ଉପରେ ଝାଉଁଳି ପଡିଥିଲା ପଦ୍ମା।

: କୋଉ ମାଷ୍ଟର ? ଯାହାର ସ୍ତ୍ରୀ ଦଉଡି ଦେଇ ଓହଳି ପଡିଥିଲା ବାରି ଅଗଣାରେ ?

ବିପର୍ଯ୍ୟସ୍ତ ହେଲା ତାର ମୁକୁଳା କେଶ। ଅଣାୟତ୍ତ ହୋଇଗଲା ତାର କୋହ। ତାର ପ୍ରବହମାନ ଲୁହ ଭିତରେ ସେ ଅଶିକ୍ଷିତ ପଲ୍ଲୀର ଅସହାୟତା ଓ ଐକ୍ୟ ସ୍ପନ୍ଦିତ ହେଉଥିଲା ରହିରହି।

: ତମେ ଏଠିକି ଆସିବା କେହି ଦେଖିନାହିଁ ତ ?

ସେ କହିଲା ନା। ହୁଏତ ଆକାଶ ଅନ୍ଧାରାଛନ୍ନ ଥିଲା, ଏକ କ୍ଷୀଣ ଜହ୍ନର ଉପସ୍ଥିତି ସତ୍ତ୍ୱେ।

ଦାଣ୍ଡ ଦୁଆର ଆଉଜି ଦେବାପାଇଁ ଗଲି ଓ ଅଗଣାରେ ଚମକି ପଡିଲି, କାହାର ଡାକରେ।

'ଆରେ, ନୀଳ ମାଷ୍ଟର। ବାହାରକୁ ଆ.... ' ତା'ପରେ କିଛି ଅଶ୍ରାବ୍ୟ ଶବ୍ଦ।

ଏବଂ ସେଠି ଖୋଲା ପଡିଆରେ ଠିଆ ହୋଇଥିଲେ ବାରଶହ କ୍ଷୁବ୍ଧ ଗ୍ରାମବାସୀ। ସମସ୍ତଙ୍କ ହାତରେ ମଶାଲ୍ ଓ ଲାଠି ଚମକୁଥିଲା, ଅଂଧାର ସତ୍ତ୍ୱେ।

ଏମାନଙ୍କୁ ମୁଁ ସାମ୍ନା କରିପାରିବି ତ ?

ହଠାତ୍ ଦୁଆର ମେଲି ସାହସର ସହିତ ଗ୍ରାମବାସୀଙ୍କ ସାମ୍ନାକୁ ଚାଲି ଆସିଲା ପଦ୍ମା।

ଆଉ ମୁଁ ଦଉଡି ଗଲି ବାରିପଟ ଦେଇ।

■

– ୨ –

ଖରାଛୁଟି।

ଅନେକବର୍ଷ ଧରି ଯାଇନଥିଲି ମୋହିନୀପୁର। ସେଠିକି ଯିବାକଥା ଭାବିଲେ ଛାତି ଥରିଉଠେ। ଦୁଃଖ ଓ କୋହରେ। ଭୟବି, କାଳେ ମୁଁ ପଦ୍ମାର ସାମ୍ନାସାମ୍ନି ହୋଇଯିବି: ଯେମିତିକି ତା' ନିକଟରେ ମୁଁ ଦୋଷୀଟିଏ ଓ ସେ ଦୋଷ ସ୍ୱୀକାର କରିବା ମୋ ପକ୍ଷରେ ଅସଂଭବ।

'ଏଥର ଯେମିତି ହେଉ ମୋତେ ଯିବାକୁ ହେବ,' ମୁଁ ଠିକ୍ କଲି। ଗତ ବାରବର୍ଷ ଭିତରେ ଗାଁର ଚେହେରା ବଦଳି ନଥିଲା ଆଦୌ। ସେମିତି ଅନ୍ଧାର ରାତି। ଧୂଳି ଧୂସରିତ ରାସ୍ତା। ପଦୁଅଁ ପୋଖରୀର ଦଳ। ଚାଳ ଛପର ଘର। ତଥାପି ସେ ଗାଁର ମହକ ଓ ମାୟା ଥିଲା ଅଦ୍ଭୁତ।

ଗାଁ କଥା ଉଠିଲେ ପଦ୍ମ ପୋଖରୀରେ ଜହ୍ନ ଚେଇଁ ଉଠେ ସ୍ୱପ୍ନପରି। ଅଜଗର ଜାଗିଲା ପରି। ଅଥଚ ଏତେବର୍ଷ ସହରବାସ ଭିତରେ ଚିଠିଟିଏ ଦେଇ ନଥଲି ପଦ୍ମ ପାଖକୁ। ଏବେ ତାଙ୍କ ସହ ରହୁଥିବା ଶ୍ୟାମ ମଉସାଙ୍କ ପାଖକୁ ବି ନୁହଁ। କେମିତି ଥିବେ ସେମାନେ ?

ମୋହିନୀପୁର ଯାଉଛି ଶୁଣି ପତ୍ନୀ ଫେରି ଚାହିଁଲେ। ତାଙ୍କ ମୁହଁରେ ଭୟ ଓ ଶଙ୍କା। କାଳେ ପଦ୍ମାସହ ମୋର ଦେଖା ସାକ୍ଷାତ ହୋଇଯିବ, ତା' ସହ ପୁଣି ପୁରୁଣା ସମ୍ବନ୍ଧ ଯୋଡି ହୋଇଯିବ। ପୁରୁଣା କ୍ଷତ ବିଦାରି ହୋଇଯିବ।

ଧଡଧାଡ୍ ଶବ୍ଦକରି ମୋ ସୁଟକେଶ୍ ସଜାଡି ବସିଲେ ପତ୍ନୀ।

'ବୟସ ଗଡିଲେ କଣ ହେବ, ଏହାଙ୍କ ପ୍ରକୃତି ବଦଳିଲେ ସିନା। ଗୋଟେ ସଂସାର ଦେଖିବାକୁ ୟାଙ୍କୁ ସମୟ ନିଅଣ୍ଟ। ଦୁଇ-ଦୁଇଟା ନାଆ। କୋଉ ଡଂଗା କେତେ ବୁଡିବ କେଜାଣେ,' ସେ ଗୁଣୁଗୁଣୁ ହେଉଥିଲେ।

'ତମର କଣ ହୋଇଛି ? ସକାଳୁ କେତେକେତେ କରୁଛ ! ସଂସାର ଉଜୁଡ଼ିବା କଥା ଉଠୁଛି,' ମୁଁ ଉତ୍ତ୍ୟକ୍ତ ହୋଇ କହିଥିଲି । ମୋ କ୍ରୋଧକୁ ସେ ଲକ୍ଷ୍ୟ କଲେ । ତାଙ୍କ ଗୁଣୁଗୁଣୁ ଟିକିଏ ଥମିଲା । କିନ୍ତୁ ମୁହଁ ସେମିତି ଫୁଲିଥିଲା । ବକ୍ତବ୍ୟ ଖୁନ୍ଦି ହୋଇଥିଲା ପାଟି ଭିତରେ ।

ସେ ପୁଅ ଉଦ୍ଦେଶ୍ୟରେ କହିଲେ, 'ତୋ ବାବାଙ୍କୁ ପଚାର । ସୁଟକେଶରେ ହଳେ ଜାମାପ୍ୟାଣ୍ଟ୍ ରହିବ ନା ଦଶବାର ହଳ ?' ତାଙ୍କ ପ୍ରଚ୍ଛନ୍ନ ଇଂଗିତ ଥିଲା ଗାଁରେ ମୋ ରହଣୀ ଦିନକର ନା ଦଶଦିନର !

ହଳେ ରଖିବାକୁ କହିବୁ, ପୁଅକୁ କହିଲି ।

ପଦ୍ମାର ନାଆଁ ଉଠିଲେ ଝଡ ଉଠିବ ଏଘରେ । କେତେବେଳେ ବର୍ଷା ହେବ । ସିକ୍ତ ହେବ ତକିଆ ଓ ପଲଙ୍କ ।

'ପର୍ସରେ ଦିହଜାର ଟଙ୍କା ରଖି ଦେଇଛି । ଆସିଲା ବେଳେ କିଛି ବାସୁମତି ଚାଉଳ ନେଇ ଆସିବେ । ରବିବାର ସୁଦ୍ଧା ଫେରିବାକୁ କହିବୁ, ବାବାଙ୍କୁ,' ପତ୍ନୀଙ୍କ ପରୋକ୍ଷ ଉକ୍ତିସବୁ ଶୁଣି ପାରୁଥିଲି ସ୍ପଷ୍ଟ ।

'ଜମିଜମା ମାମଲାରେ ଯାଉଛି ଗାଁ, ଖରାଛୁଟି କାଟିବା ପାଇଁ ନୁହେଁ । ତୋ ବୋଉକୁ କହିଦେ,' ଶୁଣେଇଦେଇ ଚାଲି ଆସିଥିଲି ।

ଗାଁରେ ପହଞ୍ଚିଲା ବେଳକୁ ସନ୍ଧ୍ୟା ଆନତ । ନୀଳକଣ୍ଠ ମନ୍ଦିର ବେଢ଼ା । ପାଚେରୀ ଭାଂଗିଯାଇଛି ଠାଏଠାଏ । ମରାମତି ହୋଇନି ଅନେକ ବର୍ଷରୁ ।

ପ୍ରଧାନମନ୍ତ୍ରୀ ଗ୍ରାମ ସଡକ ଯୋଜନାରେ ତିଆରି ରାସ୍ତାବି ଧୂଳିଧୂସରିତ । ଆଗପରି । ପ୍ରେତ ଅନ୍ଧାର ପହଁରୁଛି, ଗାଁ ସାରା ।

ଆଗରେ ନଡ଼ିଆ ତୋଟା । କେତକୀ ଫୁଲର ବଣ ପାରିହେଲେ ପଦ୍ମାର ଘର । ଘର ଆଗରେ ପଦ୍ମଫୁଲର ଗାଡିଆ । କିନ୍ତୁ କି ଆଶ୍ଚର୍ଯ୍ୟ ! ସେ ଗାଡିଆ ଆଉ ଦେଖା ଯାଉନି । ନଡ଼ିଆ ତୋଟା ସ୍ଥାନରେ ଧାଡି ହୋଇ ଇଟା ଖପର ଘର ଉଠିଗଲାଣି ।

କାହିଁ ସେ ଘଞ୍ଚ କେତକୀ ବଣ ? ଏବେ ସେଠି ତ ଟାଙ୍ଗର ପଡିଆଟାଏ ।

ସେପାଖ ପିଜୁଳି ଗଛ ମୂଳରେ ଠିଆ ହେଉଥିଲା ପଦ୍ମା । ସେଠୁ ଦିଶିଯାଏ ଆମ ଘରର ବାରିପଟ ।

ବୋଉ ଏବେଏବେ ଗୁହାଳ ସ୍ଥାନରେ ତିଆରି କରି ଦେଇଛି କିଚେନ୍ ଓ ଟଏଲେଟ୍ । ଚଉଁରା ମୂଳ । ବାସନ ମାଜିବାକୁ ସିମେଣ୍ଟର ପ୍ଲାଟଫର୍ମ ।

ଘରର ଦକ୍ଷିଣ ବାଡ ପାଖରେ ଠିଆହେଲି । ସେଠୁ ପଦ୍ମାର ଘର ଦିଶୁଛି ସ୍ପଷ୍ଟ । ତା

ଭିତରୁ କ୍ଷୀଣ ଆଲୁଅ ଛିଟିକି ପଡୁଛି: ମଳିନ ଓ ଦୁସ୍ଥ ହୋଇ। ରହିରହି ତା ମଉସାଙ୍କ କାଶବି ଶୁଭିଯାଉଛି ଝରକାପଟୁ।

ଘରେ ପହଞ୍ଚିଲା ବେଳକୁ ସଂଜବତୀ ଜଳୁଛି ଚଉଁରା ଆଡରେ। ବୋଉ ମୁଣ୍ଡିଆ ମାରୁଛି ସେଠି ମନ୍ତ୍ର ବୋଲି।

ପାଣିକୁଣ୍ଡ ପାଖରେ ମୁହଁ ହାତ ଧୋଇ ଆସିଲି ପିଣ୍ଡା ଉପରକୁ। ସେଇଠି ବସିଲେ ପଦ୍ମା ଘରଭିତରୁ ଚହଲି ଯାଉଥିଲା ଡିବିରି ଆଲୁଅଟିଏ।

ଯା'ଭିତରେ ପଦ୍ମା ନିଜ ଘରସଂସାର ଭିତରେ ବ୍ୟସ୍ତ ହୋଇ ଯାଇଥିବ। ଅନିଛା ସତ୍ତ୍ୱେ ବାହା ହୋଇଥିଲା କୋଉ ସ୍କୁଲ ଶିକ୍ଷକକୁ। ଏବେ ସେ କେଉଁ ଦୁଃଖରେ ତାର ଦିନ କାଟୁଥିବ ମୁଁ କଳ୍ପନା କରି ପାରିବିନି, ମୋ ଘର ପିଣ୍ଡାରେ ବସି। ଚାହିଁଲେ ବି ମୁଁ ତାକୁ କିଛି ସାହାଯ୍ୟ କରି ପାରିବିନି। ସେମାନଙ୍କ ଆତ୍ମାଭିମାନ ଆଗରେ ମୋର ସହାୟତା ଅପମାନ ପାଇ ଲେଉଟି ଆସିବ।

ବୋଉ, ଶ୍ୟାମ ମଉସାଙ୍କ ସ୍ୱାସ୍ଥ୍ୟ ଭଲଅଛି ?

କାହାକଥା ମୁଁ କେମିତି ଜାଣିବି ? ମୋର ଏ ଅଣ୍ଟା ଦରଜ ଲାଗି ଘରୁ କୁଆଡେ ବାହାରି ପାରୁନି...

ଓଃ, ଘରକୁ ଆସି ମୁଁ ବୋଉର ଦେହପା କଥା ପଚାରିବା ଭୁଲିଯାଇଛି ସଂପୂର୍ଣ୍ଣ। କେମିତି କେଜାଣେ...।

ସେଇ ପୁରୁଣା କାଶତ, ମଉସାଙ୍କ ଶତ୍ରୁ। ଏଣେ ପଦ୍ମା ଗଲାବର୍ଷ ବିଧବା ହୋଇଗଲା। ଏ ବୟସରେ ତାର ଆଉ କି ସୁଖ ଅଛି କହ ? ବୋଉ ତା ଗପିବା ଆରମ୍ଭ କରି ଦେଇଥିଲା।

କ'ଣ ହେଲା ? ପଦ୍ମା ବିଧବା ହୋଇଗଲା ? ମୋ ଛାତି ଉପରେ କିଏ ହଠାତ୍ ବିଧାଟିଏ ବସେଇ ଦେଲା ଯେମିତି। ମୋତେ ଲାଗୁଥିଲା ପଦ୍ମାର ବୈଧବ୍ୟ ପାଇଁ ମୁଁ ହିଁ ଦାୟୀ, କେବଳ ମୁଁ।

କେମିତି କଣ ହେଲା ?

ପିଇପିଇ ମାଷ୍ଟର ଜୋଇଁର କଲିଜା ଜଳି ଯାଇଥିଲା। କଟକ ମେଡିକାଲରେ କହିଦେଲେ, ଲାଭନାହିଁ। ରାତିରେ ଡେରୀରେ ଘରକୁ ଫେରେ। ପଦ୍ମାକୁ ବାଡାଏ ନିର୍ଦ୍ଧୁମ୍। ସ୍କୁଲ ନଯାଇ ଦିନସାରା ଘରେ ଶୋଇଥାଏ । ଚାକିରୀ ହରାଇ ଥାନ୍ତା। ଶ୍ୟାମ ମଉସା କାହାକୁ କୁହାବୋଲା କରି ରଖେଇ ଦେଲେ. . ପଦ୍ମାହାତରୁ ଦିପଟ ସୁନାଚୁଡି ଓଟାରି ନେଲା। ମୁଦି, ଗଳାର ହାର କାଢିନେଲା। କାନଫୁଲ ବି। ସବୁ ବିକାଭଙ୍ଗା କରି ସାରିଦେଲା ଶୁଣ୍ଡିଘରେ। କି ସୁଖ ପାଇଲା ?

ଲକ୍ଷ୍ମୀପରି ଝିଅଟେ ଦେହରେ ଅକାଳେ ପିନ୍ଧେଇ ଦେଲା ଧଳାଶାଢୀ... ବୋଉ କହି ଚାଲିଥିଲା।

ମୁଁ ଆଉ କିଛି ଶୁଣି ପାରିଲିନି। କଥା ଅଧାରୁ ଉଠି ପଡିଲି, ଅନ୍ଧାରରେ ଦରାଣ୍ଡି ଦରାଣ୍ଡି: ପଦ୍ମାଘରୁ କ୍ଷୀଣ ହୋଇ ଦିଶୁଥିବା ଡିବିରି ଆଲୁଅ ଦିଗରେ।

ନୀଲୁ, କୁଆଡେ ଗଲୁରେ ? ବୋଉ ପଛରୁ ଡାକ ଦେଉଥିଲା ଯେତେବେଳେ ମୋହିନୀପୁରରେ କ୍ଳାନ୍ତ ରାତି ନିଶ୍ଚୁପ ହୋଇ ଯାଇଥିଲା। କିନ୍ତୁ ମୁଁ ସେଠାରୁ ଅନ୍ତର୍ହିତ ହୋଇ ସାରିଥିଲି ସେତିକିବେଳକୁ।

■

- ୩ -

ମୁଁ ଠିଆ ହେଲି ପରାଜିତ ସୈନିକ ପରି: ପଦ୍ମାର ନୂଆଁଣିଆ ଚାଳଘର ଆଗରେ।

ମାଟିକାନ୍ଥର ଘର। ବାହାରେ ସରୁ ବାରଣ୍ଡା। ନାଲି ମାଟିରେ ଲିପାପୋଛା ହୋଇଛି, କାନ୍ଥ। ଚାଉଳ ଝୋଟି ଦିଆଯାଇଛି ଚଟାଣରେ।

ବାରନ୍ଦା ପାରିହେଲେ ଘର ଭିତରକୁ ରାସ୍ତା। ଚାଳ ଛପର ଉପରେ କଖାରୁ ଲତାଟି ମାଡିଛି।

ଅଗଣାରେ ପିଜୁଳି ଗଛ ଥିଲା, ଏବେ ନାହିଁ। ସେଠି ଅଛି ଖୁଣ୍ଟଟିଏ। ବନ୍ଧା ହୋଇଛି ବାଛୁରୀଟିଏ ।

'ମଉସା... ମଉସା', ଡାକି ଅପେକ୍ଷା କଲି।

ଘରୁ ଲଣ୍ଠନଟିଏ ଧରି ଜଣେ ସ୍ତ୍ରୀ ଲୋକ ବାହାରିଲା। ମୋ ମୁହଁ ଉପରକୁ ଆଲୁଅ ଉଠାଇ ଦେଖିଲା। ପଚାରିଲା, 'କିଏ ? କାହାକୁ ଖୋଜୁଛନ୍ତି ?'

'ଶ୍ୟାମ ମଉସା ଅଛନ୍ତି ? ମୁଁ ନୀଳମାଧବ।'

'ଆସନ୍ତୁ,' କହି ଭିତରକୁ ବାଟ କଢେଇ ନେଲା

ସ୍ତ୍ରୀ ଜଣକ।

ଯେ କଣ ମୋ ନାମ ସହିତ ପରିଚିତ ? ଇଏ ହିଁ ବୋଧହୁଏ ପଦ୍ମା। ତାର କ୍ଷୀଣ ଦେହରେ ଗୁରେଇ ହୋଇଛି ଧଳା ଶାଢ଼ୀଟିଏ। ଠାଏଠାଏ ଚିରା ଦିଶୁଛି କିରାସିନି ଲଣ୍ଠନର କ୍ଷୀଣ ଆଲୁଅ ସତ୍ତ୍ୱେ। ହାତରେ କାଉଁରିକାଠି ଧରି ମୋହିନୀପୁରର ପଦ୍ମା ଯେମିତି ଲଢୁଛି ଜୀବନର ଦୁର୍ଭିତିଟି ଅନ୍ଧାର ସହିତ।

ମୁଁ ତାର ଅନୁସରଣ କରି ଘର ଭିତରକୁ ଗଲି।

ତମେ ପଦ୍ମାଟି ? ଏମିତି ଝଡି ଯାଇଛ, ତମକୁ ଚିହ୍ନି ହେଉନାହିଁ ଆଦୌ।

ସେ ପଛକୁ ଫେରି ଚାହିଁଲା ଥରେ। କୌଣସି ଉତ୍ତର ନଦେଇ ଭିତରକୁ ଚାଲିଗଲା। ମଉସାଙ୍କ ସହ କିଛି କଥାବାର୍ତ୍ତା କଲା ହୁଏତ।

ମୁଁ ଦୃଢ ନିଶ୍ଚିତ ହୋଇଗଲି, ଇଏ ହିଁ ପଦ୍ମା। ଘର ଭିତରୁ ମଉସା ଦୁଇ ତିନିଥର କାଶିଲେ।

ସେ କାହିଁକି ଆସଛି ଏଠିକି? କିଏ କହିଲା ତାକୁ ଏଠି ଆସି ଅଶାନ୍ତି ସୃଷ୍ଟି କରିବାକୁ? ଆମେ ସବୁ ମଲୁ କି ନାହିଁ ଦେଖିବାକୁ ଆସିଛି? ସେ କହୁଥିଲେ ଧଇଁସଇଁ ହୋଇ। ମୋ ଛାତି ଅଜାଣତରେ କମ୍ପିବାକୁ ଲାଗିଲା।

ପଦ୍ମା ଗମ୍ଭୀରି ଘର ଚଟାଣରେ ଲଣ୍ଠନ ଥୋଇଲା। ଠିଆ ହେଲା ଦୁଆର ବନ୍ଧ ଉପରେ ଆଉଜି। ସେ ଦିଶୁଥିଲା ଶୀର୍ଣ୍ଣକାୟ। ମଳିନ।

କେତେଦିନ ରହୁଛ? ସେ ପଚାରି ଦେଲା, ଏକ ଔପଚାରିକ ପ୍ରଶ୍ନ । ନିହାତି କ୍ଷୀଣ ଗଳାରେ।

କହିଲି, ବହୁ କଷ୍ଟରେ ମିଳିଛି ଛୁଟି। ଦିନକ ପାଇଁ ଆସିଛି।

ଅପା, ପିଲାଏ ଆସିଛନ୍ତି କି?

ନା, ତମେ ଜାଣ, ଗାଁରେ ସେ ଚଳି ପାରିବନି। ଏଠିତ ଏ.ସି. ନାହିଁ। ଆଉ ପାୱାରକଟ୍ ଯୋଗୁଁ ଫ୍ୟାନ୍ ବି ଘୁରେନାହିଁ ଦିନସାରା। ଏଠି କମୋଡର୍ ଟଏଲେଟ ବି ନାହିଁ, ସେ ତଳେ ବସି ପାରିବ ନାହିଁ...

ମୋ କଥାର ମର୍ମ ସେ କଣ ବୁଝିଲା କେଜାଣେ। ସୁଁ ସୁ କରି ନାକ ପୋଛିଲା ପଣତରେ।

ଘର ଭିତରୁ ମଉସାଙ୍କ ପାଟି ଶୁଭିଲା।

'ପଚାରି ବୁଝ, ଆମର କୋଉ ହତଶିରୀ ଦେଖିବାକୁ ଆସିଛି ସେ? ନା ତୋର ଏଇ ଦରଭଂଗା ସଂସାର ଦେଖିବାକୁ ଆସିଛି...? ସେ ଅଫିସର, ତା ବଡଲୋକି ତା ଘରେ ଥାଉ। ଆମେ ତ ମଳି ମୁଣ୍ଡିଆ ଲୋକ। ଆମ କତିକି ଆସିଛି କାହିଁକି? ତା ସ୍ତ୍ରୀ ଜାଣେକି, ସେ ଏଠିକି ଆସିବା କଥା?' ମଉସା ସେମିତି ଗର୍ଜୁଥିଲେ।

ତାଙ୍କୁ ବୁଝାଇ କହିବାର ସତ ସାହସ ମୋର ନଥିଲା, ସେଇ ମୁହୂର୍ତ୍ତରେ।

'ଯାହା ହେବାକଥା ହୋଇଯାଇଛି, ବିଧିନିର୍ଦ୍ଦିଷ୍ଟ ବୋଲି ଭାବିନେବା। ଏବେ ତ ଆମ ହାତରେ କିଛି ନାହିଁ। ଆମେ ଯାହା ଚାହୁଁ, ସେସବୁ ସବୁବେଳେ କରିପାରୁ?,' ମୁଁ କହିଲି ପଦ୍ମାକୁ।

ସେ ଠିଆ ହୋଇ ମାଟି ଚଟାଣରେ ନଖରେ ଗାର ଆଙ୍କୁଥିଲା। ତାର ନିରବତା

ମୋତେ ଯେମିତି ଚେତେଇ ଦେଉଥିଲା ଯେ ମୁଁ ଇ ଦୋଷୀ, ତାର ସଂସାରର ଝଡ ଓ ଦୁସ୍ଥିତି ପାଇଁ। ବୈଧବ୍ୟ ପାଇଁ ବି।

'ପଦ୍ମା, ମୁଁ ତୋତେ ଭଲପାଉଛି, ଏଯାଏଁ। କିନ୍ତୁ ମୁଁ ନାଚାର, ପରିସ୍ଥିତିର କ୍ରୀଡ଼ନକ ମାତ୍ର...' ଏ କଥାଟି ମୁଁ ପଦ୍ମାକୁ କେବେ କହିପାରିନି। ଗତ ବାରବର୍ଷ ଭିତରେ ଥରେ ବି ନୁହେଁ।

'ଏବେ ସେକଥା ସବୁ ଅଦରକାରୀ।'

ଅଥଚ, ସେ ପରିବାର ପାଇଁ ମୁଁ ଯଦି କିଛି ତ୍ୟାଗ କରିପାରନ୍ତି, ମୋର ପ୍ରାୟଶ୍ଚିତ ହୋଇଯାଆନ୍ତା। ପାପମୁକ୍ତି ବି।

'ମଉସାଙ୍କ ଦେହପା' ସବୁ ଠିକ୍ ଅଛି ପଦ୍ମା ?'

'ତାଙ୍କ ମୁଣ୍ଡ ଠିକ୍ ରହୁନାହିଁ। କିଛି ମନେ ରହୁନାହିଁ। ଆପଣ ଦେଖୁଛନ୍ତି ତ ? ଔଷଧ ବି ଖାଉନାହାନ୍ତି।'

'ଥରେ ସହରକୁ ନେଇ ଆସ ତାଙ୍କୁ। ମୋ ପାଖରେ ରହନ୍ତେ। ମେଡ଼ିକାଲ କଲେଜରେ ପରୀକ୍ଷା କରାଇ ନିଅନ୍ତେ।

: ସେ ମଂଗିବେ ନାହିଁ।

ସମୟ କଣ ସଂପର୍କର ବ୍ୟବଧାନ ବଢେଇଦିଏ ? ପୂର୍ବରୁ 'ତମେ' ସଂବୋଧନ କରୁଥିବା ପଦ୍ମା ଏବେ 'ଆପଣ' କହିଲାଣି।

: କିନ୍ତୁ ତମେ କାହିଁକି ୯ତେ ଦୁର୍ବଳ ଦିଶୁଛ ?

ମୁଁ ଏମିତି ପଚାରିବା ହୁଏତ ଠିକ୍ ହେଲା ନାହିଁ। ମୋର ବା କି ଅଧିକାର ଅଛି, ପଦ୍ମାର ଦେହପା' ପରି ବ୍ୟକ୍ତିଗତ ବିଷୟରେ ଦଖଲ ନେବା ? କିନ୍ତୁ ସେ ଏହାର କୌଣସି ଉତ୍ତର ଦେଇ ନଥିଲା। ଭଲକଲା, ଯେହେତୁ ପ୍ରଶ୍ନଟି ପ୍ରାସଂଗିକ ନଥିଲା।

ଭିତରୁ ଶ୍ୟାମ ମଉସା ପଦ୍ମାକୁ ଡାକ ପକାଇଲେ।

'ହଁ, ଔଷଧ ଦେଇ ଆସୁଛି', କହି ପଦ୍ମା ଚାଲିଗଲା।

ସେ ଫେରିଗଲା ବେଳେ ତାର ପାଦର ପାଉଁଜି ଶୁଣିବି ବୋଲି ଉତକୀର୍ଣ୍ଣ ହୋଇ ଉଠିଥିଲି। ନା। ସେ ପାଉଁଜି ଆଉ ପିନ୍ଧୁନି ହୁଏତ।

ତା'ପାଇଁ ତାରକସି ରୂପା ପାଉଁଜି ହଳେ କିଣି ଦେଇଥିଲି, ସେଇ କୁମାର ପୂର୍ଣ୍ଣିମା ବେଳେ। ନିଜେ ତା ପାଦରେ ପିନ୍ଧେଇ ଦେଇଥିଲି, ପିଜୁଳି ଗଛ ମୂଳେ। ଏବେ କଣ ହେଲା ସେ ପାଉଁଜି ? ହଜିଗଲା ? ନା ଦାରିଦ୍ର୍ୟ ଭିତରେ... ନା, ସେ ଆଉ ପାଉଁଜି ପିନ୍ଧିବ କେମିତି ?

ଭିତର ଘରେ ମଉସା ବୋଧହୁଏ ପଚାରୁଛନ୍ତି, 'ନୀଳ ଅଛି ନା ବାହାରି ଗଲାଣି ? ... ବିଦା କରିଦେଇ ଆସେ।'

ଏଥର ମୋତେ ହୁଏତ ଏଠୁ ଯିବାକୁ ହେବ। ମୋର ବି ସ୍ୱତନ୍ତ୍ର ପୃଥ୍ୱୀଟିଏ ଅଛି। ଆତ୍ମସମ୍ମାନ ବି।

'ମୁଁ ଆସୁଛି ପଦ୍ମା,' କହି ଉଠିଲି। ହଠାତ୍ ତରବରରେ ଭିତରୁ ଆସିଲା ପଦ୍ମା।

'ମୋ ରାଣ ଟିକିଏ ବସ।'

'ଟିକିଏ ବସ' ବୋଲି ସେ ଯେମିତି କହିଲା, ତହିଁରେ ଏକ ନିରୀହ ଆନ୍ତରିକତା ଥିଲା। ସେ ଆବେଦନରେ ମୁଁ ତରଳି ଗଲି। ତାର ଅନୁରାଗ ଆଗରେ ମୁଁ ଋଣୀ। କ୍ଷମା ପ୍ରାର୍ଥନା କରିଦେଲେ ଦୋଷ କ୍ଷୁର୍ଣ୍ଣ ହୋଇଯାଏନି। କ୍ଷୁର୍ଣ୍ଣହୁଏ ପଶ୍ଚାତାପରେ।

ମୋ ପ୍ରଶ୍ନିଳ ଦୃଷ୍ଟିର ଉତ୍ତରରେ ଠିଆ ହେଲା ସେ ନିରବରେ । ସଂକୋଚରେ।

କାଲି ଦିପହର ମୁଁ ଚାଲିଯାଉଛି। ମଉସାଙ୍କୁ କହିଦିଅ, ମୁଁ ଆସୁଛି ତେବେ...।

: ନାଲି ଚାହା ଟିକିଏ କରିବି ?

କହିଲି ଥାଉ। ଠିଆ ହୋଇ ପର୍ସ ଖୋଲିଲି। ସେଥିରେ ବାସୁମତୀ ଚାଉଳ କିଣିବା ପାଇଁ ଯାହା ଥିଲା, ଦୁଆରବନ୍ଧ ଉପରେ ସେତକ ଥୋଇଦେଲି।

'ଏସବୁ କାହିଁକି କୁହତ,' ପଦ୍ମା ପ୍ରତିବାଦ କରୁଥିଲା।

କହିଲି, ଥାଉ, କାମରେ ଲାଗିବ।

ତାପରେ ଅନ୍ଧାରରେ ଲଣ୍ଠନ ଧରି ବଳେଇ ଦେବାକୁ ଆସିଲା ସେ। ବାଛୁରୀ ବନ୍ଧା ହୋଇଥିବା ଖୁଣ୍ଟ ଯାଏଁ, ଯାହା ପିଜୁଳିଗଛର ବିଭ୍ରମ ସୃଷ୍ଟି କରୁ ଥିଲା । ସେଠି ପଦ୍ମା ଠିଆ ହେଲା, ଯେମିତି ପଥର ଅହଲ୍ୟା ପରି ସେ ବାର ବର୍ଷ ଧରି ମୋରି ପ୍ରତୀକ୍ଷାରେ ଠିଆ ହୋଇଛି।

ମୋତେ କହିବ, କେମିତି ମାଷ୍ଟରଙ୍କର କାଳ ହେଲା ?

'ସେକଥା ଏବେ କାହିଁକି,' କହି ଉଦାସ ହୋଇଗଲା ପଦ୍ମା।

'ସତ କହ, କଣ ପାଇଁ ସେ ମଦନିଶା ଧରିଲେ ?'

'ଏବେ ସେ କେଉଁ ସ୍ୱର୍ଗରେ ଅଛନ୍ତି କିଏ ଜାଣେ। ମୋ ବାକ୍ସରୁ ତୁମ ଚିଠିସବୁ ବାହାରିଲା ଯେଉଁ ଦିନ, ସେଦିନଠୁ ଚାଲିଲା...।'

'ଚିଠି ବାହାରିଲା କେମିତି ? ତମେ ପରା ସେସବୁ ଜାଳି ଦେଇଥିଲ ?'

'ପାଗଳ ହେଲ ? ଜାଳିଦେବି ତମରି ସ୍ମୃତି ? ସେମିତି ତମକୁ କହିଦେଇ ଥିଲି, ମିଛରେ ... ସବୁଦିନ ଏମିତି ପିଟାମରା ହିଂସା ଚାଲିଥାଏ। ନୀଳ କିଏ, ଏବେ କଣ କରୁଛି ? କେତେ ଗଭୀର ଥିଲା ତମ ସଂପର୍କ ?'

କହି ଦେଲନି, ନୀଳ ନାମକ ଜଣେ ଭୀରୁ, କାପୁରୁଷ

ଥିଲା ଯେ ଗାଁ ଛାଡି ଫେରାର୍ ହୋଇ ଯାଇଥିଲା...

ନା, ମୁଁ କାହିଁକି ଆମ ସଂପର୍କକୁ ଅକାରଣେ ଅପବିତ୍ର ହେବାକୁ ଦେବି ? ସହିନେଲି ସବୁ। ଯେତେ କଷ୍ଟ ହେଲେ ବି।

ସେଇଠୁ ଆରମ୍ଭ ହେଲା ତା'ର ବର୍ବରତା। ଆଗରୁ ତାର ଏଇ ମନ୍ଦ ଅଭ୍ୟାସ ଥିଲା: ରାତି ଅଧରେ ପିଇକରି ଆସିବା। ଆଗ ଭାର୍ଯ୍ୟା ସେଥିପାଇଁ ତ ଦଉଡି ଦେଇ ସାରିଦେଲା ଜୀବନ...।

ତା'ପରେ ?

'ଶେଷକୁ ଦିନେ ରାତିରେ ମୋ ଚୁଟିଧରି ଘୋଷାରି ଆଣିଲା ଘରୁ, ବାରନ୍ଦାକୁ। ପିଟାମରା କରି ଅଶ୍ରାବ୍ୟ ଭାଷାରେ ଗାଳିଗୁଲଜ କରୁଥାଏ। ମୁଁ ଉଠି ଠିଆ ହେଲି। ହାତମୁଠା କରି ଭାବିଲି, ଦେବିଧରି ତା'କୁ। କାହିଁକି ଜଣେ ଲୋକର ଦାସତ୍ୱକୁ ବରଦାସ୍ତ କରୁଥିବି ଅଶିକ୍ଷିତ ପରି ସାରା ଜୀବନ ? ମୋ ବ୍ୟାଗ ଧରିଲି, ସିଧା ପହଞ୍ଚି ଗଲି ବାପଘରେ। ସେତେବେଳେ ତମ ବୋଉବି ନଥିଲେ ଗାଁରେ। ତା' ପରଦିନ ସକାଳୁ ଶୁଣିଲି, ସେ ରକ୍ତ ବାନ୍ତି କରି ପଡିଛି ଦାଣ୍ଡ ଦୁଆରେ...' କହି ଯାଉଥିଲା ପଦ୍ମା।

ମୋର ଧୈର୍ଯ୍ୟଚ୍ୟୁତି ଘଟିଥିଲା। ମୁଁ ଆଉ ଶୁଣିପାରିଲି ନାହିଁ। ସେଠୁ ଫେରି ଆସିଲା ବେଳେ ଥରୁଟିଏ ଚାହିଁଥିଲି ପଛକୁ।

ହଠାତ୍ ଲଣ୍ଠନର କ୍ଷୀଣ ଆଲୁଅରେ ଚହଲିଗଲା ଛାଇଟିଏ। ସେ ଝରକା ପାଖରେ କିଏ ଯେମିତି ଠିଆ ହୋଇଛି ବହୁତ ବେଳୁ। ସିଏ ଶ୍ୟାମ ମଉସା ହୋଇ ପାରନ୍ତି କିମ୍ବା ଛାଇ ଆଲୁଅର କିମ୍ବଦନ୍ତୀଟିଏ।

ସେଠି ମୁଁ ଆଉ ଠିଆ ହୋଇ ପାରିନଥିଲି। ରହିପାରି ନଥାନ୍ତି ଚିରକାଳ।

■

- ୪ -

ଅସ୍ତଜହ୍ନର ସହର ପରି କାୟା ବିସ୍ତାର କରିଥିଲା ମୋହିନୀପୁରର ସନ୍ଧ୍ୟା। ଆକାଶରେ ସପ୍ତର୍ଷୀମଣ୍ଡଳ ନିରବରେ ଯେମିତି ପଦ୍ମାର ଘର ଉପରେହିଁ ଆଲୋକ ବୃଷ୍ଟି କରୁଥିଲା, ରହିରହି।

ପଦ୍ମା ପାଖରୁ ଫେରିଆସିଲି, ଅନ୍ଧାର ସତ୍ତ୍ୱେ। ତା' ହାତର ଉତ୍ତାପ ସତେଜ ଥିଲା ମୁଁ ଘରେ ପହଞ୍ଚିବା ଯାଏଁ। ତାଠୁ ବିଦାୟ ନେଲାବେଳେ ତାର ପାପୁଲିକୁ ମୁଠେଇ ଧରିଥିଲି ଆବେଗରେ। ସେଥିରେ ଗ୍ରୀଷ୍ମର ତାପ ନଥିଲା, ଥିଲା ବୋଧହୁଏ ପଦ୍ମା ଜୀବନର ଉତ୍ତାପ ଯାହା ମୋ ହୃଦୟ ଯାଏଁ ସଂଚରି ଯାଇଥିଲା !

ଘରକୁ ଫେରିଲା ବେଳକୁ ଦୁଆର ମୁହଁରେ ଅପେକ୍ଷା କରିଥିଲା ବୋଉ।

କୁଆଡେ ଚାଲିଗଲୁରେ ନୀଲୁ ? କେତେବେଳୁ ତୋ ପାଇଁ ଦେଖୁଛି, ତୋତେ ଭୋକ ଲାଗିବଣି, ବାଢିଦେବି ?

ଏତେ ଶୀଘ୍ର କଣ ଖାଇବି ? ସାଢେ ନ ହେଉ।

ତାହେଲେ ମୁଁ ଟିକିଏ ମନ୍ଦିର ପର୍ଯ୍ୟନ୍ତ ଯିବି, ସେଠି ଆଚାର୍ଯ୍ୟ ଶ୍ରୀରାମପ୍ରସାଦଙ୍କ ପ୍ରବଚନ ଅଛି। ରନ୍ଧାବଢା ସରି ଯାଇଛି। ଘଣ୍ଟାଏ ଭିତରେ ଫେରି ଆସିବି, କହିଲା ବୋଉ।

ତୁ ଏତେବାଟ ଚାଲିକରି ଯିବୁ ? ମୁଁ ଗାଡିରେ ଛାଡିଦେବି, ଚାଲ।

ହଁ, ତୁ ବି ସତସଂଗକୁ ଚାଲୁନୁ ? ଆସେ। ତୋତେବି ଭଲ ଲାଗିବ, ରାମପ୍ରସାଦଙ୍କ ପ୍ରବଚନ। ସହରରେ ପ୍ରବଚନ ଶୁଣିବାକୁ ତୋର ଏତେ ସମୟ ବା କୋଉଠି ଥିବ ? ଅମାୟିକ ଭାବରେ କହିଦେଲା ବୋଉ।

ମୁଁ ବୋଉ ସହିତ ମନ୍ଦିର ଅଗଣାରେ ପହଞ୍ଚିବା ମାତ୍ରେ ଅଜଣା ଶ୍ରୋତାମାନେ ନିଜ ନିଜ ସ୍ଥାନରେ ଠିଆ ହୋଇଗଲେ, ସଂଭ୍ରମତାର ସହ। ଜଣେ ଦୁଇଜଣ କର୍ମକର୍ତ୍ତା ହଠାତ୍ ଉଠିଯାଇ ଆମ ପାଇଁ ନିଜ ଚୌକୀମାନ ଛାଡିଦେଲେ।

ବୋଉ ଓ ମୁଁ ଆସନ ଗ୍ରହଣ କଲାବେଳକୁ ପ୍ରବକ୍ତା ଶ୍ରୀରାମପ୍ରସାଦ ପ୍ରବଚନ ଆରମ୍ଭ କରି ସାରିଥିଲେ। 'ପ୍ରିୟ ସୁଧୀବୃନ୍ଦ, ଆପଣ ଜାଣନ୍ତି ଆମ ଜୀବନ...'

'... ଆମ ଜୀବନ କେତେ ଦୁଃଖ, ଭୂତାଣୁ ସଂକ୍ରମିତ ରୋଗ, ଛଟେଇ କାରଣରୁ ଦାରିଦ୍ର୍ୟ, ଶୋକ ଓ ବିରହରେ ଭରପୁର। ଭଗବାନ ଏସବୁ ଦେଖି କିଛି ନଜାଣିଲା ପରି ଚୁପ୍ ହୋଇ ବସି ରହିଛନ୍ତି। ଆମକୁ ରକ୍ଷା କରନ୍ତେନି ? ଆପଣଙ୍କ ମନକୁ ଏପରି ପ୍ରଶ୍ନ ଆସୁନାହିଁ ? ଆସୁଥିବ। ବେଳେବେଳେ ମନେ ହେଉଥିବ କୌଣସି ଭୂଲ୍ ନଥାଇ ଆପଣ ଜୀବନରେ କଷ୍ଟ ପାଉଛନ୍ତି। ଏହାହିଁ ଆପଣଙ୍କର ପୂର୍ବାର୍ଜିତ କର୍ମ। କୁହନ୍ତୁ, ସର୍ବ ଶକ୍ତିମାନ ଭଗବାନ କେଉଁଠି ଅଛନ୍ତି ? ସେ କାହିଁକି ଆମ ଦୁଃଖକଷ୍ଟ ଲାଘବ କରୁ ନାହାନ୍ତି ?

'ତାଙ୍କୁ ଆମେ କଲ୍ୟାଣକାରୀ କହୁଛୁ। ତେବେ ସେ କଣ ନିରବଦ୍ରଷ୍ଟା ହୋଇ ରହିପାରିବେ ?' ଆଚାର୍ଯ୍ୟ ରାମପ୍ରସାଦଂକ କଥାରେ ଦମ୍ ଥିଲା ପରି ଲାଗୁଛି।

ମୋହିନୀପୁରର ସେ ସଭାସ୍ଥଳ କ୍ଷଣକ ପାଇଁ ସ୍ତବ୍ଧ ହୋଇଗଲା। ଗତ ବାରବର୍ଷ ଭିତରେ ସେ ପଲ୍ଲୀର ଜନସଂଖ୍ୟା ବଢିଛି। ଲୋକଙ୍କ ଆର୍ଥିକ ଅବସ୍ଥା ବଦଳିଛି ଆଖପାଖରେ କଲେଜଟିଏ ସ୍ଥାପନ ହୋଇଥିବାରୁ ସଭାମାନଙ୍କରେ ଶିକ୍ଷିତ ଯୁବକ ଯୁବତୀ ମାନଙ୍କ ଉପସ୍ଥିତି ବଢିଛି।

: ସମସ୍ତ ଧର୍ମର ଭଗବାନ୍ ଯଦି ଜଣେ, ସେ କଣ ନିରୁଦ୍ଦିଷ୍ଟ ହୋଇ ରହିବା ପସନ୍ଦ କରିବେ ? ଠିକ ଅଛି। ପ୍ରଥମେ କୁହନ୍ତୁ, ଭଗବାନ ଅଛନ୍ତିକି ? ସେ ନାହାନ୍ତି ବୋଲି ଯେଉଁମାନେ ଭାବୁଛନ୍ତି, ହାତ ଟେକନ୍ତୁ।

ସଭାରେ କେବଳ ଦୁଇଟି ହାତ ଅନିଶ୍ଚିତ ଭାବେ ଉପରକୁ ଉଠିଲା। ତହିଁରୁ ଗୋଟିଏ ହାତ କୌଣସି କାରଣବଶତଃ ସଙ୍ଗେସଙ୍ଗେ ତଳକୁ ଖସିଗଲା।

'ହଁ ବନ୍ଧୁଗଣ, କେବଳ ଜଣେ ବ୍ୟକ୍ତିଙ୍କୁ ଛାଡିଦେଲେ ଆପଣମାନେ ସମସ୍ତେ ପରମାତ୍ମାଙ୍କ ଅସ୍ତିତ୍ୱରେ ବିଶ୍ୱାସ କରନ୍ତି। ଏହା ସିଦ୍ଧ ହେଲା। ଏବେ କୁହନ୍ତୁ, ସେ କେଉଁଠି ଥିବେ: ସେ ସବୁଠି ଅଛନ୍ତି ନା କେବଳ ଗୋଟିଏ ସ୍ଥାନରେ ଅଛନ୍ତି, ସବା ଉପରେ ?'

ଆଚାର୍ଯ୍ୟ ଶ୍ରୀରାମପ୍ରସାଦ ପ୍ରଶ୍ନଟିକୁ ଦୋହରାଇଲେ: ଭଗବାନ ସର୍ବତ୍ର ବିଦ୍ୟମାନ ନା ସେ ଅଛନ୍ତି ଉର୍ଦ୍ଧ୍ୱରେ କେଉଁ ଗୋଟିଏ ସ୍ଥାନରେ ?

ଶ୍ରୋତାଙ୍କ ମଧ୍ୟରୁ ଜଣେ ସାହାସୀ ବ୍ୟକ୍ତି କହିଲେ: ସେ ସବୁଠି ଅଛନ୍ତି ମାନେ ଉପରେ ଅଛନ୍ତି ଓ ତଳେବି ।

'ଆପଣମାନେ ଭଗବତଗୀତା ମନେ ପକାନ୍ତୁ,' କହିଲେ ଆଚାର୍ଯ୍ୟ ମହୋଦୟ।

ମର୍ତ୍ତ୍ୟରେ ଧର୍ମର ଗ୍ଲାନି ହେଲେ ଅବତାର ପୁରୁଷ ଉପରୁ ଆସି ଏଠି ଜନ୍ମ ନିଅନ୍ତି। ଅର୍ଥାତ ଅବତାରୀ ମାନଙ୍କ ବସତି ସ୍ଥାନ ପୃଥିବୀ ନୁହେଁ, ଉପରେ କେଉଁଠି, ଏହା ସୁସ୍ପଷ୍ଟ। ପ୍ରତ୍ୟେକ ଯୁଗରେ ଯୋଗଜନ୍ମା ରୂପରେ ମହାପୁରୁଷ ମାନେ ଏଠି ଅବତରଣ କରିଥାନ୍ତି।

'ପରମାତ୍ମାଙ୍କ ବାସସ୍ଥାନ ପରମଧାମ। ଆମେ ତାଙ୍କରି ଲୋକକୁ ବ୍ରହ୍ମଲୋକ ବୋଲି ମଧ୍ୟ କହୁ। ପରମାତ୍ମା ସର୍ବ ଶକ୍ତିମାନ ବୋଲି ଆମେ ଜାଣୁଁ। ତେଣୁ ସେ ପଞ୍ଚଭୂତଠାରୁ ଉର୍ଦ୍ଧ୍ୱରେ। ବାୟୁ ପରି, ସୂର୍ଯ୍ୟାଲୋକ ବା ଅଗ୍ନିପରି ସେ ବ୍ୟାପ୍ତ ହୋଇ ରହିବେ କାହିଁକି ?'

ସେ ତାଙ୍କ ସ୍ୱସ୍ଥାନରେ ରହି ମର୍ତ୍ତ୍ୟର ସୁଖ, ଶାନ୍ତି, ପବିତ୍ରତା, ଜ୍ଞାନ ଓ ଆନନ୍ଦର ସୁପରିଚାଳନା ନକରିବେ କାହିଁକି ? ସେ ଯଦି ମର୍ତ୍ତ୍ୟରେ ବାସ କରୁଥାନ୍ତି, ତେବେ ଏଠି ମହାମାରୀ, ଭୂକମ୍ପ, ଅନ୍ୟାୟ ଓ ଧର୍ମର ସଂକଟ ଦେଖାଦେବ ? ନା।

ସତ୍ୟ, ତ୍ରେତା, ଦ୍ୱାପର ଓ କଳି ପରି ଚାରିଯୁଗ ଥିବା କଥା ଆମେ ଜାଣୁଁ। ସତ୍ୟ ଓ ତ୍ରେତାରେ ଜୀବନ ଥିଲା ଧାର୍ମିକ। ସମସ୍ତେ ଥିଲେ ସତ୍ୟନିଷ୍ଠ। ତେଣୁଁ ସେ ସମୟରେ ଅନ୍ୟାୟ, ଅନାଚାର ଓ ଗ୍ଲାନିର ଆଶଙ୍କା ଥିଲା ? ନାହିଁ ନା ? ଅତଏବ ସେ ସମୟରେ ଅବତାରୀ ପୁରୁଷ ବା ଭଗବାନ ପୃଥ୍ୱୀରେ ଜନ୍ମନେବା ଦରକାର ନଥିଲା।

ଦ୍ୱାପର ଯୁଗ କଥା ଦେଖନ୍ତୁ: ଏହି ସମୟରେ ଇସଲାମ୍ ଜନ୍ମଦାତା ଆବ୍ରାହମଙ୍କ ଆବିର୍ଭାବ ହୋଇଥିଲା। ତା'ପରେ ବୁଦ୍ଧଦେବ ଓ ମହାବୀର ଜୈନଙ୍କ ଜନ୍ମ ହୋଇଥିଲା। ତାଙ୍କ ପରେ ସକ୍ରେଟିସ୍, ପ୍ଲାଟୋ ଓ ଯୀଶୁଖ୍ରୀଷ୍ଟଙ୍କ ଆଗମନ ହେଲା। କେବଳ ପାଞ୍ଚଶହ ବର୍ଷ ଭିତରେ ଏତେଜଣ ମହାପୁରୁଷ ଏକାଥରକୁ ଜନ୍ମଗ୍ରହଣ କଲାପରେ ପୃଥିବୀ ସ୍ୱର୍ଗପରି ସ୍ଥାନ ହୋଇଯିବା ଉଚିତ ଥିଲା। କିନ୍ତୁ ବାସ୍ତବରେ ସେମିତି ଆଦୌ ହୋଇନାହିଁ, ଆପଣମାନେ ଜାଣନ୍ତି।

'ବିଜ୍ଞାନର ଅଗ୍ରଗତି ସତ୍ତ୍ୱେ ଏବେ ପୃଥିବୀ ଅଧୋଗତି ଆଡକୁ ଯାଉଛି। ପ୍ରତିଦିନ। ଆପଣମାନେ ଏକମତ ହେବେ: ଏବେ ଅରାଜକତା, ମିଥ୍ୟା, ବିଶ୍ୱଯୁଦ୍ଧ ଓ କ୍ଲାଇମେଟ୍ ଚେଞ୍ଜ ଏହି ଯୁଗର ଆଲାର୍ମ୍ ଘଣ୍ଟି ହୋଇଗଲାଣି। ଏହିପରି ଅନୀତିକର କୀଳକ ପୃଥ୍ୱୀରେ ଭଗବାନ ବାସ କରିବା ସଂଭବ ? ଚିନ୍ତା କରନ୍ତୁ...'

ଭଗବାନ ଏଠି ବାସ କରିବା ଆରମ୍ଭ କଲେ ଆଫଗାନିସ୍ଥାନରେ ତାଲିବାନ ଶାସନ ରହନ୍ତା ନା ଓସାମା ବିନ ଲାଡେନ୍ ଆମେରିକାର ବାଣିଜ୍ୟ ସୌଧ ଆକ୍ରମଣ କରିପାରନ୍ତା ? ଭଗବାନଙ୍କ ଉପସ୍ଥିତିରେ ଚୀନର ଭୂତାଣୁ ବୋମା ମଣିଷ ସମାଜର

ବିନାଶକ ହୁଅନ୍ତା ? ଭଗବାନ ଏଠି ବାସକଲେ ପୃଥିବୀ ସ୍ୱର୍ଗରେ ପରିଣତ ହୋଇଯାଇଥାଆନ୍ତା !

ମୁକ୍ତି ଓ ଜୀବନ୍ମୁକ୍ତି ପାଇଁ ଆମେ ସବୁବେଳେ ଉପରକୁ ଦେଖୁ। ନୁହେଁ ? ଦୁଃଖ ଆସିଲେ କହୁ, ସବୁ ଉପରବାଲାର ଇଚ୍ଛା। ପରିବାରରେ କେହି ସଂପର୍କୀୟ ମୃତ୍ୟୁବରଣ କଲେ ଆମେ କହୁ ସେ ଆମକୁ ଛାଡ଼ି ଉପରକୁ ଚାଲି ଗଲେଣି। ଅର୍ଥାତ ଆମେ ଜାଣୁ ଆମ ବନ୍ଧୁ, ପ୍ରିୟ ପରିଜନ ପରମାତ୍ମାଙ୍କ ନିକଟରେ ସୁଖରେ ଅଛନ୍ତି। ବହୁ ଉର୍ଦ୍ଧ୍ୱରେ, ଜ୍ୟୋତିର୍ବିନ୍ଦୁ ହୋଇ: ରକ୍ତିମ ଆଭା ମଣ୍ଡଳରେ। ନିର୍ବାଣ ଲୋକରେ।

ଶ୍ରୀରାମପ୍ରସାଦଙ୍କ ସେଇ ବକ୍ତବ୍ୟ ବାରମ୍ବାର ମସ୍ତିଷ୍କର ସ୍ନାୟୁ ଧମନୀକୁ ଆକ୍ରାନ୍ତ କରୁଥିଲା।

ମୋହିନୀପୁର ଆସିନଥିଲେ ଏଇ ନୂତନ ଅଭିଜ୍ଞତା ପ୍ରାପ୍ତ ହୋଇନଥାନ୍ତା ସେଇ ରାତିରେ...।

■

- ୪ -

ମୋହିନୀପୁରରେ ସେଦିନ ଜହ୍ନ ଉଇଁବାରେ ଟିକିଏ ବିଳମ୍ବ ଥିଲା। ଆହୁରି କେତେ ଡେରି ହେବ ସେ'କଥା ସେ ପଲ୍ଲୀରେ କେହି କଳନା ବା ଅନୁମାନ କରି ପାରିନଥାନ୍ତେ। ଆକାଶ ଥିଲା ମେଘାଦ୍ର। ବତୁରା ନକ୍ଷତ୍ର ସମୂହ ବି ଲାଗୁଥିଲେ ନିଷ୍ପ୍ରଭ। ପଦ୍ମାପରି ସଂଗହୀନ।

ରାତ୍ର ଭୋଜନ ସାରି ଅଗଣାରେ ଦଉଡିଆ ଖଟରେ ବସି ଦେଖୁଥିଲି ମେଘର ଓଢଣାରେ କେମିତି ଆକାଶ ଦିଶୁଛି ରହସ୍ୟମୟୀ । ସମୟ ସାଢ଼େ ଦଶ ହେବତ ? କିନ୍ତୁ ସନ୍ଧ୍ୟାରେ ଏ ପଲ୍ଲୀ ପରିବେଶ ଲାଗୁଥିଲା ସବୁଜ: ସଦ୍ୟ ପଲସ୍ତରା କରା ପ୍ରାଚୀର ପରି ନୂଆ।

ମୁଁ ଫେରିଥିଲି ବହୁ ବର୍ଷ ପରେ ଏଇ ମୋ ପ୍ରିୟତମ ଗାଆଁକୁ ଓ ଘରକୁ, ଯେଉଁଠି ବାପାଙ୍କ ସମେତ ବହୁ ସ୍ୱାଧୀନତା ସଂଗ୍ରାମୀ ସତ୍ୟାଗ୍ରହର ରୂପରେଖ ନିରୂପଣ କରିଥିଲେ ଏଇ ଅଗଣାରେ ବସି।

ଇତିମଧ୍ୟରେ କାହିଁ ପାଞ୍ଚ-ଛଅ କୋଶ ଦୂରରେ ରହି ଗହମ ରଂଗର ଏକେଲା କୋକିଶିଆଳଟିଏ ହଠାତ୍ ହୁକେ ହୋ କରି ଡାକିଦେଲା । ସାଙ୍ଗେସାଙ୍ଗେ ଚତୁର୍ଦ୍ଦିଗରେ ସାତ କୋଶ ପରିମିତ ମନ୍ଥରା ଅରଣ୍ୟରେ ସଜାଗ ଶିଆଳି ମାନଙ୍କ ସମ୍ମିଳିତ ହୁକେ-ହୋ ପ୍ରତିଧ୍ୱନିତ ହୋଇଗଲା। ଭାଇମାନେ, ବାହାରକୁ ଆସିଯାଅ, ଖାଇବା ସମୟ ହୋଇଗଲା। ସେମାନଙ୍କ ସାମୂହିକ ନିମଗ୍ନ-ଚେତନକୁ ବାଃ-ବାଃ କରିବା ଉଚିତ। କି ବିଚିତ୍ର ଏ ବହୁରୂପୀ ସୃଷ୍ଟି। ଧନ୍ୟ ସେ ବ୍ରହ୍ମନିବାସୀ ସ୍ରଷ୍ଟା।

କିନ୍ତୁ ପରମାତ୍ମା କାହିଁକି ମଣିଷର ଓ ତା ବନ୍ଧୁ ପରିଜନଙ୍କ ଆବେଗିକ ପ୍ରାର୍ଥନା ଶୁଣିପାରନ୍ତି ନାହିଁ ? ସେମାନଙ୍କ ଅବଚେତନକୁ ସହଜରେ ଗ୍ରହଣ କରିପାରନ୍ତି ନାହିଁ ? ଆମଠୁ ସେ ବହୁ ଦୂରରେ ଥାଆନ୍ତି ବୋଲି ? ସେ ଆମ ଆଖପାଖ ଚଉଦ କୋଶ

ଭିତରେ ରହୁ ନାହାନ୍ତି ବୋଲି ? ନହେଲେ ସେ ଆମ ସମସ୍ତଙ୍କ ଆତୁର ପ୍ରାର୍ଥନା ସହଜରେ ଶୁଣିପାରନ୍ତିନି କାହିଁକି ?

ଆଚାର୍ଯ୍ୟ ଶ୍ରୀରାମପ୍ରସାଦ ହୁଏତ ଠିକ କହୁଥିଲେ । ଭଗବାନ ପରମଧାମରେ ନରହି ଯଦି ପାଖ ମହୁରା ଜଙ୍ଗଲରେ ରହୁଥାନ୍ତେ, ତେବେ ବାରମ୍ବାର ଅବତାର ପୁରୁଷ ଜନ୍ମନେବା ଦରକାର ହେଉ ନଥାନ୍ତା । ଆମ ଜୀବନ ଶାନ୍ତ, ପବିତ୍ର, ନିର୍ବାଣମୟ ଓ ସମସ୍ୟା ମୁକ୍ତ ହୋଇ ଉଠନ୍ତା । ବ୍ୟକ୍ତିଗତ ସମସ୍ୟା ନେଇ ଆମେ ମନ୍ଦିରରେ ପଥର ଦିଅଁ ଆଗରେ ମୁଣ୍ଡ ବାଡେଇବା ପ୍ରୟୋଜନ ନଥାନ୍ତା !

ମାଟିର ମହକ ଓ ପାର୍ଥିବ ମାୟାରୁ ମୁକୁଳିଲେ ଯାଇ ମଣିଷ ନକ୍ଷତ୍ର, ଗ୍ରହ ଓ ରାଶିଚକ୍ର ପ୍ରଭାବରୁ ମୁକ୍ତ ହୋଇପାରିବ ।

"ମହାଶୂନ୍ୟରେ ଚନ୍ଦ୍ର, ସୂର୍ଯ୍ୟ ଓ ତାରାଙ୍କ ଉପରକୁ ଉଠିଲେ ହିଁ ତମେ ଦେହର ମୋହରୁ ମୁକ୍ତହବ, ହୋଇପାରିବ ନଷ୍ଟମୋହା," କହିଥିଲେ ପ୍ରବକ୍ତା ଶ୍ରୀରାମପ୍ରସାଦ ।

"ତୋ ଦୁଃଖର ମୂଳ କାରଣ ତୁ ନିଜେ । ତୋର ଶାରୀରିକ ବିକାର, କାମନା ଓ ତୋର ଇଚ୍ଛାର ଅନ୍ତନାହିଁ । କେଉଁଠି ହାରିଲେ କି ବିଫଳ ହେଲେ ମୋତେ ଡାକୁଛୁ । ଜିଣିଲେ ଗର୍ବରେ ଫାଟିପଡୁଛୁ । ଆଉ ମନେ ପଡୁନାହିଁ ପରମପିତା । ତୁ ଭାବୁଛୁ, ତୁ ଗଢିଥିବା ମନ୍ଦିର, ଚର୍ଚ୍ଚରେ ମୁଁ ଘର କରି ରହିଯିବି ? ମୋତେ ତୋ ହୃଦୟରେ ଯଦି ରଖିପାରୁନୁ, ମୁଁ କାହିଁକି ତେର ଇଟା ପଥରର ଇମାରତରେ ରହିବି ?" ଏକଥା ଯେମିତି ଉପରବାଲା କହି ଦେଉଛନ୍ତି, ରହିରହି ।

ହଠାତ୍ ଏତିକି ବେଳେ ମହୁରା ଅରଣ୍ୟର ଆରପଟୁ ଚତୁଷ୍ପଦ ଶିଆଳ ମାନଙ୍କ ସମୂହ ଆର୍ତ୍ତନାଦକୁ କିଏ ଜଣେ ଗଳାରୋଧ କରିଦେଲା, କିମ୍ବା ସେମାନଙ୍କ ଆବେଦନକୁ ତଥାସ୍ତୁ କହିଦେଲା । ଏକାଥରକୁ ସମସ୍ତେ ଚୁପ୍ ହୋଇଗଲେ । ...... କିନ୍ତୁ ମଣିଷମାନଙ୍କ ଜୀବନରେ ରୋଗ, ଅଭାବ, ବାର୍ଦ୍ଧକ୍ୟ ଓ ମୃତ୍ୟୁ-କବଳିତ ଚିତ୍କାରର ଅନ୍ତ ହେଉନାହିଁ କେବେ । ସେମାନଙ୍କ ଆକୁଳ ନିବେଦନର ଶେଷ କାହିଁ ?

ହଠାତ ପଲ୍ଲୀଟିର ନିରବତା ଭଂଗକରି ଏକ ଯାନ୍ତ୍ରିକ ଘର୍ଘର ଶବ୍ଦ ପରିବେଶକୁ ବିକଟ କରିଦେଲା । ମୁଁ ଅଗଣାରୁ ଉଠି ଦେଖେ ତ ବୋଉ ରନ୍ଧାଘରେ ମନଦେଇ କାମରେ ଲାଗିପଡିଛି । ଗ୍ରାଇଣ୍ଡରରେ କଣ ଗୋଟାଏ ବାଟୁଛି । ପଛରେ ମୁଁ ଯାଇ ଠିଆ ହେଲି ଚୁପଚାପ, କିନ୍ତୁ ନିଘା ନାହିଁ ତାର ।

"କୋଉଥିରେ ଲାଗିପଡିଛୁ ବୋଉ, ଏତେ ରାତିରେ ?"

ତୁ ଆସିଲା ପରେ ବିରି ବତୁରାଇ ଥିଲି ସନ୍ଧ୍ୟାରେ । ଏବେ ବାଟିଦେଲେ ସକାଳୁ ପିଠଉ ଫୁଲିବ । ନହେଲେ ଇଡଲି୍ ଜଳଖିଆ କେମିତି ହେବ ?

: ଆଚ୍ଛା, ଏଥିରେ ଆଉ କିଛି ପଡେକି ?

ନା, ଚାଉଳର ସୁଜି ଦୁଇକପ୍ ଖାଲି ବତୁରାଇ ଦେଇଛି । ବିରିବଟାରେ ଗୋଳାଇଦେବା କଥା ।

: ଦୁଇଜଣଙ୍କ ପାଇଁ ବିରି କେତେ ବାଟୁଛୁକି, ବୋଉ ?

"ବିରି କପେକୁ ଦି'କପ୍ ଉଷୁନା ଚାଉଳର ସରୁ ସୁଜି । ଏବେ ଗୋଳେଇ ଦେଇ ରଖିଦେଲେ ସକାଳୁ ଫୁଲିଯିବ । ତାପରେ ଦେଖିବୁନି ଇଡଲି୍ କେମିତି ଫୁଲପରି କଅଁଳ ହୋଇଯିବ ?"

: ଇଡଲି୍ କାହା ସାଂଗରେ ଖିଆଯିବ ?

"ବୁଟଡାଲିରେ ଟିକିଏ ନଡିଆ ଦେଇ ବାଟିଦେଲେ ହୋଇଯିବ ଖୁବ ବଢିଆ ଚଟଣୀ... କାହିଁକି, ଘରେ ବୋହୂ ତିଆରି କରେ ନାହିଁ କି ଇଡଲି୍ କି ଦୋସା ? ସେ ତିଆରି କରି ଜାଣେ ସେସବୁ ।"

: ହଁ ଜାଣିଥିବ । ଘରେ ରାନ୍ଧୁଣିଆ ସେସବୁ କରିଦିଏ, କହିଲା ବେଳକୁ ହଠାତ୍ ପଦ୍ମାର ହାତରନ୍ଧା ଓ ଛୁଙ୍କର ବାସ୍ନା ଘ୍ରାଣେନ୍ଦ୍ରୀୟକୁ ସ୍ପନ୍ଦିତ କଲା, ରୁନ୍ଧିମନ୍ଥି ପକାଇଲା ପାକସ୍ଥଳୀକୁ ।

ଦୃଶ୍ୟ ଫେରିଗଲା ବାରବର୍ଷ ତଳକୁ । ଯୌବନରେ କୁଆଁରୀର କୋମଳ ସ୍ୱପ୍ନ ଅର୍ଥାଭାବରୁ ଚୁରମାର ହୋଇ ଯାଇଥାଏ । ତାପରେ ଅନିଚ୍ଛାକୃତ ବିବାହରେ ପ୍ରତିକୂଳ ସ୍ଥିତି ସହ ସାଲିସ୍ କରି ଜୀଇଁବାର ଅନ୍ୟନାମ ହୁଏ ମୋହିନୀପୁରର ଏକେଲା ଜହ୍ନ । ତା ଦେହରେ ଆଲୁଅ ଅଛି, ଆବେଗ ଅଛି ଓ ଉତ୍ତାପ ବି, କିନ୍ତୁ ସେ ଜହ୍ନର ଜୀବନ ଜହରରେ ଭରପୁର । ସମୁଦ୍ର ମନ୍ଥନ କରି ସେଥିରୁ ଉତ୍ତୋଳନ କରିବାକୁ ହେବ ଅମୃତ କଳସ । ମୁଁ ପାରିବି ତ ?

ଯା ଶୋଇବୁ, ବୋଉ ଆଦେଶ ଦେବା ଶୈଳୀରେ କହିଦେଲା ।

ତୁ ବି ଶୀଘ୍ର କାମସାରି ବିଶ୍ରାମ ନେବୁ, କହିଦେଲି ବୋଉକୁ ।

ଶେଯ ଉପରକୁ ଆସିବା ମାତ୍ରେ ମୋହିନୀପୁରର ତନ୍ଦ୍ରାଭରା ରାତି ତା'ର କାୟା ବିସ୍ତାର କଲା ମୋର ସ୍ନାୟବିକ ସତ୍ତାକୁ । ଆଖି ଲାଗି ଯାଇଛି ଅଜାଣତରେ ।

ରାତି ଅଧରେ କେତେବେଳେ କୋହଲା ପବନ ବୋହିଛି । ବିଜୁଳୀ ଚମକ ସହ ଝିପିଝିପି ବର୍ଷା ବତୁରାଇ ଦେଇଛି ସାରା ଅଗଣା । ଅନ୍ଧାରରେ ରହିରହି ଏ ଝିଁଝିଁ ଶବ୍ଦ ଝିଙ୍କାରୀର ନା ଅସ୍ପଷ୍ଟ କେଉଁ ପାଉଁଜିର ?... କିଏ ? କିଏ ସେଇଠି ? ଅଶରୀରୀ ପରି କିଏ ଜଣେ ମୋରି ଆଡକୁ ମାଡି ଆସୁଛି ବାରିପଟରୁ । ହଠାତ୍ ମୋ ନିଦ ଭାଂଗିଗଲା ।

: ହେଇ ଶୁଣୁଛ... ମୋ କଥା ଟିକିଏ ଶୁଣିବ ? ଫିସଫିସ୍ କରି କିଏ କହୁଛି: ପରିଚିତ କଣ୍ଠସ୍ୱରରେ !

କାନ୍ଥ ଆରପଟେ କେଶ ମୁକୁଳା କରି ଅନ୍ଧାରରେ ଯେଉଁ ନାରୀ ମୂର୍ତ୍ତିଟି ଠିଆ ହୋଇଛି, ସେ କଣ ପଦ୍ମା ?

କିଏ ? ପଦ୍ମା ?

■

– ୬ –

ଏବେ ପୁଣି କଣ ହେଲା ପଦ୍ମା ? ହଠାତ୍ କିଛି ଦରକାର ପଡିଲାକି ? ଏତେ ରାତିରେ ଆସିଲଯେ ?

: ଗୋଟିଏ ଅନୁରୋଧ କରିଥାଆନ୍ତି । ରଖିବ ? ପାଚେରୀ ଆରପାଖରୁ ନିମ୍ନ ଗଳାରେ କହୁଥିଲା ପଦ୍ମା । ତା ହାତରେ ଥିଲା ଛୋଟ ଫାଇଲ, ଯାହା ଅଣା ଯାଇଥିଲା ପଲିଥିନ୍ ବ୍ୟାଗ ଭିତରେ ।

: କଣ ଆଣିଛ ସାଥିରେ ?

: ଇଏ କିଛି ନୁହେଁ, ମୋ ଶିକ୍ଷାଗତ ଯୋଗ୍ୟତା ସାର୍ଟିଫିକେଟର ଜେରକ୍ସ କପି । ମୁଁ କହୁଥିଲି, ମୋତେ ଯଦି କୋଉଠି କିଛି ଥଇଥାନ କରିଦେଇ ପାରନ୍ତ, ତେବେ ଆମେ ଦି' ପ୍ରାଣୀ ଚଳିଯାଆନ୍ତୁ । ରୁଣୀ ରହନ୍ତୁ ଆଜୀବନ... ମଉସାଙ୍କ ବାର୍ଦ୍ଧକ୍ୟ ଭତ୍ତା ମିଳେ ତିନିଶହ । ତାଙ୍କ ଔଷଧପତ୍ରରେ ଖର୍ଚ୍ଚ ହୁଏ ପାଖାପାଖି ଦେଢ ହଜାର ଟଙ୍କା ।

: କେମିତି କଅଣ କରି ଚଳୁଛ ? ମାଷ୍ଟରଙ୍କର କାଳ ହେଲାପରେ ଫ୍ୟାମିଲି ପେନସନ୍ କିଛି ମିଳିଲାଣି ? ... ତମେ ଏଠିକି ଆସିବା କଥା ମଉସା ଜାଣିନାହାନ୍ତି ତ ? ଏକାଥରକୁ ଅନେକ ପ୍ରଶ୍ନ ପଚାରି ଦେଲି, ଉଦବିଗ୍ନ ହୋଇ ।

: ବେଳେବେଳେ ତମ ବୋଉ କିଛି ଡାଲି, ପନିପରିବା ଓ ଟଙ୍କା ସାହାଯ୍ୟ କରନ୍ତି । ଆଉ ଫ୍ୟାମିଲି ପେନସନ୍ ପାଇଁ ବ୍ଲକ ଅଫିସକୁ ଦୌଡିଦୌଡି ନୟାନ୍ତ ହୋଇଗଲିଣି । ତାଙ୍କ ଡେଥ୍ ସାର୍ଟିଫିକେଟର ନକଲ ସହିତ ଆବେଦନ କରିଛି, ସାତ ମାସ ଗଡି ଗଲାଣି । କିନ୍ତୁ ଏଯାଏଁ ବ୍ଲକରୁ ଜିଲ୍ଲା ଶିକ୍ଷାଧିକାରୀଙ୍କ ପାଖକୁ ସେହି ଫାଇଲ୍ ପଠା ଯାଇପାରିନି । କେହି ସେକଥା ଶୁଣିବାକୁ ନାରାଜ ।

: କିଏ ତମ ଫାଇଲ୍ ଦେଖୁଛି ? କଣ ପଇସା ପତ୍ର ଦାବୀ କରୁଛିକି ? ମୋତେ ବହୁ ଆଗରୁ ତମେ ଏକଥା ଜଣାଇଦେବା ଉଚିତ ଥିଲା । ଏବେ ସରକାରୀ ଦପ୍ତର

ମାନଙ୍କରେ ଦୁର୍ନୀତିର ଚେର ଏତେ ମାଡିଗଲାଣି ଯେ ରୋକିବା ଅସମ୍ଭବ ହୋଇଗଲାଣି। ସରକାରଙ୍କ ଉଦ୍ଦେଶ୍ୟ ମହତ୍ ହେଲେବି ପିସି-ଖିଆ (ଘୁଷଖୋର) କର୍ମଚାରୀଙ୍କ ଯୋଗୁଁ ଯୋଜନା ବାଟମରା ହୋଇଯାଉଛି। ଲୋକେ ତା ସୁଫଳ ପାଇବାକୁ ଅପେକ୍ଷା କରି ରହିଛନ୍ତି ଅନିଶ୍ଚିତ କାଳପାଇଁ। ମାଷ୍ଟରଙ୍କ କାଳହୋଇ ବର୍ଷେ ଗଡିଯାଇଥିବ? ତୁମକୁ ଅନୁକମ୍ପାମୂଳକ ପେନସନ୍ ମିଳିଯିବା କଥା। ଏକଥା ସନ୍ଧ୍ୟାରେ ବି ତମେ ମୋତେ କହି ପାରିଥାନ୍ତ !

: ଯା'ହେଉ, ଅନେକ ବର୍ଷ ପରେ ଆମକଥା ମନେରଖି ଆସିଲ। ସାଂଗେସାଂଗେ ଏତେସବୁ ବ୍ୟକ୍ତିଗତ କଥାର ବୋଝରେ ତମକୁ କାହିଁକି ଭାରାକ୍ରାନ୍ତ କରିବି, କୁହ? ତମେ ଆସିଲା ବେଳକୁ ମୋ ପାଖରେ ଏଇ ସାର୍ଟିଫିକେଟମାନଙ୍କର ଜେରକ୍ସ କପି ବି ନଥିଲା, ତେଣୁ କହି ପାରିନଥିଲି।

: ତମେ ଯା'ଭିତରେ କଣ ସବୁ ପରୀକ୍ଷା ଦେଇଛ ପଦ୍ମା? ବି.ଏଡ୍ କି ଶିକ୍ଷକ-ପ୍ରଶିକ୍ଷଣ ପରି କିଛି କରିଛ?

: ବି.ଏଡ୍ ସରିଛି। ଓପନ ସ୍କୁଲରେ ପ୍ଲସ୍-ଟୁ କଲି, ବିଏ କଲି ଘରୋଇ। ଶିକ୍ଷକ ଯୋଗ୍ୟତାମୂଳକ ଓଟିଇଟି ବି ଦେଇଛି।

: ଠିକ୍ ଅଛି, ସେ କାଗଜପତ୍ରର ନକଲ ମୋତେ ଦେଇଯାଅ। ନିଯୁକ୍ତି ହେବା ପର୍ଯ୍ୟନ୍ତ ବହିପତ୍ର ପଢୁଥାଅ। ଲିଖିତ, ମୌଖିକ ପରୀକ୍ଷା ଦେବାପାଇଁ ପ୍ରସ୍ତୁତ ରୁହ। .... ହଁ, ଆଉ କେହି ଆମମାନଙ୍କୁ ଏଠି ଦେଖିଦେବା ଆଗରୁ ତମେ ଏଠୁ ଶୀଘ୍ର ଘରକୁ ଫେରିଯାଅ। ପାରିଲେ ସକାଳୁ ଆସ।

ଗଭୀର କୃତଜ୍ଞତା ଜଣାଇବା ଭଙ୍ଗୀରେ କାନ୍ଥ ଉପରଦେଇ ଫାଇଲ୍ ସମେତ ନିଜ ସୁକୋମଳ ହାତକୁ ବଢେଇ ଦେଇଥିଲା ପଦ୍ମା।

ହଉ, ଥ୍ୟାଙ୍କ୍ୟୁ।

ଯାଅ, ଯାଅ, କହି ଠେଲିଦେଲା ପରି ବିଦାୟ ଦେଇଦେଲି ପଦ୍ମାକୁ। ସେଇ ଅନ୍ଧାର ଭିତରେ ଅପସରି ଗଲା ପଦ୍ମା ପାଦଚଲା ରାସ୍ତାରେ, ଲତାଗୁଳ୍ମକୁ ହାତରେ ଆଡେଇ।

ଅନ୍ଧାର ଭିତରେ ସିଏ ହୋଇ ଯାଇଥିଲା ପରୀଟିଏ, ଯେମିତି ସେ ପକ୍ଷମେଲି ଫେରିଯାଏ ବିହଙ୍ଗ ମାର୍ଗରେ: ମଣିଷ ସଂପର୍କିତ ପୃଥ୍ୱୀଠାରୁ ନିଜକୁ ବିମୁକ୍ତ କରି। ନିରୀହ ଓ ନିଃସ୍ୱ ଏ ଜୀବନରେ ଯେମିତି ଆଶାହିଁ ଥିଲା ତାର ପରମାର୍ଥ। ସମସ୍ତ ଜାଗତିକ ନକାରାତ୍ମକ ପ୍ରକଂପନ ତାର ନିଷ୍ପାପ ହୃଦୟକୁ କେବେ ବି ସ୍ପର୍ଶ କରି ନପାରେ।

ଫାଇଲ୍ ନେଇ ଫେରି ଆସିଲି କାନ୍ଥ ପାଖରୁ । କିନ୍ତୁ ଏ କଣ ? ଅଗଣାରେ ଠିଆ ହୋଇଛି ବୋଉ । କାହିଁକି ?

: ବୋଉ, ତୁ ଶୋଇନାହୁଁ ଏଯାଏଁ ? ପଚାରି ଦେଲି ।

: ତୁ କୁଆଡେ ଯାଇଥିଲୁ ? ସେ ଓଲଟି ପଚାରି ଦେଲା । ମୋ ହାତରେ ଫାଇଲ୍ । ସେଥିରେ ଗୁନ୍ଥିତ ହୋଇଥିଲା ପଦ୍ମାର ଶିକ୍ଷାଗତ ଯୋଗ୍ୟତାର ଅବିକଳ ନକଲ ।

ଏସବୁ ତାର ଚାକିରୀ ପାଇଁ ଆବଦନ ପତ୍ର, ମୁଁ ଦେଖାଇଲି ବୋଉକୁ ।

ମୁଁ ଜାଣେ କିନ୍ତୁ ଏବେ ସମୟ ଦେଖିଛୁଟି, କହିଲା ବୋଉ ।

ଆଉ କୌଣସି କୈଫୟତର ଆବଶ୍ୟକତା ନଥିଲା । ଜୀବନରେ ଆମେ ଯାହା କରୁ, ଯାହା କରିବା ପାଇଁ ଚିନ୍ତାକରୁ, ସେସବୁର କୈଫୟତ କେହି ଆମଠାରୁ ତଲବ କରିପାରିବେ ନାହିଁ । ପ୍ରତ୍ୟାଶା ବି କରିପାରିବେ ନାହିଁ । କିନ୍ତୁ ଆମ କର୍ମର ଯଥାର୍ଥତା ଆମକୁ ଥରୁଟିଏ ପ୍ରତିପାଦନ କରିବାକୁ ହୁଏ ପରମାତ୍ମାଙ୍କ ଆଗରେ: ମୃତ୍ୟୁ ପରେ ଓ ପୁନର୍ଜନ୍ମ ପୂର୍ବରୁ । ଭୁଲକଲେ କ୍ଷମା ପ୍ରାର୍ଥନା ଅଛି । ପ୍ରାୟଶ୍ଚିତ ମଧ୍ୟ ଅଛି । ତା' ସତ୍ତ୍ୱେ ଆମକୁ ଭୋଗିବାକୁ ହେବ କର୍ମଫଳ ।

ଅନ୍ୟକୁ ଆମେ ଯେତିକି ଦୁଃଖ ଦେଇଥାଉ, ସେତିକି ପରାଭବ ପାଇଥାଉ ଭିନ୍ନ ରୂପରେ । ବନ୍ଧୁମିତ୍ରଙ୍କ ଠାରୁ ଆମେ ଯେତିକି ସେବା, ସହାୟତା ଓ ଅର୍ଥ ପାଇଥାଉ, ତାହା ପରିଶୋଧ ନକଲେ ଆମକୁ ବାରମ୍ବାର ଫେରିବାକୁ ହେବ ଏ କ୍ଲିଷ୍ଟ କ୍ଲାନ୍ତ ପୃଥିବୀକୁ, ସେଥିରୁ ଆମର ମୁକ୍ତି ନାହିଁ, କହିଥିଲେ ଆଚାର୍ଯ୍ୟ ।

ଜୀବନସାରା ପିତାମାତା, ପତ୍ନୀ, ପ୍ରେମିକା, ସନ୍ତାନ ସମେତ କେତେ ସହସ୍ର ଲୋକଙ୍କଠୁ ମିଳିଛି ସାହାଯ୍ୟ, ସେବା ଓ ସହାନୁଭୂତି । ସେ ସମସ୍ତଙ୍କ ଋଣ ମୁଁ କଣ ପରିଶୋଧ କରିପାରିବି ଏଇ ଛୋଟ ଜୀବନରେ ? ମୋର କୃତକର୍ମରୁ ନିଷକୃତି ପାଇଁ ଗୋଟିଏ ଜନ୍ମ ଯଥେଷ୍ଟ ନୁହେଁ ।

ମୁଁ ଯାହା ଭାବୁଥାଏ, ନିଜ ପାଇଁ ଯାହା କରୁଥାଏ, ତା ପଛରେ ଥିବା ମନଃସ୍ତତ୍ତ୍ୱ ବି ମୋ କର୍ମର ଅଂଶବିଶେଷ । ବୋଧହୁଏ ! ମୁଁ ଆଗକୁ ଭାବି ପାରିନଥିଲି । କେତେବେଳେ ଆଖିପତା ପଡି ସାରିଥିଲା ।

■

- ୭ -

ହ୍ୟାଲୋ, ମୁଁ ନୀଳମାଧବ ସେନାପତି କହୁଛି। ଆପଣଙ୍କ ବି.ଡି.ଓ.ଙ୍କୁ ଟିକିଏ କଲ୍ କନେକ୍ଟ କରି ପାରିବେ?

...........?

ହଁ, ହଁ, ମୁଁ ରେଭେନ୍ୟୁ ଅଫିସର କହୁଛି। ହଁ, ଠିକ୍ ଧରିଛନ୍ତି। ମୁଁ ଏବେ ମୋହିନୀପୁର କ୍ୟାମ୍ପରେ ଅଛି। ନମସ୍କାର।

........?

ମୁଁ ଜାଣିବାକୁ ଚାହୁଁଥିଲି ଗୋଟିଏ ପେନସନ୍ କଥା: ଗତବର୍ଷ କାର୍ଯ୍ୟରତ ଥିବା ଶିକ୍ଷକ ଗୋକୁଳାନନ୍ଦ ନାୟକଙ୍କ ଆକସ୍ମିକ ମୃତ୍ୟୁ ହୋଇଥିଲା। ତାଙ୍କ ପତ୍ନୀ ପଦ୍ମାବତୀ ଫ୍ୟାମିଲି ପେନସନ୍ ପାଇବାକୁ ଆବେଦନ କରିଥିଲେ। କିନ୍ତୁ କାହିଁକି ତାଙ୍କ ଫାଇଲ୍ ଏଯାଏଁ ପ୍ରୋସେସ ହୋଇପାରି ନାହିଁ? ଜଣେ ଡିଲିଙ୍ଗ ଆସିଷ୍ଟାଣ୍ଟ ଫାଇଲକୁ ଜିଲ୍ଲା ଶିକ୍ଷାଧିକାରୀଙ୍କ ପାଖକୁ ନପଠାଇ ନିଜ ଟେବୁଲ୍ ଉପରେ କାହିଁକି ଚପେଇ ରଖିଛି ... ବୁଝି ଦେଖିବେ?

ହଁ...

ତା ଫାଇଲରେ କଣ ତ୍ରୁଟି/ଲାକୁନା ଅଛି, ଦେଖିବେ। ଗୋକୁଳାନନ୍ଦର ଡେଢ଼ ହୋଇ ବର୍ଷେ ହେଇ ଗଲାଣି। କିରାଣୀର ପ୍ରୋକାଷ୍ଟିନେସନ (କାଳକ୍ଷେପଣ, ଟାଳଟୁଲ ନୀତି) ଲାଗି ବିଧବା ସ୍ତ୍ରୀଲୋକ ବ୍ଲକ ଅଫିସକୁ ଦୌଡ଼ୁଛି ବର୍ଷେ ହେଲା। ସେ ଡିଲିଙ୍ଗ ଆସିଷ୍ଟାଣ୍ଟର ପକେଟ୍ ଗରମ କଲେ ସେ ସ୍ତ୍ରୀଲୋକ ପେନସନ୍ ପାଇବ, କୁହାଯାଉଛି। ସେ ସ୍ତ୍ରୀଙ୍କ ଘରେ ଖାଇବାକୁ ନାହିଁ, ସେ କୋଉଠୁ ଆଣିଦେବ ଟଙ୍କା? .... ଆଜି ସନ୍ଧ୍ୟା ସୁଦ୍ଧା ତାର ଆବେଦନ ପ୍ରୋସେସ କରିଦେବା ଦରକାର। ହୋଇପାରିବ? ଗୁଡ୍!

ଫୋନ୍ ରଖିଲା ବେଳକୁ ଗରମ ଇଡ୍ଲିର ବାସ୍ନା ମୋ ସ୍ନାୟୁସତ୍ତାକୁ ଆନ୍ଦୋଳିତ

କରି ସାରିଥିଲା । ବୋଉ ସେତେବେଳକୁ ଟିପୟ ଉପରେ ଥୋଇ ଦେଇଥିଲା ଥାଳିଏ ଇଡଲି୍ ସହ ପରିପୂରକ ନଡିଆ ଚଟଣୀ ।

କେତେଦିନ ଏମିତି ଗାଁରେ ରହିଥିବୁ, ବୋଉ ? ଆମ ପାଖକୁ କୋଉଦିନ ଆସିବୁ ତୁ ?

'ରହିଥିବୁ' ମାନେ କଣ ? ଗାଁରେ ରହିବାରୁ ଆମମାନଙ୍କୁ ଦିଓଳା ଚାଉଳ, ଡାଲି, ପରିବା ମିଳିଯାଉଛି । ଚାଷବାସ ଭରସାରେ ତିନି ତିନିଜଣ ଭାଇ ଭଉଣୀ ପାଠଶାଠ ପଢ଼ିଲ । ବଡ ମଣିଷ ହେଲ ।... ମୋର କଣ ନାତି ନାତୁଣୀଙ୍କ ପାଖରେ ରହିବାକୁ ମନ ହେଉନାହିଁ ? ଅପାବି ଅନେକ ଦିନରୁ ଡାକିଲାଣି । ଯିବି, ଚାଷବାସ କାମ ଟିକିଏ ସରିଯାଉ ।

ବୋଉକୁ କିଛି ବୁଝାଇ ହୁଏନାହିଁ । ସେ କଷ୍ଟସହିଷ୍ଣୁ । ପରିଶ୍ରମୀ । ପାରିଲେ ଅପରକୁ ସାହାଯ୍ୟ କରିବ ପଛକେ ଅନ୍ୟଠୁ ସହାୟତା କିମ୍ବା ଉପଦେଶ ଲୋଡିବ ନାହିଁ । ସେ ନିଜ ମର୍ଜୀରେ ମହାରାଣୀ । ଅନ୍ୟମାନଙ୍କ ହାନୀଲାଭରେ ଥାଏ । କେହି ତାର ପରାମର୍ଶ ଲୋଡିଲେ ଭାବିଚିନ୍ତି ତା ରାୟ ଦେଇଥାଏ । ତାର ରାଜକୀୟ ଠାଣି ଦେଖିଲେ ଅଜଣା ବ୍ୟକ୍ତିର ମଥା ନଇଁଯିବ ଆପେ । ଅଥଚ, ସେ କାହା ଆଗରେ ମଥା ନୁଆଁଇବ ନାହିଁ । ତାର ଯା' ଇଚ୍ଛା ସେ କରୁ.... ! କୌଣସି ବାଧ୍ୟ ବାଦକତାରେ କିଛି ନକରୁ ।

ଜଳଖିଆ ପରେ ଚାହା ବି ତିଆରି କରି ଦେଇଥିଲା ବୋଉ । ମୁଁ ଚାହା କପ ହାତରେ ଧରିଛି, ଅଗଣାରେ କିଏ ଆସିଛି, ଦେଖିବାକୁ ଗଲା ବୋଉ ।

'ଆରେ ଝିଅ, ପଦ୍ମା ତୁ ? ଆ, ଭିତରକୁ ଆ । ଆଜି ଇଡ୍ଲି କରିଥିଲି । ତୋତେ ହିଁ ମନେ ପକାଉ ଥିଲି,' ବୋଉ ପାଛୋଟି ଆଣିଲା ପଦ୍ମାକୁ ।

ଆଜି ବ୍ଲକ୍ ଅଫିସ ଯାଇପାରିବ ?

ହଁ, କହିଲେ ଯିବି ।

ଠିକ୍ ଅଛି । ଡିଲିଙ୍ଗ ଆସିଷ୍ଟାଣ୍ଟ୍ ପାଖକୁ ଯିବନାହିଁ । ସିଧା ଯିବ ବି.ଡ଼ି.ଓ.ଙ୍କ ପାଖକୁ । ମୋ ନାମ କହିବ । ଆଧାର କାର୍ଡ ଓ ଦୁଇଟି ପାସପୋର୍ଟ ସାଇଜର ଫୋଟୋ ସାଥିରେ ନେଇଯିବ । ଗୋକୁଳ ମାଷ୍ଟରଙ୍କର ନୋମିନି ଫର୍ମାଟରେ ଯାହା ବାକିଥିବ, ସେସବୁ ପୁରଣ କରାଇଦେଇ ଆସିବ, କହିଲି ପଦ୍ମାକୁ ।

ଏକେଲା ଝିଅଟେ ସେ ଅଫିସ କାମସବୁ କରେଇ ପାରିବ ? ବରଂ ତୁ ପଦ୍ମାକୁ ନେଇଯାଉନୁ ସାଥିରେ । କାମସାରି ସନ୍ଧ୍ୟା ବସରେ ତାକୁ ବସେଇଦେବୁ, ତୁ ଫେରିବା କଥା ଯଦି ଯିବୁ, ରାୟ ଶୁଣାଇଦେଲା ବୋଉ । ତା'ର ଆଦେଶର ଆଉ ଦ୍ୱିରୁକ୍ତି ନଥାଏ ।

ମୁଁ କହିଲି, ହଉ । ଖାଇସାରି ବାହାରିଯିବା ।

ପଦ୍ମାବି ଦିଶିଲା ଟିକିଏ ଆଶ୍ୱସ୍ତ।

ଇତିମଧ୍ୟରେ ଆକାଶ ମେଘମୁକ୍ତ ହୋଇ ସାରିଥିଲା। ପାଖ ମହୁରା ଜଂଗଲରୁ ହଠାତ୍ ମୌସୁମୀର ସୁଶୀତଳ ବାୟୁ ଗ୍ରୀଷ୍ମତ୍ରସ୍ତ ତ୍ୱଚାରେ ଚନ୍ଦନ ଲେପିଦେଲା ଯେମିତି।

: ତମେ ବି.ଏଡ୍ ପରୀକ୍ଷା କେବେ ଦେଇଥିଲ ? ତା' ପରଠୁ ଆଜିଯାଏଁ କଣ କରିଛ ?

: ଦୁଇମାସ ତଳେ ପରୀକ୍ଷା ଦେଇଥିଲି। ଫଳ ବାହାରିଛି ଆଠଦିନ ହେଲା....କହି ନିରବି ଯାଇଥିଲା ପଦ୍ମା।

ଠିକ୍ ଅଛି। ସ୍ୱଳ୍ପଦିନରେ ଆଦିବାସୀ ବିଦ୍ୟାଳୟରେ ଶିକ୍ଷକ ନିଯୁକ୍ତି ପାଇଁ ବିଜ୍ଞାପନ ବାହାରିବ। ତାପରେ ନଭୋଦୟ ବିଦ୍ୟାଳୟ ଓ ରାଜ୍ୟର ଆଦର୍ଶ ବିଦ୍ୟାଳୟ ପାଇଁବି ପ୍ରସ୍ତୁତ ହୋଇ ରହ। କିଛିନା କିଛି ମିଳିଯିବ। ଆଖପାଖ ବେସରକାରୀ ସ୍କୁଲ ମାନଙ୍କରେ ବି ଚେଷ୍ଟା କରୁଥାଅ... ନିରାଶ ହୋଇ ମନମାରି ରୁହନାହିଁ। ପଜିଟିଭ, ସକାରାତ୍ମକ ଚିନ୍ତନ ରହିଲେ ଭଗବାନ ବି ଆମ କଥା ଶୁଣିପାରିବେ। ଆଶାବାଦୀ ହିଁ ସବୁବେଳେ ପାଇଥାଏ ଇପ୍ସିତ ସୁଫଳ, କହିଦେଲି ପଦ୍ମାକୁ।

ଏହି ସମୟରେ ପଦ୍ମାର ନିମ୍ନମୁଖୀ ଆତ୍ମବିଶ୍ୱାସକୁ ଉଜ୍ଜୀବିତ କରିବା ନିହାତି ଆବଶ୍ୟକ ଥିଲା। ଘରେ ଚାଉଳହାଣ୍ଡିରେ ସରିଯାଇଛି ଖୁଦ। ସିଝାଇ ଖ ଇବାକୁ ବାରିରେ ଅମୃତଭଣ୍ଡା କଷିଟିଏ ବି ନାହିଁ। ଏଣେ ରୁଗ୍ଣ ମଉସାଙ୍କ ଦେଖରେଖ ତଥା ଔଷଧପତ୍ର ପାଇଁ ଲୋଡା ଅର୍ଥ। ତାଳିପକା ଶାଢ଼ୀ ସବୁଦିନ ସଫାକରି କେତେ ଆଉ ପିନ୍ଧିବ ? କୋଉଠୁ କଣ ଆଣି ପାରିବ, ଏକେଲା ସ୍ତ୍ରୀ ଲୋକ ଜଣକ ?

: ପରୀକ୍ଷା ପ୍ରଶ୍ନପତ୍ରର କିଛି ନମୁନା ମିଳିଯାଇ ପାରିବ ?

ଚେଷ୍ଟା କରିବା। ମୋତେ ମନେ ପକାଇଦେବ କାଲି ଦି'ପହର ସମୟରେ। ସହାୟକ ବହି, ଟେଷ୍ଟପେପର ଓ ନିଯୁକ୍ତି ସୂଚନା କିଛି ପଠାଇ ଦେବି। ଭଲକରି ପଢାପଢି କଲେ ନିଯୁକ୍ତି ହୋଇଯିବ....।

: ସତ କହୁଛ ? ମୋର ନିଯୁକ୍ତି ହୋଇଯାଇ ପାରିବ ? ବିଶ୍ୱାସ ଆସୁନି।

ନହେବ କାହିଁକି ? ନିଶ୍ଚୟ ହେବ। ବହି ଜ୍ଞାନ ଅପେକ୍ଷା ବଡ କଥା ହେଲ ଆତ୍ମବିଶ୍ୱାସ ଓ ଆତ୍ମାଭିମାନ। ରାତି ସରିଲେ ଯେମିତି ସକାଳ ହେବା ସୁନିଶ୍ଚିତ, ସେମିତି ପରିଶ୍ରମ କଲେ ଭଗବାନଙ୍କ ପାଖରୁ 'ତଥାସ୍ତୁ' ଥୁଆ ହୋଇଥାଏ। ଥରେ ଆତ୍ମନିର୍ଭରଶୀଳ ହୋଇଯାଅ, ତାପରେ ତମେ କାହା ଆଗରେ ମୁଣ୍ଡ ନୁଆଁଇବା ଦରକାର ପଡିବନି।

ଗନ୍ତବ୍ୟ ସ୍ଥଳରେ ପହଞ୍ଚି ଯାଇଥିଲୁ। ରାସ୍ତାରେ ଗାଡି ରଖି ଓହ୍ଲାଇଲୁ।

ଗୋଷ୍ଠୀ ଉନ୍ନୟନ ଅଧିକାରୀ ଆମକୁ ଅଫିସ ଭିତରକୁ ପାଛୋଟି ନେଲେ। ପଦ୍ମା ସହିତ ତାଙ୍କର ପରିଚୟ କରାଇ ଦେଲି।

: ଫ୍ୟାମିଲି ପେନସନକୁ ଆମେ ପ୍ରାୟୋରିଟି (ଅଗ୍ରାଧିକାର) ଭିତ୍ତିରେ ସମାଧାନ କରିଥାଉ, କହୁଥିଲେ ବିଡିଓ।

ଆପଣଙ୍କ ଦପ୍ତରରେ ଫାଇଲ୍ ବର୍ଷେ ହେଲା ପଡିଛି। ସ୍ୱାମୀହୀନ ସ୍ତ୍ରୀଲୋକ ଆଉ କେତେବର୍ଷ ଦୌଡିଲେ ତାଙ୍କ ଫାଇଲ୍ ଆପଣଙ୍କ ନଜରକୁ ଆସିବ? ଆଉ ଆପଣ ପ୍ରାୟୋରିଟି ଦେବେ?

ସାର୍, ମୁଁ ଦୁଃଖିତ। ମୋତେ ଥରେ ରିମାଇଣ୍ଡ କରିଦେଲେ ମୁଁ କରି ଦିଅନ୍ତି। ଆପଣ ନିଜେ ନଆସି ଫୋନ୍ କରିଦେଇଥିଲେ ମୁଁ ସେ ପେନସନ୍ ଦେୟ ଫଇସଲା କରି ସାରନ୍ତିଣି।

ବହୁତ ହେଲାଣି। ଆପଣଙ୍କ କିରାଣୀ ଆପଣଙ୍କ ନାମ କହି ପାଞ୍ଚ ହଜାର ଟଙ୍କା ପିସି (ବଟି) ଦାବୀ କରୁଛି ଜଣେ ନିଆଶ୍ରା ସ୍ତ୍ରୀ ଲୋକ ପାଖରୁ...। ଆପଣ ଆକ୍ସନ୍ କଣ ନେଇଛନ୍ତି ?

ଆଇଏମ୍ ସରି ସାର୍...। ଗରିବ ଗୁରୁବାଙ୍କ ସେବାପାଇଁ ଆମେ ସବୁବେଳେ ତତ୍ପର। ଏଇଟା କେମିତି ମୋ ନଜରରେ ପଡିନାହିଁ।

ଗରିବଙ୍କ ସେବା ? ସେଇ ସ୍ତ୍ରୀଲୋକ ପରା ସୁନାବନ୍ଧା ପକାଇ ତିନି ହଜାର ଟଙ୍କା ଆଣି ଦେଇଥିଲା ? ହୋଇପାରିବନି କହି ଆପଣଙ୍କ କିରାଣୀ ତାକୁ ଫେରାଇଦେଇଛି। ଆଉ ଏବେ ଆପଣ ପୁରାଣ ପାରାୟଣ କରୁଛନ୍ତି !

ସରି ସାର୍।

'ସରି' କହିବେ ପରେ। ତା ପେନସନ୍ କଥା ଆଗ, କହିଦେଇ ବାହାରି ଆସିଥିଲି।

...ସନ୍ଧ୍ୟାସୁଦ୍ଧା ପଦ୍ମାବତୀଙ୍କ କାଗଜପତ୍ର ଠିକ୍ କରିଦେବେ ଆପଣ। ଆଉ ହଁ, କାମ ସରିଲେ ପିଅନ ପଠାଇ ତାଙ୍କୁ ମୋହିନୀପୁର ବସରେ ବସେଇ ଦେବେ, କହିଦେଲି ବିଡିଓଙ୍କୁ ଯେତେବେଳେ ସେ ମୋ ଗାଡି ପର୍ଯ୍ୟନ୍ତ ବଳେଇଦେଇ ଆସିଥିଲେ।

ସୂର୍ଯ୍ୟାଲୋକ ପଶ୍ଚିମ ଆକାଶରେ ରକ୍ତିମ ହେଲାବେଳକୁ ମୋହିନୀପୁର ଲୁଚି ଯାଇଥିଲା । ଏଣିକି ଏକ ମୁଗ୍ଧ ଶୀତଳ ଜହ୍ନର ଆସ୍ତରଣ ତଳେ ସେଇ ଧୂଳିଧୂସରିତ ଗାଁ ଶୋଇଯିବ ଶାନ୍ତିରେ । ଚୁପଚାପ୍।

■

- ୮ -

ଗାଁ କାମ ଏତେ ଜଲଦି ସରିଗଲା ? ବୋଉଙ୍କ ଦେହପା ଭଲ ଅଛି ତ ? ପଚାରି ଦେଇ ଶ୍ରୀମତୀ କିଚେନରେ ପଶିଲେ। ଫେରିଲେ ଚାହା ଓ ବିସ୍କୁଟ ସହିତ।

ବାସୁମତି ଚାଉଳ ଗାଡିର ଡିକ୍କିରେ ଅଛି ? ସେ ପଚାରି ଦେଲେ, ସୁନିଶ୍ଚିତ ହେବାପାଇଁ।

ନା। ମୋ ପାଖରେ ଯେଉଁ ଅର୍ଥ ଥିଲା ସେଥିରେ ଗାଡିର ଇନ୍ଧନ ଭରିବାକୁ ପଡିଲା, କହିଦେଲି । ସଂଭାବ୍ୟ ଘରୋଇ ଝଡରୁ ମୁକୁଳିବାକୁ ଏହାଥିଲା ସତ୍ୟର ସ୍ୱଚ୍ଛ ଅପଲାପ।

ତାହେଲେ ବୋଉଙ୍କ ପାଖରୁ କିଛି ଚାଉଳ ଆଣି ଆସିଲନି ? ପ୍ରଚାରିଲେ ପତ୍ନୀ।

ବାସୁମତି ଚାଉଳ କ୍ୟାପିଟାଲରେ ମିଳିଯିବ ନାହିଁ କି ? ମୁଁ କହିଲା ପରେ ପ୍ରଶ୍ନୋତ୍ତର ସମାପ୍ତ ହେଲା। ନହେଲେ ମୋହିନୀପୁରକୁ ନେଇ ଯେଉଁ ଏକ ଅମୀମାଂସିତ ପ୍ରଶ୍ନ ଉଠିଥାନ୍ତା, ତାହା ଅଙ୍କରେ ଥମିଗଲା। ଥ୍ୟାଙ୍କ୍ ଗଡ୍ ।

ଇତିମଧ୍ୟରେ ଅଫିସରୁ ଫୋନ୍ କଲ୍ ଆସିଲା।

'............. ?'

'ମୁଁ ଗତବର୍ଷ ସେଇ ଇଣ୍ଟରଭ୍ୟୁ ପ୍ୟାନେଲରେ ଥିଲି ସାର୍। ଏ ବର୍ଷ ଅନ୍ୟ କାହାକୁ ନେଉନାହାନ୍ତି ?'

'ଗତବର୍ଷ ଥିଲେ ବୋଲି ଏବର୍ଷ ଆପଣଙ୍କ ନାମ ପୁଣି ସୁପାରିଶ କରାଯାଇଛି,' କହୁଥିଲେ କମିଶନର୍।

'ଥ୍ୟାଙ୍କୟୁ ସାର୍। ମୋ ଉପରେ ଆସ୍ଥା ପାଇଁ...।'

ଏହାକୁ ପ୍ରଛନ୍ନ ଆଶୀର୍ବାଦ କୁହା ଯାଇପାରେ । କିମ୍ବା ମୋର ନୈତିକ ସଚ୍ଚୋଟପଣିଆର ପରୀକ୍ଷା ? ପ୍ୟାନେଲରେ ରହିବା ପାଇଁ ରାଜି ହେବି ନା ମନ

କରିଦେବି ? ପରିବାରର ସଦସ୍ୟ, ଭାଇ ବା ସଂପର୍କୀୟ ନିଯୁକ୍ତି ପ୍ରାର୍ଥୀଥିଲେ ପ୍ୟାନେଲରେ ବସିବା ମନା। ସେଥିରେ ନୈତିକ ବାରଣ ଅଛି। ଅଛି ସରକାରୀ କଟକଣା।

'କୌଣସି ଶକ୍ତ କାରଣ ଥିଲେ ଆପଣ ଯେ କୌଣସି ମୁହୂର୍ତ୍ତରେ ପ୍ୟାନେଲରୁ ଓହରି ଯାଇ ପାରିବେ,' ଦୋହରାଇ ଥିଲେ କମିଶନର୍।

ହଉ।

ମୁଁ ବି ଚାହେ, ସଚ୍ଚୋଟ ଓ ନିଷ୍ଠାପର ବ୍ୟକ୍ତି ଶିକ୍ଷକ ଭାବେ ନିଯୁକ୍ତି ପାଆନ୍ତୁ। ଗ୍ରାମାଞ୍ଚଳ ଶିକ୍ଷାର କ୍ରମବିକାଶ ହେଉ।

କିନ୍ତୁ ମୁଁ ପାନେଲରୁ ଓହରିବି କାହିଁକି ? କେଉଁ ଶକ୍ତ କାରଣରୁ ମୁଁ ଓହରିଯିବି ? ପଦ୍ମା ପ୍ରାର୍ଥିନୀ ବୋଲି ? ସେ କଣ ମୋର ରକ୍ତ ସଂପର୍କୀୟା ? ବନ୍ଧୁ ବାନ୍ଧବ ? ନା। ... ଭାବି ବସିଲେ ସେ ମୋର କେହି ନୁହଁ। ସେଥିପାଇଁ ମୁଁ ପଦ୍ମାର କେହିନୁହଁ ବୋଲି ଛାତିରେ ହାତ ରଖି ସତ୍ୟପାଠ କରିଦେଇ ପାରିବି ? କି ଅଦ୍ଭୁତ ମାୟା ରଚନା କରିଛି ନିୟତି !

ଭାବିଦେଲେ ତୁମେ ମୋର। ନହେଲେ କିଏ କାହାର ? ଜହ୍ନତ ବ୍ୟକ୍ତିଗତ ଭାବରେ କେବଳ ଶଶକର କି କଇଁଫୁଲର ଆତ୍ମୀୟ ସ୍ୱଜନ ନୁହେଁ... ସେ ସମସ୍ତଙ୍କର। ସାରା ପୃଥିବୀର ଓ ନକ୍ଷତ୍ରଖଚିତ ସୁବିସ୍ତୃତ ମହାକାଶର। ପକ୍ଷୀମାନଙ୍କର ଓ ମୁଗ୍ଧ ମୋହିନୀପୁରର।

ଭଗବାନ ବି ସେମିତି ଆମ ସମସ୍ତଙ୍କର ନିକଟ ସଂପର୍କୀୟ ଅଥଚ ଅଲୌକିକ। ବିପଦରେ ଡାକିଲେ ଦୂରରେ ଥାନ୍ତି, କିନ୍ତୁ ପାଖଲୋକ ପରି ଗପସପ କରନ୍ତି ଧ୍ୟାନରେ। ନିରୋଳାରେ। ସେଥିପାଇଁ ତମେ କାମନା-ମୁକ୍ତ ଓ ନିରାସକ୍ତ ହେବାକୁ ହେବ।

ଭାବରେ, ଆବେଗରେ ଓ ଭକ୍ତିରେତ ଆମେ କହିଦେଉ: ତ୍ୱମେବ ମାତାଶ୍ଚ ପିତା ତ୍ୱମେବ, ତ୍ୱମେବ ବନ୍ଧୁଶ୍ଚ ସଖା...। ସେ ଅଶରୀରୀ ବା ନିରାକାର । ଆମ ଆତ୍ମା ବି ନିରାକାର କିନ୍ତୁ ଆମର ଶରୀର ଅଛି। ତାଙ୍କର ଶରୀର ନଥିବାରୁ ତାଙ୍କ ସଂପର୍କରେ କୌଣସି ଅବଧାରଣା କରିହୁଏନି। ... ଯୁକ୍ତିଛଳରେ ଆମେ କହିପାରୁ ଯେ ଭଗବାନ ନାହାନ୍ତି, କାହିଁକିନା ତାଙ୍କୁ କେହି ଦେଖିନାହାନ୍ତି। ଅଦୃଶ୍ୟକୁ ଦେଖିବ କିଏ ? ପ୍ରେମ, ଭଲପାଇବା, ସ୍ନେହ ଓ ମମତାକୁ କିଏ ଦେଖିପାରିବ ?

ପଦ୍ମାସହ ମୋର ଐକାନ୍ତିକ ପ୍ରେମ କିଏ ଦେଖି ପାରିବ ? ସ୍ପର୍ଶ କରିପାରିବ ? କେହିନୁହଁ।

ବେଦାନ୍ତରେ ଅଛି ଯାହା ଦୃଶ୍ୟମାନ, ତାର ଅନ୍ତ ଅଛି। ଯାହା ଗତିଶୀଳ ଓ ଜୀବନ୍ତ ତାର ମୃତ୍ୟୁ ଅଛି, ମାନେ ତାହା ମାୟା। ଅଦୃଶ୍ୟ ଓ ଅପହଞ୍ଚ ହିଁ ସତ୍ୟ।

ଏଇ ଦେହ ଦୃଶ୍ୟମାନ ବୋଲି ଆମେ ମାଟିରେ ପୋତିଦେଉ କିମ୍ବା ମଶାଣିରେ ଜାଳିଦେଉ, ମୃତ୍ୟୁପରେ। କେହି ପଚାରିଲେ କହିଦେଉ: ସେ ଉପରକୁ ଚାଲିଗଲେଣି। ଉପରକୁ ଯାଏ କିଏ ? ଆତ୍ମାତ ଅଦୃଶ୍ୟ ଓ ଅମର। ତେଣୁ ସେ ଦେହର ମୃତ୍ୟୁପରେ ବି ଫେରୁଥିବ ବାରଂବାର ପୃଥିବୀକୁ। ପୁନର୍ଜନ୍ମ ପାଇଁ ?

ହେଲୋ ? .... ହେଲୋ ? କମିଶନରଙ୍କ ଫୋନ୍ ବୋଧହୁଏ କଟି ଯାଇଥିଲା କେତେବେଳୁ।

ଏଥର ଯେମିତି ହେଉ ପଦ୍ମାର ନିଯୁକ୍ତି ହୋଇଯିବା ଉଚିତ। ଲିଖିତ ପରୀକ୍ଷାରେ ସେ ଉତ୍ତୀର୍ଣ୍ଣ ହୋଇଗଲେ ସାକ୍ଷାତକାରରେ ଉତୁରିବା କଷ୍ଟ ହେବନାହିଁ। ଆଦୌ ନୁହେଁ। କାଳ ହିଁ ଏହି ଅସମାହିତ ଦ୍ୱନ୍ଦ୍ୱର ଉତ୍ତର ଦେବ ଯଥା ସମୟରେ। ହଁ, ମୋତେ ଏହି ନିଯୁକ୍ତି ପ୍ୟାନେଲରେ ରହିବାକୁ ହେବ। ମୁଁ ଯେଉଁ ପ୍ରକୃତି କୋଳରେ ବଢ଼ିଛି, କଷ୍ଟସହି ପଢ଼ିଛି, ତା ଭିତରୁ ଆଉ ଶହେଜଣ ମୋ ଦ୍ୱାରା ଉପକୃତ ହେଲେ କ୍ଷତି କଣ !

ପଲ୍ଲୀ କୋଳରେ ଯିଏ ପଦ୍ମାର ଚିତ୍ର ନିଃସ୍ୱ, ନିରବ ଓ କମନୀୟ କରି ତୋଳିଛି ସେହି ଚିତ୍ରକାରର ସ୍କେଚ୍ ମୋହିନୀପୁରକୁ ବି କରିଛି ଲାସ୍ୟମୟୀ । ପଲ୍ଲୀର ଆକାଶ ଥାଏ ଚଳଚଞ୍ଚଳ, ହସକୁରୀ, କିନ୍ତୁ ସେ ମୂକ। ପାହାଡ଼ ଓ ଗଛପତ୍ରବି ଥାଆନ୍ତି ଚିରକାଳ ମୂକ। ପଲ୍ଲୀ ପ୍ରତିବାଦ ଜାଣେନାଇଁ, ପଦ୍ମାପରି। ସେଥିପାଇଁ ସହରଠାରୁ ପଛରେ ପଡ଼ିଯାଇଛି ପଲ୍ଲୀ।

ମୋହିନୀପୁରର ମନ୍ଥରା ବନାନୀ, ଉତେଇ ନଈ, କୁସୁମଦେଇ ଡଙ୍ଗର ଓ ଫୁରଲି ଝରଣ୍ ନୀରବତାର ମୂକସାକ୍ଷୀ । ସେ ପ୍ରକୃତି ଶାନ୍ତ, କ୍ଷମାଶୀଳା ଓ ନିରିହ ବାଳିକା ପରି ପବିତ୍ର। ସେ ପଦ୍ମାର ପ୍ରତିକୃତି ?

ମୋବାଇଲରେ ଛୋଟ ବାର୍ତ୍ତାଟିଏ ପଠାଇଲି: 'ଆଦିବାସୀ ସ୍କୁଲ ଶିକ୍ଷକ ନିଯୁକ୍ତିର ଲିଖିତ ପରୀକ୍ଷା ସେପ୍ଟେମ୍ବର ପ୍ରଥମ ସପ୍ତାହ। ପ୍ରସ୍ତୁତ ରୁହ।'

'ଥ୍ୟାଙ୍କ୍ୟୁ ସାର୍,' ସାଂଗେସାଂଗେ ଆସିଗଲା ଉତ୍ତର।

: ଆଉ ଫ୍ୟାମିଲି ପେନସନ୍ କାମ ହେଲା ?

: ଆସନ୍ତାକାଲି ଫାଇଲ୍ ଯିବ, କହିଛନ୍ତି।

: ଆଉ ପିସି/ଉତ୍କୋଚ କିଛି ଦାବୀ କରୁଥିଲେ ?

: ନାନା, ସେକଥା ଉଠିନାହିଁ ଆଦୌ।

: ଏହା ସତ ? ବିଶ୍ୱାସଯୋଗ୍ୟ ? କାହିଁକିନା ପିସି କାରବାର ଏବେ ଆମ

ଜାତୀୟ ଚରିତ୍ରକୁ ଆକ୍ରାନ୍ତ କରିଛି କୋଭିଡ-୧୯ ପରି। ଅମଲାତନ୍ତ୍ରର ଆଞ୍ଚଳିକ ପ୍ରତୀକ ହେଲାଣି ଲାଞ୍ଚ। ଅଯୋଗ୍ୟକୁ ସୁଯୋଗ୍ୟ କରିଦିଏ ଉତ୍କୋଚ! ସୁଯୋଗ୍ୟକୁ ଅଯୋଗ୍ୟ କରାଏ ସଂରକ୍ଷଣ।

: ହଉ, ଲିଖିତ ପରୀକ୍ଷା ପାଇଁ ଭଲଭାବରେ ପ୍ରସ୍ତୁତ ହୋଇରୁହ। କାଲି କୋରିଅରରେ କିମ୍ବା ବସରେ ତୁମ ବହିପତ୍ର ପହଞ୍ଚିଯିବ। ଶୁଭେଚ୍ଛା।

'ଫୁଲ ଚଢ଼େଇବା ପାଇଁ କି ଦୀପ ଜାଳିବାକୁ ମନ୍ଦିର ଯିବା ଅନାବଶ୍ୟକ। ବରଂ ନିଜ ହୃଦୟରେ ଦୟା ଓ ପ୍ରେମର ଦୀପାଳୀ ଜାଳି ଦୂର କର ମନ ଭିତରର ପାପ ଓ ଅହଂକାରର ଅନ୍ଧାର।

'ମନ୍ଦିରର ପଥର ଦିଅଁ ଆଗରେ ମଥାନତ କରିବା ଆଗରୁ ବିନମ୍ର ହୋଇ ମଣିଷ ଆଗରେ ପ୍ରଥମେ କ୍ଷମାପ୍ରାର୍ଥନା କରି ଶିଖ ...' ବିଶ୍ୱକବି ରବୀନ୍ଦ୍ରନାଥ ଠାକୁରଙ୍କ ଏଇ ପଂକ୍ତି ପଢିଥିଲି ସ୍କୁଲରେ, ମନେ ପଡୁଛି ଏବେ।

ମୁଁ କାହା ପାଖରେ ଦୋଷୀ ଯେ କ୍ଷମା ଯାଚନା କରିବି? ଆଣ୍ଠୁମାଡ଼ି ଈଶ୍ୱରଙ୍କୁ ଡାକିବା ଆଗରୁ ପ୍ରଥମେ ନିଜ ହୃଦୟ ଭିତରେ ଥିବା ପତିତ-ପଣକୁ ବିତାଡିତ କର। ତାପରେ ମନ୍ଦିର ଯାଇ ପବିତ୍ର ହୁଅ...ଅହଂ କ୍ଷନ୍ତବ୍ୟା... କ୍ଷମିତାମ...କ୍ଷମିତସ୍ମି.....।

'ଏବେ ଅଫିସ ଯିବ ନା ଆରାମ କରିବ ଟିକିଏ?' ପତ୍ନୀ ପଚାରିଦେଲେ। ଉତ୍ତରକୁ ଅପେକ୍ଷା ନକରି ବାହାରିଗଲେ । ବଡ ଅଦ୍ଭୁତ ଏ ସ୍ତ୍ରୀ ଚରିତ୍ର।

: ଉତ୍ତର ଦରକାର ନାହିଁ?

: ବଳେ କହିଦେବନି?

ଏମାନଙ୍କ ଦମ୍ଭିଲାପଣ ଦେଖ। ଏୟାକୁ ସହରୀ ଆତ୍ମବିଶ୍ୱାସ କହିହେବ?

■

- ୯ -

ମୋହିନୀପୁରର ଏକେଲା ଜହ୍ନ ଯେତେବେଳେ ସାନ କୁସୁମଦେଇ ଡଙ୍ଗର ଉପରେ ଉଦିତ ହୁଏ, ରାଜଧାନୀ ଏକ୍ସପ୍ରେସ୍ ସେତିକିବେଳେ ରାସ୍ତାକଡରେ ବ୍ରେକ୍ କଷେ। ଯାତ୍ରୀମାନେ ଓହ୍ଲାଇ ଯାଆନ୍ତି କୁଟିଆ ବବା ଚାହା ଚାଳିଆ ଆଗରେ। ଗରମ ଆଳୁଚପ୍, ଜିଲେବି ଓ ଛେନାଗଜାର ମିଶ୍ରିତ ମହକରେ ସ୍ଥାନଟି ଚଳଚଞ୍ଚଳ ହୁଏ।

ଯାତ୍ରୀମାନେ ଚାଳିଆରେ ପଶିବା ମାତ୍ରେ ଦିଶିଯାଏ ପ୍ରବେଶ ପଥରେ ବସିଥିବା ବବାଙ୍କ ପହଲମାନ୍ ଚେହେରା । ସନ୍ଧ୍ୟାରେ ସେଠି ତିଆରି ହୁଏ ଦେଶୀ କୁକୁଡ଼ା ଝୋଳରେ ବଡୁରା ବିରି ବରା ଯାହା ଖାଦ୍ୟପ୍ରିୟ ଗ୍ରାହକଙ୍କୁ ବାନ୍ଧି ରଖେ। ନୟାଗଡ ପୋଡପିଠା, ପାହାଳ ରସଗୋଲା ପରି ମୋହିନୀପୁରର ବଡୁରାବରା ବି ଲୋକପ୍ରିୟତା ଅର୍ଜନ କରିଥିଲା।

କୁଟିଆ ଦୋକାନ ଆଗରେ ଭୁବନେଶ୍ୱର- ମୁହାଁ ସବୁ ବସ୍ ଦଶ-ପନ୍ଦର ମିନିଟ୍ ଅଟକି ଯେଝା ବାଟରେ ବାହାରି ଯାଆନ୍ତି। ଢେଙ୍କାନାଳ, ଯାଜପୁର, ଫୁଲବାଣୀ ଦିଗର ପେସେଞ୍ଜର ବସ୍, ଟେମ୍ପୋ ଆଉ ଟ୍ରେକ୍କର୍ ଚାଳିଆ ପାଖେ କିଛି ସମୟ ରହି ଯାତ୍ରୀ ଉଠାନ୍ତି। ଗନ୍ତବ୍ୟ ସ୍ଥଳକୁ ନିର୍ଦ୍ଦିଷ୍ଟ ଗାଡି ଆସିବା ଯାଏଁ ଅନେକ ଯାତ୍ରୀ ଡେରୀ ରାତି ଯାଏଁ ପ୍ରତୀକ୍ଷା କରନ୍ତି।

ଚିହ୍ନାଲୋକ କିଏ ଜଣେଅଧେ 'ଜୁହାର ବବା' ବୋଲି ହୋଟେଲ ଭିତରେ ପଶିଗଲେ ହେଲା, ତାପରେ କୁଟିଆ ବବାଙ୍କ ବକ୍ତବ୍ୟ ଚାଲୁ ହୋଇଯାଏ।

'ଆରେ ପିଲେ, କୁଆଡେ ଗଲେରେ,' ବବା ଚିଲ୍ଲେଇ ତାଙ୍କ କାମବାଲା ପିଲାମାନଙ୍କୁ ଡାକ ପକାନ୍ତି । 'ଆରେ କିଏ ଅଛରେ ! ବାବୁମାନେ, ମାଡାମ୍ ମାନେ ଆସି ଗଲେଣି । ବୁଝ, ତାଙ୍କୁ କଣ ଦରକାର। ଚାହା, ପୋକୁଡି, ମିଠା କଣ ଅଛି ଖାଇବାକୁ ଦିଅରେ...'

'ଓହୋ, କେମିତି ଅଛହୋ ଭଣଜା? ଚାଷ ବାସ କେମିତି ଅଛି ଏସନ? ତମର ଧାନବିଲରେ ପଲା ପଡିଲାଣି କି ନାଇଁ? ଆଜି କେମିତି ବାଟଭୁଲି ଆସିଗଲ?' ବବା ଭଲମନ୍ଦ ପାଣିପାଗ ପଚାରି ଦିଅନ୍ତି, ଚିହ୍ନାଜଣା କେହି ଦେଖା ହୋଇଗଲେ।

ବସରୁ ଓହ୍ଲାଇ କଣ୍ଡକ୍ଟର ଜଣକ ହଠାତ୍ ଡ୍ରାଇଭରଂକୁ ପଚାରି ଦେଲେ, ରେଭେନ୍ୟୁ ଅଫିସରଙ୍କ ସେଇ ବହି ପାର୍ଶଲଟି ଦେଇସାରିଛ ତ?

ହଁ, କୁଟିଆ ବବାଙ୍କ ହାତକୁ ଦେଇ ସାରିଛି।

କୁଟିଆ ବହି ପାର୍ଶଲ୍ ଉପରେ ଇଂରାଜୀରେ ଲେଖା ଠିକଣା ପଢିବାକୁ ଚେଷ୍ଟା କରିଥିଲେ। ଯା'ଭିତରେ ଆତଯାତ ଯାତ୍ରୀଙ୍କ ଭିଡ ବଢିବାରୁ ପ୍ୟାକେଟକୁ ନିଜ ଟେବୁଲ ଡ୍ର ଭିତରେ ସାଇତି ରଖିଦେଲେ ।

ତା'ପରେ ଅନ୍ୟ ଚିଠପତ୍ରର ଖାମ ଉପରେ ଠିକଣା ପଢି ସେ ସଜାଡି ରଖିବାକୁ ଲାଗିଲେ। 'ଏଇ ଚିଠି ସବୁ ଅନୁଗୁଳ, ଢେଙ୍କାନାଳ ଓ କପିଳାସ ଆଡର ବସବାଲାଙ୍କୁ ଦେଇଦେବ...କ୍ୟାଶବାକ୍ସ ଉପରେ ସେଇ ଚିଠି ତିନୋଟି ସୋନପୁର-କେସିଂଗା ଦିଗର ଗାଡିବାଲାଙ୍କୁ ଦେଇଦେବ...ଏଇ ଚିଠି କେଉଁଝରର ଗାଡିକୁ ଦେଇଦେଲନି?' କହି ସମସ୍ତିଙ୍କି ଦାୟିତ୍ୱ ଦେଇଯାନ୍ତି ବବା।

ଚାଳିଆ ସାମ୍ନା ରାସ୍ତା ଆରକଡେ ଥାଏ ମୋହିନୀପୁରର ପୁରୁଣା ଡାକଘର। ରବିବାର ଓ ଅନ୍ୟ ଜାତୀୟ ଛୁଟିଦିନ ଡାକଘର ବନ୍ଦ ଥାଏ। କିନ୍ତୁ କୁଟିଆ ବବାଙ୍କ ହୋଟେଲ କେବେ ବନ୍ଦ ହୁଏନାହିଁ। ସେହେତୁ ବସ୍ ଡ୍ରାଇଭର ଓ କଣ୍ଡକ୍ଟରମାନେ ମୋହିନୀପୁରର ଯାବତୀୟ ଚିଠିପତ୍ର ନିର୍ଭରଯୋଗ୍ୟ ବବା ଚାଳିଆରେ ଥୋଇ ଦେଇଯା'ନ୍ତି ।

ବସ୍ ଚାଳକ ଓ ପରିବହନ କର୍ମଚାରୀଙ୍କ ପାଖରେ ବସି କୁଟିଆ ବବା ସେମାନଙ୍କ ଖିଆପିଆ କଥା ବୁଝନ୍ତି। ପଚାରନ୍ତି, କଣ ଖାଇବେ? ଆରାମରେ ଖାଆନ୍ତୁ।

'ବ୍ୟସ୍ତ ହୁଅନ୍ତୁନି, ଡ୍ରାଇଭର ବାବୁ ମୋ ପାଖରେ ବସି ଖାଉଛନ୍ତି। ଗାଡି ଛାଡିଦେବ ବୋଲି ତରତର ହୁଅନ୍ତୁ ନାହିଁ,' ବସ୍ ଯାତ୍ରୀଙ୍କ ଉଦ୍ଦେଶ୍ୟରେ ବବା ଘୋଷଣା କରିଦିଅନ୍ତି।

ଚାହା ଜଳଖିଆ ସରିଲା ପରେ ଯାତ୍ରୀମାନେ ବସ୍ ଚଢି ଫେରି ଯାଆନ୍ତି ସ୍ୱ-ସ୍ୱ ଗନ୍ତବ୍ୟ ସ୍ଥାନକୁ। ରାଜଧାନୀର ଦ୍ରୁତଗାମୀ ଗାଡି ଜଗନ୍ନାଥ ପୋଖରୀ ମୋଡ ପାରି ହେଲାବେଳକୁ ମୋହିନୀପୁରର କଇଁଫୁଲମାନ ସ୍ୱତଃ ମଥା ଟେକି ଦେଇ ଥାଆନ୍ତି, ଧିରେଧିରେ।

ଠିକ୍ ଏଇ ସମୟରେ ପଦ୍ମା ମଥାନତ କରି ଚାଲିଆ ବାହାରେ ଠିଆ ହେଲା ସନ୍ତ୍ରମତାରେ। କୁଟିଆ ବବାଙ୍କ ସଂପର୍କୀୟ ଜଗୁକୁ ଡାକ ପକାଇଲା ସେ ।

'ଜଗୁ, ମୋର କିଛି ବହି ପାର୍ଶଲ ଆସିଥିଲା ରାଜଧାନୀରୁ ?'

କୁଟିଆ ବବା କାଉଣ୍ଟର ପାଖରେ ବସି ଦେଖିପାରେ କିଏ ଜଣେ ସ୍ତ୍ରୀଲୋକ କୌଣସି ଚିଠିପତ୍ର ପାର୍ଶଲର ସନ୍ଧାନ କରୁଛନ୍ତି।

'କିଏରେ ମାଆ ? ଆ ଆ, ଏଠିକି ଆସିଯା ... ଭଲ ଅଛୁ ? ମଉସା ଭଲ ଅଛନ୍ତିଟି ? ଗୋକୁଳାନନ୍ଦ ଥିଲାବେଳେ ସନ୍ଧ୍ୟାହେଲେ ଏଠିକି ନିଶ୍ଚୟ ଆସେ। ଚିକେନ୍ ଝୋଳରେ ବରାବଡୁରା ଥିଲା ତାର ପ୍ରିୟ। ସ୍କୁଲରୁ ଫେରିଆସି ଏଠି ଖାଏ ନହେଲେ ପାର୍ଶଲ କରି ନେଇଯାଏ। ତା'ପରେ ସେ ଗଲା। ଏକାଥରକୁ ଚାଲିଗଲା ଉପରକୁ। ତୋର ପେନସନ୍ କି ଭତ୍ତା କିଛି ମିଳିଲାଣି କି ନାହିଁ ?'

'ନା କିଛି ହୋଇପାରି ନାହିଁ ଏଯାଏଁ।'

'କହି ଦେଲୁନି ? ଆମ ନୀଳମାଧବ କ୍ଲାସ୍ ୱାନ୍ ଅଫିସର ହୋଇ ଆସିଛି। ଗୋଟେ ଫୋନ୍ ବାଡେଇ ଦେଲେ ଏଇ ବିଡିଓ, ତହସିଲଦାର ମାନଙ୍କର ପିଳେହି ପାଣି ହୋଇଯିବ...ହଁ ମନେପଡିଲା ତୋ ନାମରେ ବହି ପାର୍ଶଲଟେ ଆସିଥିଲା', କହି କୁଟିଆ ବବା ପଦ୍ମା ହାତରେ ବଢେଇଦେଲେ ବହିର ପାର୍ଶଲ୍ ।

ପଦ୍ମା ପ୍ୟାକେଟ୍ ଉଠେଇ ନିଜ ଠିକଣା ଉପରେ ପହଁରେଇ ଆଣିଲା ଦୃଷ୍ଟି। ସେ ବହି ନୁହେଁ ଯେ, ସଦ୍ୟ ସଙ୍କୁଚିତ ଫୁଲତୋଡାଟିଏ। ତାର ସୁବାସ ତା' ଇନ୍ଦ୍ରିୟ ଓ ଅନ୍ତର୍ମନକୁ ପୁଲକିତ କରି ବସିଲା । କ୍ଷଣକ ପାଇଁ।

'ଆସୁଛି ବବା...' କହି ଦେଇଥିଲା ସୌଜନ୍ୟ ଦୃଷ୍ଟିରୁ।

ଆରେ ମାଆ, ତୁ ଏମ୍‌ଏ କି କଣ ପରୀକ୍ଷାଟିଏ ଦେଇଥିଲୁ, ଫଳ ଆସି ଯାଇଥିବତ ?

'ଏମ୍.ଏ ନୁହେଁ ବବା, ବି.ଏଡ୍ । ପାଶ୍ କରି ଯାଇଛି।'

'ଠିକ୍ ଅଛି। ତରିଗଲୁ,' କହିଲାବେଳକୁ କୁଟିଆ ବବାଙ୍କ ପାପୁଲି ବରଦ ମୁଦ୍ରାରେ ଉପରକୁ ଉଠି ଯାଇଥିଲା। ପଦ୍ମାବି ସେ ସ୍ଥାନ ଛାଡି ଯାଇଥିଲା, ଧିର ପଦପାତରେ।

■

- ୧୦ -

ପାହାନ୍ତାରେ ବର୍ଷା ଟିକିଏ ପଡିଛି ଓ ଛାଡି ଯାଇଛି କେତେବେଳେ। ନିଦରୁ ଉଠିଲା ବେଳକୁ ପୂର୍ବ ଆକାଶ ରକ୍ତିମ ବଦଳରେ ଦିଶୁଛି ମେଘୁଆ । ଦେହସାରା ଲାଗୁଛି ଝାଳୁଆ।

ସହରରେ କି ଜଳବାୟୁ ହେଲା ଯେ ? ଏହା କ୍ଲାଇମେଟ୍ ପରିବର୍ତ୍ତନର କୁପରିଣାମ ! ! ଗଛପତ୍ର କାଟିଦେଲୁ। ପାହାଡକୁ ଲଣ୍ଡା କରିଦେଲୁ। ଗାଡିମଟର, କାରଖାନା ଧୂଆଁରେ ବାୟୁମଣ୍ଡଳ ଦୂଷିତ କରିଦେଲୁଣି। ତେଣୁ ପ୍ରକୃତିର କ୍ଷତି କରିଥିବା ମଣିଷ ଅଣନିଶ୍ୱାସୀ ହେବାକୁ ବାଧ୍ୟ।

ଅଫିସ ଭିତରେ ଫ୍ୟାନ୍ ଘୁରିଲେବି ଲାଗୁଛି ଅଣନିଶ୍ୱାସୀ । ଦପ୍ତରୀକୁ ଡାକି ସଂଗେସଂଗେ ଶୀତତାପ ନିୟନ୍ତ୍ରଣ ଚାଲୁ କରିବାକୁ କହିଲି।

ଲଘୁଚାପ ଆସିଲେ ହିଁ ବର୍ଷୁଛି ଆଜିକାଲି। ନହେଲେ ମୌସୁମୀ ବର୍ଷା ଦୁଃସ୍ୱପ୍ନ ହୋଇଗଲାଣି। ସହରୀ ଆକାଶରେ ଅଛି ବାଦଲ୍ ଓ ମେଘ, କିନ୍ତୁ ତା ଭିତରେ ନାହିଁ ଉଦ୍ଦୀପନା। ଜୀବନୀଶକ୍ତି। ଦିନସାରା ରହୁଛି ଗୁଳୁଗୁଳି। ଗଛପତ୍ର ଥିଲେ ସିନା ପବନରୁ ଶୋଷିନିଅନ୍ତା ଜଳୀୟବାଷ୍ପ। କଂକ୍ରିଟ ଚଟାଣ ଓ ଇଟାପଥରର ସୌଧ ଦେହରୁ କେତେବା ଅମ୍ଳଜାନ ସୃଷ୍ଟିହେବ ?

ସେପ୍ଟେମ୍ବର ସକାଳରେ ଏତେ ଝାଳନାଳ, ବିରକ୍ତ ଲାଗୁଛି ! ଇଏତ ଭାଦ୍ରବ ମାସ, ବର୍ଷା ଓ ଶରତ ଋତୁର ସଂଗମ କାଳ।

: ସାର୍, କିଏ ଜଣେ ମାଡାମ୍ ଆସିଛନ୍ତି । ଆପଣଙ୍କୁ ଦେଖା କରିବାକୁ ଚାହୁଁଛନ୍ତି।

: ଭିତରକୁ ପଠାଅ।

ଜାଣିଥିଲି ପଦ୍ମା ଆସିବ ଯେ କୌଣସି ସମୟରେ, କିନ୍ତୁ ଏତେ ସକାଳୁ କେମିତି ଆଶା କରିବି ?

ଭିତରକୁ ଆସିବା ସଂଗେସଂଗେ ମୋର ପାଦସ୍ପର୍ଶ କଲା ପଦ୍ମା । ପିନ୍ଧିଥିଲା କ୍ରିଷ ବିଜ୍ କଟନର ସାଲଓ୍ୱାର ସହ ମ୍ୟାଚିଂ ପଞ୍ଜାବୀ । ହାତରେ ବଢେଇ ଦେଇଥିଲା ଗୋଟେ ପ୍ୟାକେଟ୍ ।

ଆରେ, ଯେ କଣ ମାଡାମ୍ ? ମିଠା ? ଉଠ, ଉଠ । କାହିଁକି ଏସବୁ ?

ମୁଁ ମାଡାମ୍ ହେଲି କେତେବେଳେ ? ଆପଣଙ୍କ ଆଶୀର୍ବାଦ: ଲିଖିତ ପରୀକ୍ଷା ସରିଲା । ମୌଖିକ ପରୀକ୍ଷା ଆସନ୍ତା କାଲି... ମିଠା ମୁଁ ଦେଉନି । ପଠେଇଛନ୍ତି, ଆପଣଙ୍କ ବୋଉ ।

ଆଚ୍ଛା । ମୌଖିକ ପରୀକ୍ଷା ପରେ ଆପେ ମାଡାମ୍ ହୋଇଯିବନି ! ତେଣୁ ଡାକ ନାଆ 'ମାଡାମ୍' ରହୁ । ନିଜେ ପଢି ପରିଶ୍ରମ କଲ, ପରୀକ୍ଷା ଦେଇ, ଉତ୍ତୀର୍ଣ୍ଣ ହେଲ । ଆଉ ମୋର ଆଶୀର୍ବାଦ କୋଉଠୁ ଆସିଗଲା ?

ମୌଖିକ ପରୀକ୍ଷା ପାଇଁ ଭୟ ଲାଗିଲାଣି...ପଦ୍ମା ମୁହଁରେ ଦିଶୁଛି କାତର ଜହ୍ନ ।

ହଁ । ମୌଖିକ ମାନେ ମୁହେଁମୁହେଁ ଜବାବ ଦେବାକଥା ତ ? ଦେଇ ଦେବ, ଚିନ୍ତା କରିବାର କଣ ଅଛି ?... ଚାହା ଖାଇବ ?

ନା । ଏବେ ନୁହେଁ, ପରେ । ହଁ, ଗୋକୁଳ ମାଷ୍ଟ୍ରଙ୍କ ବର୍ଷକର ବକେୟା ପେନସନ୍ ମିଳିଲା ଗତ ସପ୍ତାହରେ । ଏକକାଳୀନ ଅଢେଇ ଲକ୍ଷ ଟଙ୍କା ଆସିଲା ମୋ ଆକାଉଣ୍ଟକୁ । କଅଣ ଦେଇ ଋଣମୁକ୍ତ ହେବି ? କେମିତି ମୋ କୃତଜ୍ଞତା ଜଣାଇବି, ବୁଝିପାରୁନି । ଟିକିଏ ଅଭାବ ଦେଖିଲେ ବୋଉ ଆସି ଚାଉଳ, ଡାଲି, ସଜ ପରିବା ଅଜାଡି ଦିଅନ୍ତି ଆମ ଘରେ । ମନାକଲେବି ରାଣ ପକେଇ ହାତରେ ଧରେଇ ଦିଅନ୍ତି ଟଙ୍କା । କହନ୍ତି ରଖିଥା, ଘର ଚଳିବା ପାଇଁ ।

ପଦ୍ମାର ଆଖିକଡ ଦିଶିଲା ସ୍ୱଚ୍ଛ ଛଳଛଳ । ତାର ଛୋଟିଆ କ୍ୟାନଭାସ୍ ଭ୍ୟାନିଟିରୁ ଚାରି ଥାକିଆ ହାତପୋଛା ରୁମାଲ୍ ବାହାର କରି ନିଜ ଚିବୁକ ଓ ଆଖିପତା ଉପରେ ଟିକିଏ ଚପେଇ ରଖିଲା ସେ ।

ଇତିମଧ୍ୟରେ ଦପ୍ତରୀ ଚାହା କପ୍ ରଖି ଯାଇଥିଲା ଟେବୁଲ୍ ଉପରେ ।

ପଦ୍ମା, ମୁହଁ ଧୋଇ ଆସ । ପାଖ ବେସିନରେ । ସତେଜ ହୋଇଆସ । ତମ ବିଗତ ଥିଲା ରାତିର ଦୁଃସ୍ୱପ୍ନ ପରି । ଏବେ ସିନ୍ଦୁରା ଫିଟି ଆଲୁଅ ଅସିଲାଣି । ସେହି ସୂର୍ଯ୍ୟଛିଟାରେ ତମେ ଏଣିକି ଝଲସିବ । ପକ୍ଷୀ କାକଳିରେ, ପତ୍ରଗହଳିରେ ଦେଖିବ ଏକ ନୂଆଁ ହଳଦୀବସନ୍ତର ଜୀବନ ।

: ସତରେ କଣ ମୋ ଅନ୍ଧାରୀ ଜୀବନରେ ଆଲୁଅ ଅଛି ? ବିଶ୍ୱସ ଆସୁନି ।

: ବିଶ୍ୱାସ ରଖ । ପୁରୁଣା କଥା, ଯେତେ ବାସ୍ତବ ହେଲେବି, ତମେ ଅତିକ୍ରମ

କରି ସାରିଛ। ତାକୁ ଛାଡିଦିଅ କୁସୁମଦେଇ ଡଙ୍ଗର ପଛରେ। କାଲି ପାଇଁ ମନକୁ ସ୍ଥିର କର। ଦୀର୍ଘ ପ୍ରଶ୍ୱାସ ନିଅ। ଧିରେ ନିଷ୍କାସିତ କର ଅଙ୍ଗାରକାମ୍ଳ। ମୌଖିକ ପରୀକ୍ଷାରେ ଯାହା ଜାଣିଛ, ଭାବିଚିନ୍ତି ଉତ୍ତର ଦିଅ। ଯାହା ଜାଣିନ, କହିଦିଅ ସେ ବିଷୟରେ ତୁମର ଜ୍ଞାନନାହିଁ।

ନା, ମୋତେ କୌଣସି ପ୍ରଶ୍ନର ଉତ୍ତର ଆସିବ ନାହିଁ।

ତମ ପାଖରେ ସବୁ ପ୍ରଶ୍ନର ଜବାବ ଅଛି। ଆତ୍ମବିଶ୍ୱାସର ସହ ଉତ୍ତର ଦିଅ। ତମେ ସଫଳ ହେବ। ପ୍ରଥମେ ମୁହଁ ଧୋଇଆସ। ତମ ସହ ଆଉ କିଏ ଆସିଛନ୍ତି ?

ମୋର ଦୁଇ ସହପାଠିନୀ ଆସିଛନ୍ତି । ରହିଛୁ ଜଣେ ସଂପର୍କୀୟଙ୍କ ଘରେ।

ହେଉ, ରହିବାର କିଛି ଅସୁବିଧା ଥିଲେ ଜଣାଇବ, ଆମ ଗେଷ୍ଟହାଉସ୍ ଖାଲି ଅଛି। କହିଦେବି ?

ନା।

ମୋର ଶୁଭେଚ୍ଛା।

ସହରରେ ସୂର୍ଯ୍ୟାସ୍ତ ହୁଏ, ଚିରାଚରିତ କଂକ୍ରିଟ ଛାତରୁ ସ୍ନିଗ୍ଧ ଏଲ୍ଇଡି ବଲବର ଫୁଆର ବିଚ୍ଛୁରିତ ହୋଇଯାଏ। ଭୁଲେଇ ଦିଏ ମୋହିନୀପୁରର ଛାଇ ଆଲୁଅର ରାତି। ଦୁସ୍ଥିତିର କରୁଣ ଚିତ୍ର ରାତିରେ ହିଁ ସରିଯାଏ।

ଅନେକ ଡେରୀ ରାତିଯାଏଁ ନିଦ ହେଲାନାହିଁ। ବାଲ୍କୋନୀରେ ବସି ସହର ଆଡକୁ ଅନେଇ ଦେଲେ ବିଜୁଳୀ ଚମକରେ ଦିକଦିକ୍ କରୁଥାଏ ଆକାଶ, ଯେମିତିକି ଏ ସହର ରାବଣର ସ୍ୱର୍ଣ୍ଣ ଲଙ୍କା ଯେଉଁଠି ରାଣୀ ମନ୍ଦୋଦରୀ ନିଶ୍ଚିନ୍ତ ଅଛନ୍ତି ନିଘୋଡ଼ ନିଦରେ। ଅଥଚ ଅଶୋକ ବାଟିକାରେ, ପହରୀ ଗହଣରେ ଶୋକସନ୍ତପ୍ତ ସୀତାଙ୍କ ଆଖିରୁ ହଜିଯାଇଛି ସୁଷୁପ୍ତି।

ଏ ସମୟରେ ହଠାତ୍ ଅଜଣା ନାରୀ ମୂର୍ତ୍ତିଟିଏ ଆସି ଠିଆ ହୋଇଛି ବାଲକୋନୀ ତଳେ।

କିଏ ? କିଏ ସେଠି ? ଅନ୍ଧାରରେ କିଏ ?

ରହସ୍ୟମୟୀ ସେ ନାରୀ ଜଣକ ମୁରୁକି ହସୁଛି ଓ ଇଶାରାରେ ହାତଠାରି ଡାକି ଦେଉଛି।

'ନୀଲୁ, ଆସିଯାଅ। ମୋ ହାତ ଧର। ମୋତେ ଟିକିଏ କୋଳାଗ୍ରତ କର... ଆଶ୍ଳେଷରେ ସ୍ୱଚ୍ଛ ଜଡେଇ ଧର। ଟିକିଏ ଉଷୁମ ଦିଅ: ମୋ ଓଠରେ ଓ ଦେହସାରା। ମୋର ଏ ଶୀଥିଳତାରୁ ମୋତେ ମୁକ୍ତ କର। ତମେ ଯେତେଦୂରରେ ଥାଅନା କାହିଁକି, ମୋର ନିଖୋଜ ଜହ୍ନକୁ ମୋତେ ଫେରାଇ ଦିଅ...'

ନାନା, ମୋତେ ଅଟକାଅ ନାହିଁ। ପ୍ଲିଜ...।

ଆଖି ମେଲିଲା ବେଳକୁ ସଦ୍ୟସ୍ନାତା ତରୁଣୀ ପରି ପ୍ରସ୍ତୁତ ହୋଇ ସାରିଛି ରାଜଧାନୀର ସକାଳ।

ଷ୍ଟାଫ୍ ସିଲେକସନ୍ ବୋର୍ଡ ଅଫିସ ଆଗରେ ଦଳଦଳ ତରୁଣ ତରୁଣୀ ସଜଫୁଟା ଫୁଲପରି ଦୋହଲି ଯାଉଛନ୍ତି ପବନରେ। ଉଲ୍ଲାସରେ।

■

- ୧୧ -

ଷ୍ଟାଫ୍ ସିଲେକସନ୍ କମିଟିର ପରୀକ୍ଷକ ମଣ୍ଡଳୀର ଅଧ୍ୟକ୍ଷ ପଦ୍ମାକୁ ଆସନ ଗ୍ରହଣ କରିବାକୁ ଇଶାରା କଲେ। ଚୌକୀରେ ବସିଲା ପରେ ସେ ପଦ୍ମାର ଶିକ୍ଷାଗତ ଯୋଗ୍ୟତା ସଂପର୍କିତ ପ୍ରମାଣପତ୍ରର ଜେରକ୍ସ କପି ଅନୁଧ୍ୟାନ କରିବାକୁ ଲାଗିଲେ।

ଇତି ମଧ୍ୟରେ ପରୀକ୍ଷା କମିଟିର ଦ୍ୱିତୀୟ ସଭ୍ୟ ପ୍ରଶ୍ନ ପଚାରିବା ଆରମ୍ଭ କଲେ: ଆଚ୍ଛା, ପଦ୍ମଜା। ତମେ ଓଡ଼ିଆ ଭାଷା ସାହିତ୍ୟକୁ ମୁଖ୍ୟ ବିଷୟ ଭାବରେ ତୁମ ସ୍ନାତକ ଶ୍ରେଣୀରେ ବାଛିଚ। ତମେ କହିପାରିବ, କେଉଁ ପ୍ରାଚୀନ କବି ପ୍ରଥମେ ଓଡିଆରେ ମହାଭାରତ ରଚନା କରିଥିଲେ ?

ଶାରଳା ଦାସ, କହିଥିଲା ପଦ୍ମା, ନିଃସଂକୋଚରେ। କିନ୍ତୁ ତା' ମହଁରେ ଦୋହଲୁ ଥିଲା ସ୍ୱଚ୍ଛ ଭୟ । ତାର ସରୁ ଅଙ୍ଗୁଳି ଥରୁଥିଲା ଅଜଣା ଉତ୍ତେଜନାରେ।

ପରୀକ୍ଷକ: ଗୁଡ୍। ଶାରଳାଙ୍କ ପିତୃମାତୃ ଦତ୍ତ ନାମ ପ୍ରକୃତରେ କଣ ଥିଲା ? ଝଙ୍କଡ ଶାରଳାଙ୍କ ଭକ୍ତ ହୋଇଥିବାରୁ ସେହି ନାମରେ ସେ ମହାଭାରତ ଭଣିତା କରିଥିଲେ। କିନ୍ତୁ ତାଙ୍କର ଅସଲ ନାମ ଅଲଗା କିଛି ଥିଲା, ତମେ ଜାଣ ?

ପଦ୍ମା: .... ପରିଡା, କିଛି ପରିଡା...।

ପରୀକ୍ଷକ: ହଁ, ତାଙ୍କର ଅସଲ ନାମ ହେଲା ସିଦ୍ଧେଶ୍ୱର ପରିଡା।

ପଦ୍ମା: ହଁ ସାର୍, ସିଦ୍ଧେଶ୍ୱର ପରିଡା।

ପରୀକ୍ଷକ: ଆଚ୍ଛା, ଓଡ଼ିଆ ସାହିତ୍ୟରେ ଆଉ କେହି ଲେଖକ ମହାଭାରତକୁ ଗଦ୍ୟରେ ରଚନା କରିଥିଲେ କି ?

ପଦ୍ମା: ହଁ, ଔପନ୍ୟାସିକ ଫକୀରମୋହନ ସେନାପତି ମହାଭାରତକୁ ଗଦ୍ୟରୂପରେ ଲେଖିଥିଲେ ବୋଲି ମୁଁ ଶୁଣିଛି। କିନ୍ତୁ ପଢିନାହିଁ।

ଗୁଡ୍, କହି ପରୀକ୍ଷକ ମୋ ଆଡକୁ ଇଶାରା କଲେ।

ମୁଁ ପଦ୍ମାକୁ ପଚାରିଲି: ପରମ ବୀର ଚକ୍ର ହେଲା ଭାରତୀୟ ସେନାବାହିନୀର ସର୍ବୋଚ୍ଚ ସାହସିକତାର ସମ୍ମାନ। ଏହି ଫଳକର ଡିଜାଇନ୍ ବା ଚିତ୍ରକୁ ଆଙ୍କିଥିଲେ ଜଣେ ବିଦେଶିନୀ। କହି ପାରିବ, ସେ କିଏ ?

ପଦ୍ମା କହିଲା ନା।

ମୁଁ ସଂଯୋଗ କଲି: ସେ ସ୍ୱିଜରଲାଣ୍ଡର ଜଣେ ମହିଳା ଯିଏ ଭାରତୀୟ ସେନାବାହିନୀର ଅଫିସର ବିକ୍ରମ ରାମଜୀ ଖାନୋଲକରଙ୍କୁ ଭଲ ପାଇ ବିବାହ କରିଥିଲେ ୧୯୩୨ରେ। ଅଚ୍ଛା, ପରମ ବୀର ଚକ୍ରର ଛବିକୁ ତମେ କେବେ ଭଲଭାବରେ ଦେଖିଛ ?

: ହଁ। ଏହା ବ୍ରୋଞ୍ଜ ନିର୍ମିତ ଏକ ଗୋଲାକାର ଫଳକ। ଏହାର ମଧ୍ୟଭାଗରେ ଚିହ୍ନିତ ହୋଇଛି ଅଶୋକ ଚକ୍ର । ଏହାର ଚାରି ପାଖରେ ଅଛି ଇନ୍ଦ୍ରଙ୍କ ଚାରୋଟି ବଜ୍ରକାସ୍ତ୍ର ।

: ଠିକ୍ ଅଛି। ଏହି ପଦକର ଡିଜାଇନ୍ କରିଥିଲେ ସାବିତ୍ରୀ ଖାନୋଲକର। ତାଙ୍କ ସ୍ୱାମୀ ବିକ୍ରମ ରାମଜୀ ଇଂଲଣ୍ଡରେ ଟ୍ରେନିଂ ନେବା ସମୟରେ ବୁଲିବାକୁ ଯାଇଥିଲେ ସ୍ୱିଜରଲାଣ୍ଡ ଯେଉଁଠି ସାବିତ୍ରୀ ବାଇଙ୍କ ସହ ତାଙ୍କର ସାକ୍ଷାତ ହୋଇଥିଲା, ମୁଁ କହିଦେଲି।

'ଆଚ୍ଛା, ଆପଣମାନେ ମହାଭାରତ ବିଷୟରେ କିଛି ଆଲୋଚନା କରୁଥିଲେ। ମୁଁ ଗୋଟିଏ ପ୍ରଶ୍ନ ପଚାରି ପାରେ ?' ହଠାତ୍ କମିଟି ଅଧ୍ୟକ୍ଷ ପଚାରିବା ଆରମ୍ଭ କଲେ।

ମହାଭାରତ ହେଲା ବ୍ୟାସଦେବ ବିରଚିତ ଯୁଦ୍ଧ ଉପରେ ଆଧାରିତ ମହାକାବ୍ୟ। ପଦ୍ମଜା, କହିପାରିବ, ଏହି ଯୁଦ୍ଧ କାହାକାହା ମଧ୍ୟରେ ସଂଘଟିତ ହୋଇଥିଲା ?

ପଦ୍ମା: ଏହି ଯୁଦ୍ଧ ପଞ୍ଚ ପାଣ୍ଡବ ଓ ଶହେ କୌରବ ଭ୍ରାତାଙ୍କ ମଧ୍ୟରେ ହୋଇଥିଲା। କୁହାଯାଏ ଯେ ଏ ଯୁଦ୍ଧ ନୀତିଗତ ଭାବେ ଧର୍ମ ଓ ଅଧର୍ମ, ସତ୍ୟ ଓ ଅସତ୍ୟ ମଧ୍ୟରେ ହୋଇଥିଲା।

ଅଧ୍ୟକ୍ଷ: ବହୁତ ଭଲ, ପଦ୍ମା। ତମେ କହିପାରିବ ଏ ଯୁଦ୍ଧରେ ଧର୍ମ କାହା ସପକ୍ଷରେ ଥିଲା ?

ପଦ୍ମା: ଧର୍ମତ ପାଣ୍ଡବ ମାନଙ୍କ ସପକ୍ଷରେ ଥିଲା। ଏମିତିକି ସ୍ୱୟଂ ଶ୍ରୀକୃଷ୍ଣ ଧନୁର୍ଦ୍ଧର ଅର୍ଜୁନଙ୍କର ରଥର ସାରଥୀ ଥିଲେ।

ଅଧ୍ୟକ୍ଷ: ଆଚ୍ଛା, ଶ୍ରୀକୃଷ୍ଣ ପାଣ୍ଡବମାନଂକ ସପକ୍ଷରେ ଯୁଦ୍ଧ କରିଥିଲେ ?

ପଦ୍ମା: ସେ ଯୁଦ୍ଧରେ ଅଂଶଗ୍ରହଣ କରିନଥିଲେ, କିନ୍ତୁ ସେ ପାଣ୍ଡବମାନଙ୍କ ବନ୍ଧୁ ଥିଲେ ଓ ତାଙ୍କ ମୁଖ୍ୟ ପରାମର୍ଶଦାତା ରୂପେ ଯୁଦ୍ଧରେ ସହାୟତା କରିଥିଲେ। ବେଳେବେଳେ ପାଣ୍ଡବଙ୍କ ପାଇଁ କୌରବଙ୍କ ସହିତ ମଧ୍ୟସ୍ଥତା କରିଥିଲେ।

ଅଧ୍ୟକ୍ଷ: ତା'ମାନେ ପାଣ୍ଡବ ମାନଙ୍କ ସପକ୍ଷରେ ଥିଲା ଧର୍ମ। କିନ୍ତୁ କୌରବମାନେ ପ୍ରଥମେ ସ୍ୱର୍ଗକୁ ଗଲେ କେମିତି ?

ପଦ୍ମା: ସେମାନେ ଆଗ ମରିଥିଲେ... ସେଥିପାଇଁ ?

ଅଧ୍ୟକ୍ଷ: ନା, ଯୁଧିଷ୍ଠିରଙ୍କ ବ୍ୟତୀତ ଦ୍ରୌପଦୀ ଓ ଅନ୍ୟ ପାଣ୍ଡବ ମାନେ ନର୍କକୁ ଯାଇଥିଲେ, ଏକଥା ତମେ ଜାଣ ? ଜାଣନାହିଁ। କାରଣ କର୍ମ ସିଦ୍ଧାନ୍ତ ଅନୁସାରେ ଯେଉଁମାନେ ସାହସର ସହିତ ଯୁଦ୍ଧକରି ମୃତ୍ୟୁବରଣ କରନ୍ତି, ସେମାନେ ସ୍ୱର୍ଗପଦ ପ୍ରାପ୍ତ ହୁଅନ୍ତି।

କୌରବମାନେ କୁରୁକ୍ଷେତ୍ରରେ ବୀରତ୍ୱର ସହ ଯୁଦ୍ଧକରି ମୃତ୍ୟୁବରଣ କରିଥିଲେ। ତେଣୁ ସେ ସମସ୍ତ କୌରବ ସିଧାସଳଖ ସ୍ୱର୍ଗରେ ପହଞ୍ଚି ପାରିଥିଲେ।

ପଦ୍ମା: ସାର୍, ତେବେ ପାଣ୍ଡବ ନର୍କ ଗଲେ କାହିଁକି ?

ଅଧ୍ୟକ୍ଷ: ପ୍ରଶ୍ନ ତମେ ପଚାରିବ ନା ମୁଁ?

ପଦ୍ମା: କ୍ଷମା କରିବେ ସାର୍। ଏମିତି ଉତ୍ସୁକତାରେ ପଚାରି ଦେଲି।

ଅଧ୍ୟକ୍ଷ ହସିଲେ, ମୌଖିକ ପରୀକ୍ଷା ପ୍ରକୋଷ୍ଠରେ ଖେଳିଗଲା ହସର ରୋଳ।

'ଯୁଦ୍ଧପରେ ପାଣ୍ଡବମାନେ ୩୬ ବର୍ଷ ଶାସନ କରିଥିଲେ ଭୋଗ ବିଳାସ ମଧ୍ୟରେ। ଦ୍ରୌପଦୀ ପ୍ରଥମେ ନର୍କଗାମିନୀ ହେଲେ, କାରଣ ଅର୍ଜୁନଙ୍କ ପ୍ରତି ସେ ଅଧିକ ଆସକ୍ତ ଥିଲେ। ଅନ୍ୟ ପତିଙ୍କ ସହ ସେ ସମଭାବାପନ୍ନ ନଥିଲେ। ତାପରେ ସହଦେବଙ୍କ ମୃତ୍ୟୁ ହେଲା। ସେ ନିଜ ଜ୍ଞାନ ଓ ପାଣ୍ଡିତ୍ୟ ପାଇଁ ଗର୍ବିତ ଥିଲେ। ନକୁଳ ନିଜ ସୌନ୍ଦର୍ଯ୍ୟ-ଗୁଣରେ ମୁଗ୍ଧହୋଇ ନର୍କଗାମୀ ହେଲେ। ବୀର ଓ ଧନୁର୍ଦ୍ଧର ବୋଲି ଅର୍ଜନ ଥିଲେ ଅହଂକାରୀ । ଭୀମଙ୍କ ଖାଦ୍ୟଲାଳସା ତାଙ୍କ ପତନର କାରଣ ଥିଲା... ହଉ, ଏବେ ତମେ ଆସିପାର, ଥ୍ୟାଙ୍କ୍ ୟୁ,' କହିଦେଲେ ଅଧ୍ୟକ୍ଷ।

ପଦ୍ମାର ମୁହଁରେ ଖେଳିଯାଇଛି ଏକ ଅପୂର୍ବ ଉଲ୍ଲାସ। ସ୍ମିତ ହସି 'ଥ୍ୟାଙ୍କ୍ୟୁ ସାରସ୍' କହି କକ୍ଷରୁ ନିଷ୍କ୍ରାନ୍ତ ହେଲାବେଳେ ଥରି ଉଠିଛି ତାର କମଳ ଅଧର। କପାଳରେ ଫୁଟିଉଠିଛି ମୁକ୍ତାପରି ସ୍ୱେଦବିନ୍ଦୁ। ଶୀତତାପ ନିୟନ୍ତ୍ରଣ ସତ୍ତ୍ୱେ ତିନ୍ତିଛି ତାର ପିଠି ପାଖ।

ତାର ଦୁଇ ମସୃଣ ଡେଣା ହଲେଇ ପଦ୍ମା ପହଁରି ଯାଉଛି, କରିଡର୍ ଦେଇ ଶୂନ୍ୟରେ। ଆଶାର ଆଭାମୟ ନକ୍ଷତ୍ର-ଖଚିତ ଆକାଶକୁ ସେ ଯେମିତି ପାରି ହୋଇ ଯାଉଛି ନିଜ ଚୁନୁରୀ ସହାୟତାରେ। ଉର୍ଦ୍ଧ୍ୱମୁଖୀ ତାର ଦୃଷ୍ଟି। ସଲ୍ଲଜ ତାର ନୟନରୁ ଝରିଯାଉଛି ଅନ୍ତହୀନ ଅବାରିତ ଆନନ୍ଦର ଲୋତକ ଧାରା।

ସ୍ୱଳ୍ପ ସମୟ ପରେ ମୋବାଇଲରେ ମେସେଜ୍ ଆସିଥିଲା: ? ? ? ତିନୋଟି

ପ୍ରଶ୍ନବାଚୀ। ମୌଖିକ ପରୀକ୍ଷାରେ ପଦ୍ମାର ପ୍ରଦର୍ଶନ କେମିତି ହୋଇଥିଲା ତାହା ଥିଲା ତା ପ୍ରଶ୍ନର ଉଦ୍ଦେଶ୍ୟ।

ସାକ୍ଷାତକାର ପରୀକ୍ଷାରେ ପ୍ରାର୍ଥୀଙ୍କ ଜ୍ଞାନ ଓ ଉତ୍ତର ଅପେକ୍ଷା ବ୍ୟକ୍ତିତ୍ୱ ଓ ଆଚରଣ ଅଧିକ ପ୍ରଭାବଶାଳୀ ହୁଏ। ଏକଥା ମୁଁ ପଦ୍ମାକୁ କହିଥିଲି।

ବ୍ୟସ୍ତ ହେବନି ପଦ୍ମା। ତମେ ଆଜି ତୁମର ସର୍ବୋତ୍ତମ ନୈପୁଣ୍ୟ ପ୍ରଦର୍ଶନ କରିଛ। ଏହା ଯଦିଓ ଗୋପନୀୟ, ନିଯୁକ୍ତି ପାଇଁ ତୁମରି ପ୍ରାର୍ଥିତ୍ୱକୁ ସୁପାରିଶ କରାଯାଇଛି। ଶୁଭେଚ୍ଛା ଓ ଅଭିନନ୍ଦନ।

: ସନ୍ଧ୍ୟାରେ ଦେଖାହେବ ମାଡାମ୍? ପଚାରି ଦେଲି।

ଉତ୍ତର ଆସି ନଥିଲା, ପଦ୍ମା ପାଖରୁ।

■

- ୧୨ -

ଆଲୋକର ବନ୍ୟାରେ ପ୍ଲାବିତ ହୋଇଛି ସହରର ସନ୍ଧ୍ୟା । ସୁଶୀତଳ ବାୟୁ ଓ ଝିପିଝିପି ବର୍ଷାରେ ଓଦା ହୋଇଯାଇଛି କଂକ୍ରିଟ ରାସ୍ତା। ଶପିଙ୍ଗ କଂପ୍ଲେକ୍ସର ଇମାରତ ସମୂହ।

ମୁଁ ଦେଖୁଥିଲି ଏକ ଲୟରେ ଲନରେ ଝରି ପଡୁଥିବା ଅସରନ୍ତି ବିନ୍ଦୁବିନ୍ଦୁ ବର୍ଷା । ହୋଟେଲ୍ ରିସିପସନରେ ବସି ଅପେକ୍ଷା କରିଥିଲି: କେତେବେଳେ ପଦ୍ମା ଆସିବ। ଆଉ ଚୁପକରି, ବସିବ ପାଖରେ। ମୁରୁକି ହସିଦେବ: ପାପୁଲିରେ ଆସ୍ତେ ମୁଠେଇ ଧରିଲେ ହାତ।

ସମୟ ସାତଟା ପନ୍ଦର। କାହିଁ ସେ ରହସ୍ୟମୟୀ ? ହୋଟେଲ୍ ବାହାରେ ଆକାଶ ଥିଲା ମେଘ ଗମ୍ଭୀର। ଗର୍ଜୁଥିଲା ରହିରହି।

ପଦ୍ମା ତାର କେଶମୁକୁଳା କରି ଧୀର ପଦପାତରେ ଆସିବାର ଥିଲା । ମନ୍ଥର ଗାମିନୀ ସେ। ଆସେ ଲଜ୍ୟାବତୀ ପ୍ରେୟସୀର ଗାରିମା ନେଇ। ଏକ ରାଜକୀୟ ଲାଳିତ୍ୟ ସହ ସେ ବସିବାର ଥିଲା ଟି'ପୟ ପାଖରେ । ତାର ଦେହର ପରାଗରେଣୁ ଓ ପରଫ୍ୟୁମ୍ କକ୍ଷସାରା ଫୁଲବନ ପରି ସ୍ପନ୍ଦିତ ହେବାର ଥିଲା। ଅଥଚ ଝଡ ବର୍ଷା କେଉଁଠି ଅଟକାଇ ରଖିଛି ପ୍ରିୟାର ଫୁଲତୋଡାକୁ। ... ପ୍ରିୟତମା ନିଜେଇ ତ ଅସଂଖ୍ୟ ମହକିତ ଫୁଲର ସଂଭାର।

ଦୂରଭାଷ ରିଂଗ ହେଉଛି। ଅଥଚ ଫୋନ୍ ଉଠାଉ ନାହିଁ ପଦ୍ମା। କାହିଁକି ? ଜାଣିଶୁଣି ? ନା, ପାଖରେ ଆଉ କିଏ ଅଛି ମୋହିନୀପୁର ଜହ୍ନର ଶତ୍ରୁ ?

ତାର ସାନିଧ୍ୟର କଳ୍ପନା କରିବା ମାତ୍ରେଇ ମନ ଉଷ୍ଣତାରେ ପୁଲକିତ ହୋଇଯିବ। ଶୟନକକ୍ଷ ଭିତରେ ସ୍ତିମୀତ ଆଲୁଅର ଜହ୍ନ ଓ ବାହାରେ ଝିପିଝିପି ବର୍ଷାର ଦୃଶ୍ୟ ନାଚିଯିବ ମାନସ ଦୃଶ୍ୟପଟରେ। ପ୍ରେମିକ ଭୁଲିଯିବ, ତାର ଚତୁଃପାର୍ଶ୍ୱ, ପଦବୀ ଓ

ସାମାଜିକ ପ୍ରତିଷ୍ଠା। ତାର କମନୀୟ ବ୍ୟକ୍ତିତ୍ୱ ଆଗରେ ରାଜ ସିଂହାସନକୁ ତୁଚ୍ଛ କରିଦେବ ଆକବର ବାଦଶାହ।

ଯଦିଓ ଗୋପନ ପ୍ରେମ ବସାବାନ୍ଧି ଥାଏ ହୃଦୟ ତନ୍ତ୍ରୀରେ, ପ୍ରେମିକାର ଉପସ୍ଥିତିରେ ପାଶୋର ହୋଇଯାଏ ପରିବାର, ସମାଜ ଓ ସାରା ସଂସାର। ସେ କାମନା କରେ ନିରୋଳା ମନ୍ଦିରବେଢ଼ା, ନିଛାଟିଆ ନଦୀକୂଳ । ସହରରେ ପାର୍କ ଓ ହୋଟେଲର ଲନ୍ ଯେଉଁଠି କାହାର ଅନୁସନ୍ଧିତ୍ସୁ ଦୃଷ୍ଟି ପହଁଚୁ ନଥିବ, ନଥିବ କାହାର ମନା-ଆକଟ।

: ଏତେ ଡେରୀ କରିଦେଲ ଯେ ?

: ମୋର ଦୁଇଜଣ ସାଥିଙ୍କୁ କେତେ ମିଛସତ କହି ଆସିବାକୁ ହେଲ । ଆଉ କ'ଣ କରିଥାନ୍ତି ?

: ଠିକ୍ ଅଛି। କଣ ଖାଇବ ପ୍ରଥମେ, କଫି ନା ଚାହା ?

: ଠିକ କିଛି ନାହିଁ।

: ପ୍ରେମରେ ଓ ଯୁଦ୍ଧରେ ସବୁ ମିଥ୍ୟା ମାଫ୍। କଫି କହିଦେଉଛି। ମାଡାମ୍ ବସିବା ହୁଅନ୍ତୁ।

ଚାରିଆଡେ ଦୃଷ୍ଟି ପହଁରେଇ ଆଣିଲା ପଦ୍ମା।

: ତମର କେହି ଚିହ୍ନା ପରିଚୟ ଖୋଜୁଛକି ? ଏଠି ତମପାଇଁ ସେ ଭୟ ନାହିଁ। ବରଂ ମୋର ଥୋକେ ଚିହ୍ନା କୋଉଠି ଥାଇପାରନ୍ତି।

ଯା'ଭିତରେ ୱେଟର୍ ଚକୋଲେଟ୍ କେକ୍ ଓ କ୍ୟାଣ୍ଡେଲ୍ ସଜାଡ଼ି ରଖିଦେଲା ଟେବୁଲ୍ ଉପରେ। ଆମୋଦିତ ହୋଇ ପଦ୍ମା ପଚାରିଲା: କଣ ଏସବୁ ପାଗଳାମୀ କରୁଛନ୍ତି ସାର୍ ?

ଏକ: ମାଡାମଙ୍କ ଚାକିରୀ ପକ୍କା ହେଲା। ଦୁଇ: ବକେୟା ପେନସନ୍ ଅର୍ଥ ମିଳିଗଲା। ଆଗରେ ଅଛି ପ୍ରଶସ୍ତ ରାଜରାସ୍ତା। ଏହି ମୁହୂର୍ତ୍ତକୁ କଣ ଆମେ ଉତ୍ସବମୁଖର କରିପାରିବା ନାହିଁ ?

ଚାକିରୀ ପକ୍କା କି ନା ଜାଣିନି । ଅନ୍ତତଃ କେକ୍ ନକାଟିଲେ ସାରଙ୍କ ମୁଡ୍ ଖରାପ ହୋଇଯିବ। ସେମିତି ଲାଗୁଛି, କହି କେକ୍ ଆଡକୁ ମୁହାଁଇଲା ପଦ୍ମା ଓ ସ୍ୱହସ୍ତରେ ଖଣ୍ଡେ କାଟିଆଣି ଭରିଦେଲା ମୋ ମୁହଁରେ।

ଆମେ ପରସ୍ପରର ଏତେ ପାଖରେ, ଅଥଚ ଏତେ କମ୍ ସମୟ ଅଛି ଆମ ପାଖରେ ! ଲାଗୁଛି ସରି ଯାଉଛି ପ୍ରତି ମିନିଟ୍। ଏତେ କ୍ଳାନ୍ତିକର ଦିନରେ ବି ସମୟ ବାହାର କରି ତମେ ଆସି ପାରିଲ ! ଥ୍ୟାଙ୍କ୍ୟୁ ସୋମଚ୍ ପଦ୍ମା।

ସମୟକୁ କିଏ ବ୍ରେକକଷି ଅଟକାଇ ପାରିବ ? ଟିକଟିକ୍ କରି ବାରବର୍ଷ

ଚାଲିଗଲା । ମହାତ୍ମା କୋଉଠି ହଜି ଯାଇଥିଲେ ଏତେଦିନ ? ହଠାତ୍ ସରାଗ ଛୁଟିଆସିଛି । ଯାଦୁଗର କୋଉଠିକାର... । ଯେ ଥିଲା ପଦ୍ମାର ମୃଦୁ ଭର୍ତ୍ସନା ।

ଆଉ ସମୟ ନଷ୍ଟ ନକରି ଖାଇବା ମଗାଇଦେବା ?

ଜୀବନ ନିରସ, ଅଲୋଡା ମନେ ହେଲାବେଳକୁ କୋଉଠି ଥଲ, ଏତେ ମାୟାର ରଂଗ ଭରିଦେଲ...ଆବେଗରେ ହାତମୁଠାକୁ ଭିଡି ଧରିଥିଲା ପଦ୍ମା ।

: ଏବେ ଅବଶିଷ୍ଟ ସମୟକୁ ଅନ୍ତତଃ ଖୁସୀରେ, ପଛକଥା ଭୁଲି ବଂଚିବା ଉଚିତ ନା ?

: ସମୟ କି ଅସମୟ କିଏ ଦେଖିଛି ? କିଏ ଦେଖିପାରିବ ?

: ସକାରାତ୍ମକ ଭାବିଲେ ତା ପ୍ରଭାବରୁ ଜୀବନରେ ସଫଳ ଘଟଣା ଆସେ । ଏମନ ଭାବୁଥାଇ ଯାହା... ଭାଗବତ ପଢିଛ ? ଆମେ ନଚାହିଁଲେ ମୃତ୍ୟୁ ବି ଆମ ପାଖ ପଶିବନି । ଜୀବନ ହେଲା ଭୀଷ୍ମଙ୍କ ଶରଶଯ୍ୟା ପରି ।

: ମୁଁ ଆଉ ସମୟର ଅପବ୍ୟୟ କରିବାକୁ ଚାହୁନାହି । ଜୀବନର ସବୁ ମୁହୂର୍ତ୍ତ ମୁଁ ପୁରାପୁରି ବଂଚିବାକୁ ଚାହେଁ । ମୁଁ ଯାହା ମାଗିବି ମୋତେ ଦେଇପାରିବ ? ମାନୁଛି, ତମେ ମୋତେ ଅନେକ କିଛି ଦେଇଛ । ଆଉ ଗୋଟିଏ ବରଦାନ ଦେଇ ପାରିବ ? ଦେବ ?

: ନା । ତମେ ଯାହାକିଛି ପାଇଛ, ନିଜ ଯୋଗ୍ୟତା ଓ କ୍ଷମତା ବଳରେ । ମୁଁ କଣ ଦେଇଛି ? କେହି କାହାରିକି କିଛି ଦେଇ ପାରେନି, ଏ ପୃଥିବୀରେ । ସମସ୍ତେ ନିଜନିଜ ପ୍ରାରବ୍ଧ ନେଇ ଆସିଥାନ୍ତି । ପୂର୍ବରୁ ଆମେ ଯାହା ଦେଇଥାଉ, ତାହାହିଁ ଫେରି ପାଇଥାଉ ଏଇ ଜୀବନ କାଳରେ । ଆଉ ଦେଲାବାଲା କେବଳ ଜଣେ ଥାଏ । ଅବଶ୍ୟ ମନରେ ସଂକଳ୍ପ କଲେ ସେ କହେ 'ତଥାସ୍ତୁ' । ତାପରେ ଅପ୍ରାପ୍ୟ କିଛି ରହେ ନାହିଁ । କ'ଣ ବା ମୁଁ ଦେଇପାରିବି ତୁମକୁ ?

: ନା, ପ୍ରଥମେ କଥା ଦିଅ ।

: ମୋ ଉପରେ ବିଶ୍ୱାସ ନାହିଁ ? ସତ୍ୟପାଠ କରି କଥା ଦେବି ?

: ମୋ ଜୀବନ ଏକ ଅଛିଣ୍ଡା ଗଣିତ । ତମେ ମୋର ଭଂଗା ଜୀବନରେ ସବୁକିଛି ଦେଇଛ, ପୂର୍ଣ୍ଣାଙ୍ଗ କରିଛ । ସମୟ ଆମକୁ ଅଲଗା କରିବା ଆଗରୁ ମୋତେ ନିର୍ଭର ପ୍ରତିଶ୍ରୁତିଟିଏ ଦେଇପାରିବ ? ସେଥିରେ ମୁଁ ବଞ୍ଚିଯିବି ।

: କୁହ, କି ପ୍ରତିଶ୍ରୁତି ଦେବି, ପଦ୍ମା ?

: ତମେ ଏହାକୁ ବରଦାନ ଭାବିପାର । ତମେ ଦୟାକରି ନିଜ ରକ୍ତର ସନ୍ତକ...

ତୁମର ସ୍ୱାକ୍ଷରଟିଏ ମୋତେ ଦେଇ ପାରିବ ? ଆଜି ମନା କରିବନି । ତାହା ମୋ ସାରା ଜୀବନ ପାଇଁ ହେବ ବରଦାନ । ପ୍ଲିଜ୍... ।

: ତମେ କଅଣ କହୁଛ ଜାଣିପାରୁଛ ପଦ୍ମା ? ଡୋଣ୍ଟ ବି ସିଲି । ଅଯଥା ଭାବପ୍ରବଣ ହୋଇ ଏମିତି ଜୀବନ ସହ ବାଜି ଲଗାଅନି । ସେତେବଡ ରିସ୍କ ନେବାଦ୍ୱାରା ଯେଉଁ ପରିସ୍ଥିତି ଉପୁଜିବ, ତାକୁ ତମେ ହ୍ୟାଣ୍ଡଲ୍ କରିପାରିବ ନାହିଁ ।

ସାର୍, ଖାନା ବାଢିଦେବି ? ପଚାରିଛି ୱେଟର୍, ଯାରି ଭିତରେ ।

ରୁମକୁ ଥାଳି ନେଇଆସିବ, ଦୁଇଜଣଙ୍କ ପାଇଁ, କହିଦେଲି ।

'ତମ ଆଗରେ ପଡିଛି ଲମ୍ବା ରାଜରାସ୍ତା । ଯାତ୍ରାବେଳେ ଉଭୟ ପାର୍ଶ୍ୱରେ ଅନେକ ଚିତ୍ର ଓ ଚରିତ୍ର ଦିଶିବେ । ଚାଲିଯିବେ । ସୁନ୍ଦର ଚିତ୍ର ବା ଚରିତ୍ରର ଚମତ୍କାରିତା ଦେଖି ବାଟରେ କିଏ କଣ ଅଟକିଯାଏ ? ଗନ୍ତବ୍ୟଯାଏଁ ଚାଲିବାହିଁ ଜୀବନ । ରାସ୍ତାରେ ବହୁ ଘଟଣା ଘଟିବ, ଅଜଣା ବ୍ୟକ୍ତି ଦେଖାଯିବେ । ସୁଯୋଗ୍ୟ ଜୀବନ ସାଥୀବି ମିଳିଯିବେ । ତମେ ବୁଦ୍ଧିମତୀ, ଭାବିଚିନ୍ତି ସାଥୀବି ଚୟନ କରିବ', କହି ପଦ୍ମାର ହାତଧରି ବସେଇଲି ଚେୟାର ଉପରେ ।

'ମାନେ, ମୋର ଅନୁରୋଧ ରଖିବନି ?'

'ତମେ କଣ୍ଢେଇ ମାଗୁନାହଁ, ରକ୍ତମାଂସର ଶିଶୁ ମାଗୁଛ, ପ୍ରେମର ନିଦର୍ଶନ ସ୍ୱରୂପ । ଆମେ ଭଲପାଉଛେ ବୋଲି ପରସ୍ପର ନିକଟରେ ଋଣୀ । ଏଇ ଭଲପାଇବା ଆମ ସୁମଧୁର ଦେହାତୀତ ସ୍ମୃତି ହୋଇ ରହୁ, ଆଜୀବନ । ଆମେ ଆନ୍ତରିକ ଭାବେ ଏକ ଓ ଅଭିନ୍ନ ... । ଆମ ପ୍ରେମରେ ଅପବିତ୍ରତା ନାହିଁ, ବିଛେଦବି ନାହିଁ । ଆଃ, ଏଇ ମଧୁର ସ୍ମୃତିଟିକକ ଆମ ଆନନ୍ଦର କାରଣ ହୋଇରହୁ ଅନନ୍ତକାଳ ପର୍ଯ୍ୟନ୍ତ । ଦେହ ଓ ଯୌନ କାରଣରୁ ଆମ ଜୀବନ ଆହୁରି ଅଧିକ ଜଟିଳ, ବିପର୍ଯ୍ୟସ୍ତ ନହେଉ । ପଦ୍ମା । ପ୍ଲିଜ୍...'

ନିରବି ଯାଇଛି ପଦ୍ମା ଯଦିଓ ବନ୍ଦ ହୋଇନାହିଁ ତାର ଲୁହର ପ୍ରବାହ ।

ହୋଇଛି ଏକ ଅନ୍ତହୀନ ପ୍ରେମର ପରିସମାପ୍ତି ।

■

ଦ୍ୱିତୀୟ ଭାଗ

ସାରାରାତି ଜହ୍ନ

୧

ଆରେ, ଯେତ ଜହ୍ନରାତି ? ଭୁସ୍ କରି ଉଠିଗଲେ ସ୍ୱରୂପ। ନିଦ ବାଉଳାରେ। ଚାକିରୀରୁ ରିଟାୟାର୍ କଲାପରଠୁ ଆଉ ଭଲ ନିଦ ହେଉନାହିଁ।

ପର୍ଦ୍ଦା ଆଡେଇ ଦେଲେ ସେ। ଟ୍ୟୁବଲାଇଟ୍ ଲିଭେଇ ଦେଲେ। ଝର୍କାଫାଙ୍କ ଦେଇ ଘର ଭିତରକୁ ପଶି ଆସିଲା ତୋଫା ଜହ୍ନ, ବିନାନୁମତିରେ।

ହେହେହେ। ସେ ପାଟି କରିଉଠିଲେ। ପତ୍ନୀଙ୍କ କାନ୍ଧ ହଲେଇ ଦେଲେ, ଉଠ ଉଠ, ଉଠ...।

ସୁତାଶାଢୀ ପିନ୍ଧି ଥିଲେ ସ୍ୱପ୍ନା। ତାଙ୍କ ଓଠ ଉପରେ ଆଙ୍ଗୁଳି ବୁଲେଇ ଆଣିଲେ, ଆସ୍ତେକିନା। ସେ ଜାଣିଥିଲେ, ସ୍ୱପ୍ନାଙ୍କୁ ନିଦରୁ ଉଠାଇବାର ଏଇମାତ୍ର ତରିକା। କଣ ଏତେ ଶୋଉଛ ?

ସ୍ୱପ୍ନାଙ୍କ କାନରେ ନିଜ କନିଷ୍ଠକୁ ଭରିଲେ ସ୍ୱରୁପ। ସେ ଜାଣିଥିଲେ ଏମିତି ଉପାୟରେ ରାତି ଅଧରେ ତାଙ୍କ ନିଦ ଭାଂଗିହେବ। ନହେଲେ ସକାଳୁ ସ୍ୱପ୍ନା ଚଢାଉ କରିବେ: ରାତିରେ ତୋଫା ଜହ୍ନଟିଏ ଥିଲା, ମୋତେ କାହିଁକି ଉଠାଇଲନି ?

ଚମକିଲା ପରି ଉଠିଗଲେ ସ୍ୱପ୍ନା। କଣ ଏମିତି ପ୍ରଳୟ ହୋଇଗଲା ? ସେ କହିଲେ ବିରକ୍ତିରେ।

ଖାଲି ପ୍ରଳୟ ନୁହେଁ, ଭୂମିକମ୍ପ। ବାହାରେ ଦେଖ, ଜହ୍ନ କେମିତି ହୁତହୁତ କରି ଜଳୁଛି। ସ୍ୱରୂପ ପରଖି ଦେଖିଲେ ପତ୍ନୀଙ୍କ ପ୍ରତିକ୍ରିୟା।

ହଉ ହେଲା, ତମେ ବାହାରେ ବସି ଜହ୍ନ ଦେଖ। ମୋତେ ଶୋଇବାକୁ ଦିଅ, ନିର୍ଲିପ୍ତ ହୋଇ କହି ଦେଲେ ସ୍ୱପ୍ନା।

ସ୍ତ୍ରୀଙ୍କ ହାତ ଧରି ଟାଣିଲେ ସ୍ୱରୂପ। ଚାଲ, ସେ କହିଲେ, ସ୍ୱପ୍ନାଙ୍କ ଅଣ୍ଟା ଚାରିପଟେ ହାତ ଗୁରେଇ। ଯା' ଭିତରେ ଗୋଲେଇ ଏତେ ବଢିଗଲାଣି ?

ଚାଲ, ଅଗଣାରେ ଟିକିଏ ବସିଯିବା। ଏଇନେ ପିଲାମାନେ ବି ନାହାନ୍ତି।

ପିଲାମାନେ ଥିଲେ ବି ତମର କୋଉ ଡରଭୟ ଯେ? କହିଲେ ସେ ଅଗଣା ଆଡକୁ ଗଲାବେଳେ।

ସେଇ ପାଖରେ ବସିଯିବା... ନଡ଼ିଆ ଗଛ ତଳେ। ... ଗାଡିଆ ହୁଡାରେ, କହିଲେ ସ୍ୱରୂପ। ସ୍ୱପ୍ନା ଅନେଇଲେ ବିସ୍ମୟରେ ସ୍ୱାମୀଙ୍କୁ। ୟାଙ୍କର ମୁଣ୍ଡ ଖରାପ ହୋଇ ଯାଇ ନାହିଁ ତ? ନଡ଼ିଆ ଗଛ, ଗାଡିଆ ଏସବୁ କାହିଁ? ସେ କେଉଁ କାଳର କଥା।

ଚାଲ, ସେଠି ପାହାଚ ଉପରେ ବସିଯିବା। ଜହ୍ନ ଆଲୁଅରେ ଝଲମଲ ପୋଖରୀ ଭିତରୁ ଆକାଶ ଦେଖିବା। ଭାସମାନ ମେଘ ଖଣ୍ଡର ଆକାର ଭିତରେ ଗଣେଶ, ନନ୍ଦୀ ଓ ଗରୁଡ ବାହନ ମାନଙ୍କୁ ଖୋଜିବା। ସେପଟେ ତାଳବାହୁଙ୍ଗା ଓ ଜହ୍ନ କିରଣର ଛାଇ ଆଲୁଅରେ ବସିବା, କହି ସ୍ୱପ୍ନାଂକ ପାଖରେ ବସିପଡିଥିଲେ ସ୍ୱରୂପ, ସିମେଣ୍ଟ ବେଂଚ୍ ଉପରେ।

ତମେ କୋଉଠି ବସିଛ ଜାଣ? ତାଳ ନୁହେଁ କି ନଡିଆ ଗଛ ତଳେ ନୁହେଁ। ବସିଛ, କୃଷ୍ଣଚୂଡା ତଳେ। ତାଗିଦ କଲାପରି କହିଲେ ସ୍ୱପ୍ନା।

ହଁ ହଁ ଜାଣେ। ଆମ ଆଗରେ ଯେଉଁ ଗାଡିଆ ଭର୍ତ୍ତି ପାଣି ଉଛୁଳୁଛି, ସେଠି ବହୁରଂଗର ମାଛ ଖେଳି ବୁଲୁଛନ୍ତି। ଜହ୍ନ କିରଣରେ ଚକମକ୍ ବି କରୁଛନ୍ତି।

ତମର ନିଦ ଭାଂଗିନି। ତମେ ଯା'କୁ ଗାଡିଆ କହୁଛ, ସେଇଟା ଏବେ ଘାସର ଲନ୍। ଯାହାକୁ ପାହାଚ କହୁଛ ତା ପ୍ରକୃତରେ ... ସ୍ୱପ୍ନା କହି ଆସୁଥିଲେ କିଛି। ସ୍ୱରୂପ ତାଙ୍କ ଓଠ ଉପରେ ପାପୁଲି ଚାପି ଧରିଲେ।

ବାସ୍ ବାସ୍। ଟିକିଏ ପଛକୁ ଫେରିଚାଲ, ସେ କହିଲେ।

ପୁଣି କେଉଁଠିକି? ସ୍ୱପ୍ନା ଅନେଇଲେ ଆତଙ୍କରେ।

ସେଇଠିକି, ଯେଉଁଠି ତମ ବୟସ ହୋଇଥିଲା ପଚିଶି। ସେ ଆମ୍ବତୋଟା ଓ ଗାଡିଆ ତଳକୁ। ଜହ୍ନରାତି ପଡିଥିଲା, ସ୍ୱପ୍ନ ସବୁଜ ସେ ଗାଁ ସାରା। ସ୍ୱପ୍ନାଙ୍କ କାନ୍ଧ ଉପରେ ନିଜ ବାଁ ହାତ ରଖି ଚାପିଧରିଲେ ସ୍ୱଚ୍ଛ।

ବାସ୍। ଆଉ ଟିକିଏ ପଛକୁ ଚାଲ, ସେ ଚୁପକିନା କହିଲେ, ସ୍ୱପ୍ନାଙ୍କ କାନ ପାଖରେ।

ଆଉ କେତେବର୍ଷ ପଛକୁ ଫେରିଯିବାକୁ କହୁଛ? ସ୍ୱପ୍ନା ଚାହିଲେ ସ୍ୱାମୀଙ୍କୁ, ଅର୍ଥପୂର୍ଣ୍ଣ ଦୃଷ୍ଟିରେ।

ଯେଉଁ ବର୍ଷ ସନ୍ଦୀପ ଜନ୍ମ ହୋଇଥିଲା। ପଚିଶ ବର୍ଷ ତଳେ। ସ୍ୱରୂପ ମନେ ପକାଇ ଦେଲେ। ବସିଲେ ସ୍ୱପ୍ନାଙ୍କ ପାଖରେ, ଆଉ ଟିକିଏ ଲାଗିଯାଇ।

କିନ୍ତୁ ସନ୍ଦୀପ ଜନ୍ମ ହୋଇଥିଲା ବରୋଦାରେ । ମାନେ ତିରିଶ ବର୍ଷ ତଳେ । ଆମେ ତ ଏଠି ନଥିଲେ । ତେଣୁ, ଗାଡିଆ, ନଡ଼ିଆ ଗଛ କଥା ଏବେ କାହିଁକି ?

ସ୍ୱରୂପ କହିଲେ, ଦେଖ ସ୍ୱପ୍ନା, ତମର ବୋଧହୁଏ କିଛି ମନେ ପଡୁନି । ସନ୍ଦୀପ ଏ ଗାଡିଆ ପାହାଚ କଡେ ଗର୍ଭସ୍ଥ ହୋଇଥିଲା । ଏଠି ପାହାଚ ଉପରେ ଆମେ ବସିଥିଲେ, ପାଖକୁ ପାଖ । ଆମ ପାଦ ଚାରୋଟି ବୁଡିଥିଲା ପାଣି ଭିତରେ । ପରସ୍ପରର ପାଦସ୍ପର୍ଶ ଓ ଠେଲାପେଲା ଭିତରେ ମାଛସବୁ ଅସ୍ତବ୍ୟସ୍ତ ହୋଇ ପଡିଥିଲେ । ତମେ ମୋତେ ହଠାତ ମାଗିଲ ଚୁମାଟିଏ । ମୁଁ ମନାକଲି । ଟଣାଓଟରା ଭିତରେ ତମେ ଟିକିଏ କ୍ଷତାକ୍ତ ହୋଇଗଲ । ହିଡ ଉପରେ ଘାସ ଉପରେ ଆମେ ସଂଯୁକ୍ତ ହୋଇଗଲେ ।

ବାସ୍‌ବାସ୍, ତମର ବୟସ ବଢିବା ସଂଗେସଂଗେ ମତିଭ୍ରମ ହେବାରେ ଲାଗିଲାଣି । ଗୀତା ଜନ୍ମହେବା ଆଗରୁ ଆମେ ଏଇ ପୈତୃକ ଘରକୁ ଫେରି ଆସିଥିଲୁ । ଏଠି ବଗିଚାରେ କେହି ନଥାନ୍ତି । ଦିପହର ସାରା ଚାକର ବାକର ବାହାରେ କ୍ଲବ ଘରେ ତାସ୍ ପିଟୁଥାନ୍ତି । କିମ୍ବା ଶୋଇଥାନ୍ତି ଅଗଣାରେ । ତେଣୁ ତମର ଏକଚାଟିଆ ଖେଳ ଚାଲେ । ସେ ସମୟରେ ଗୀତାର ଗର୍ଭାଧାନ ହୋଇଥିଲା, ଜାଣ ? କହି ସ୍ୱପ୍ନା ଚହଲାଇ ଦେଲେ ସ୍ୱାମୀଙ୍କୁ ।

ମୁଁ ଜାଣେ, ତମେ ଏମିତି ଇତିହାସ-ଭୂଗୋଳ ଗଡବଡ କରିଦେବ, କହି ଏକମହାଁ ହୋଇ ବେଂଚ ଉପରେ ବସିଲେ ସ୍ୱରୂପ ।

ଏଥିରେ ଗଡବଡ କିଛି ନାହିଁ । ଗୀତା ଜନ୍ମ ହେଲା ଅଠାନବେରେ, ଆମେ ବରୋଦାରୁ ଫେରିଲୁ ବର୍ଷକ ଆଗରୁ । ସେତେବେଳେ ଗାଡିଆ, ମାଛ ଓ ନଡ଼ିଆ ଗଛସବୁ ଥିଲା । ଆମେ କୁଏଟରେ ଛଅବର୍ଷ ରହି ଫେରିଲା ଭିତରେ ତମ ଭାଇ ଗାଡିଆ ଜାଗାରେ ଘାସ ଓ କୃଷ୍ଣଚୂଡା ସବୁ ବଢେଇ ଦେଇଛନ୍ତି । ଆମ୍ବ, ନଡ଼ିଆ ଗଛ ସବୁ ସେହିଁ ପଦା କରି ଦେଇଥିଲେ ।

ସ୍ୱରୂପ କ୍ଷୁବ୍ଧ ହେଲେ ହୁଏତ । କହିଲେ, ହଁ ହଁ । ସେକଥା ଛାଡ । ଏବେ କୁହ ଆଜିକାଲି ଗୀତା ଫୋନ କରିଥିଲା କି ?

ତାର ସମୟ କାଇଁ ତମକୁ ଫୋନ କରିବ ? ଜାପାନରେ ହନିମୁନ୍ ସରିଲେ ବାପାମାଆ ମନେ ପଡିବେ, ନିର୍ଲିପ୍ତ ହୋଇ କହିଥିଲେ ସ୍ୱପ୍ନା ।

ଗୀତାର ମଧୁଚନ୍ଦ୍ରିକା ଶୁଣି ଜହ୍ନରାତି ଆଡ଼କୁ ମନ ଦଉଡିଲା, ସ୍ୱରୂପଙ୍କର । ସେ ସ୍ୱପ୍ନାଙ୍କ ଆଖି ଭିତରକୁ ଚାହିଁଲେ । ସେ ଆଖିଥିଲା ଢ଼ଳଢ଼ଳ । ଏବେ ଦିଶୁଚି ଶେଥା । ସ୍ୱପ୍ନାଙ୍କ ଦେହସାରା ମେଦ ବୋଳି ଦେଇଛି ବୟସ । ଅଥଚ ସ୍ୱପ୍ନା ଏବେବି ତରୁଣୀ ଅଛନ୍ତି ତାଙ୍କ କଡ଼ରେ ବସି ।

ଗୀତାର ଏବେ ଯେମିତି ଘଞ୍ଚବାଳ ହୋଇଛି, ତମରବି ସେମିତି ଥିଲା କୋଡିଏ ବର୍ଷ ଆଗରୁ। ସ୍ୱପ୍ନାଙ୍କ କେଶ ଭିତରେ ଆଙ୍ଗୁଳି ସଂଚାଳିଲେ ସ୍ୱରୂପ।

ଗୀତା କଥା ମନେପଡିଲା ତାଙ୍କର। ଗତ ସପ୍ତାହ ଇରିମତୋଜିମା ଦ୍ୱୀପରୁ ଫୋନ କରିଥିଲା ସେ। ନଦୀ ମୁହାଣରେ ଘଞ୍ଚ ହେନ୍ତାଳ ବଣ ଅଛି। ସେ କହୁଥିଲା, ରାତି ହେଲେ ସମୁଦ୍ରପାଣି ତୋଟା ଭିତରେ ପଶି ଯାଉଥିଲା। ସୂର୍ଯ୍ୟୋଦୟ ହେଲାପରେ ଭଟ୍ଟା ଆସି ସବୁପାଣି ସମୁଦ୍ରକୁ ଫେରେଇ ନେଉଥିଲା। ଦିନ ବେଳେ ସେ କାଦୁଅରେ ସଲସଲ ହେଉଥିବା ଗେଣ୍ଡା, ଶାମୁକା ଓ କଙ୍କଡା ମାନଙ୍କ କେଁକା ଶବ୍ଦ କଥା କହୁଥିଲା ଗୀତା। ସମୁଦ୍ରର ଓଦା ବାଲି ଉପରେ ଦଳଦଳ ପକ୍ଷୀ ଖେଳନ୍ତି ଓ ସନ୍ଧ୍ୟା ହେଲେ ହେନ୍ତାଳ ବନ ଭିତରେ କିଚିରି ମିଚିରି କରନ୍ତି। ତା' ପାଖରେ ଗୀତା ନେଇଛି କଟେଜଟିଏ। ସେଠି ଜହ୍ନରାତିର ଛାଇଆଲୁଅ କେମିତି ହୋଇଥିବ, ଭାବି ପାରୁଛ ?

ଟିକିଏ ସ୍ୱପ୍ନ ଓ ଟିକିଏ ନିଦ ଭିତରେ ବିଭୋର ହୋଇଗଲେ ସ୍ୱରୂପ। ପାଖରେ ସ୍ୱପ୍ନାଙ୍କ ଦେହର ଉତ୍ତାପ ଥିଲା ଅସହଜ। କ'ଣ ପାଇଁ ଅସ୍ତବ୍ୟସ୍ତ ଲାଗୁଥିଲା ସ୍ୱରୂପଙ୍କୁ।

ଚାଲ, ପୁଣି ଆମେ ପିଲା ହୋଇଯିବା । ପାଣି ଭିତରେ ପାଦରଖି ମାଛସହ ଖେଳିବା, କହି ସ୍ୱପ୍ନାଙ୍କ ଆଣ୍ଠୁ ଉପରେ ହାତ ରଖିଲେ ସ୍ୱରୂପ।

ସ୍ୱାମୀଙ୍କ ହାତକୁ ହଟେଇ ଦେଲେ ସ୍ୱପ୍ନା। କହିଲେ, କଣ ପାଗଳ ହୋଇଗଲ ?

ହଁ, ଆମେ ଦିହେଁ ପାଗଳ ହୋଇଗଲେ କେମିତି ହୁଅନ୍ତା ? ଏଇ ପ୍ରସ୍ତାବ ବି ମନ୍ଦ ନୁହେଁ, କହିଲେ ସ୍ୱରୂପ।

ନା, ଆଜିନୁହେଁ। ଅନ୍ୟ ଦିନ।

କାହିଁକି ? ଏବେତ ଋତୁ ନୁହେଁ! ଋତୁବେଳେବି ଆମର କେବେ ଅସୁବିଧା ହୋଇନାହିଁ।

ଆଜିକାଲି କେବେ ଋତୁ ଆସୁଛି, କେବେ ଆସୁନି।

ତାହେଲେ ଆସ, ଜହ୍ନରାତିକୁ ବିଦାୟ ଦେବା, କହିଲେ ସ୍ୱରୂପ। ସ୍ୱପ୍ନା ବି ଆଉଜି ପଡିଲେ ବେଞ୍ଚ ଉପରେ। ପଲଙ୍କ ହୋଇଥିଲେ ଭଲ ହୋଇଥାନ୍ତା। ବୟସ ଥିଲାବେଳେ କଥା ଅଲଗା। ସିମେଣ୍ଟ ବେଞ୍ଚ, ଟିକିଏ କଷ୍ଟ ଲାଗୁଛି, ସେ କହିଲେ।

ଏତିକି ବେଳେ କାଉଟିଏ କାଆ କରିଦେଲା ପାଖ କେଉଁ ଗଛରୁ। ନିଦ ବାଉଳାରେ ସେ ଦିଗକୁ ଧ୍ୟାନ ଦେଲେନି ସ୍ୱରୂପ। ଜହ୍ନ ଆଲୁଅରେ ବେଞ୍ଚଟି ଫୋମ୍ ଗଦିପରି ଦିଶୁଛି, ସେ କହିଲେ।

ହଁ, ତମ ବୟସ ପଚିଶି ବର୍ଷ ତଳକୁ ଖସି ଯାଇଛି ତ ?

ହଠାତ ବିମର୍ଷ ଦିଶିଲେ ସ୍ୱରୂପ। ଅସ୍ଥିର ଲାଗୁଛି ଚିତ୍ତ। ଭିତର ଘରେ ଶୋଇଛି ନାତି, ସଂଦୀପର ପୁଅ। କାଳେ ଉଠି ପଡିବ।

ଓଃ, ଖୁବ୍ ମଶା, ଏ ଅସ୍ଥିରତାର କାରଣ, ସ୍ୱଗତୋକ୍ତି କଲେ ସ୍ୱରୂପ। ସେ ଉଚ୍ଚାରଣ କରି ପାରିଲେନି, ତାଙ୍କ ମନ ଦଉଡୁଛି ଘୋଡ଼ା। ଅଥଚ ଛୋଟେଇ ଚାଲିଛି ତାଙ୍କ ଦେହ।

କଣ ହେଲା, ଉଠିପଡିଲ ଯେ! ଏତେ ଜହ୍ନରାତି କଥା କହୁଥିଲ। ତମ କପାଳ ସାରା ଏତେ ଝାଳ କାହିଁକି? ଆଜି ରକ୍ତ ଚାପ ବଟିକା ଖାଇନଥିଲ କି... ତମ ପରି ସନ୍ଦୀପ ଶୀଘ୍ର ଚନ୍ଦା ହୋଇଯିବ। ସେମିତି ଲାଗୁଛି।

ସଙ୍ଗେସଙ୍ଗେ ନିଜ ମୁଣ୍ଡ ଉପରେ ହାତ ବୁଲେଇ ଆଣିଲେ ସ୍ୱରୂପ। କହିଲେ: ଚନ୍ଦାବ୍ୟକ୍ତି ଭାଗ୍ୟବାନ ହୁଅନ୍ତି ପରା?

: ଜୀବନସାରା ତମେ କି ଭାଗ୍ୟ ଅର୍ଜନ କଲ, ଶୁଣେ?

: କାହିଁକି, ତମ ପରି ସ୍ତ୍ରୀ ପାଇବା କମ୍ ଭାଗ୍ୟର କଥା?

: ନା, ମୁଁ ଭାବୁଛି, ଚନ୍ଦାବ୍ୟକ୍ତିଙ୍କର ଚନ୍ଦ୍ର ଦୋଷ ଥାଏ। ସ୍ତ୍ରୀ ପ୍ରତି ଦୂର୍ବଳତା, ଜହ୍ନରାତି ଓ ହନିମୁନ୍ ଇଚ୍ଛା -- ଏସବୁ ଲକ୍ଷଣ ସହ ପଚାଶ ବର୍ଷ ପୂରିଲା ବେଳକୁ ସେଭଳି ପୁରୁଷଙ୍କର ମେନୋପଜ୍ ଆସିଯାଏ, କହିଲେ ସ୍ୱପ୍ନା ସ୍ୱରୂପଙ୍କ ପ୍ରତିକ୍ରିୟାକୁ ଅପେକ୍ଷା ନକରି।

ପୁରୁଷ ମାନଙ୍କର ପୁଣି ମେନୋପଜ୍? କାହିଁକି, ସ୍ୱରୂପ ବୁଝି ପାରିନଥିଲେ। ନେଲସନ ମାଣ୍ଡେଲା, ଟୋନି ବ୍ଲେରଙ୍କର କଣ ମେନୋପଜ୍ ଆସି ଯାଇଥିଲା? ହଠାତ ସ୍ୱରୂପ ସ୍ୱପ୍ନାଙ୍କୁ କୋଳାଗ୍ରତ କରିନେଲେ ବେଞ୍ଚ ଉପରେ। କହିଲେ, ପୁରୁଷ ଚାହିଲେ ତାର ବାର୍ଦ୍ଧକ୍ୟ ନାହିଁ। କିନ୍ତୁ ସ୍ତ୍ରୀର ଅଛି। ବହୁବର୍ଷ ଧରି ଜଣେ ପୁରୁଷ ପାଖରେ ରହିଲେ ସ୍ତ୍ରୀର କଣ ହୁଏ ଜାଣ?

କଣ ହୁଏ?

ସ୍ତ୍ରୀ ମଧ୍ୟ ପୁରୁଷ ହୋଇଯାଏ। ତାର ନିଶଦାଢ଼ୀ ହୁଏନି, କିନ୍ତୁ ତା ଗଳା ହୋଇଯାଏ ପୁରୁଷ ପରି। ତା କପାଳ, ଆଖି, କାନ ଓ ନାକ କ୍ରମଶଃ ତା ସ୍ୱାମୀର ଚେହେରା ପରି ଦିଶେ। ସ୍ୱାମୀ ଯଦି ପତଳା ହୋଇଥ ଏ, ତେବେ ସେ ମଧ୍ୟ ସ୍ତ୍ରୀ ପରି ପୃଥୁଳ ହେବା ଆରମ୍ଭ କରେ।

ଆଉ ସ୍ୱାମୀ ଯଦି ତମପରି ମୋଟାରୋଟା ହୋଇଥାଏ?

ତେବେ ସ୍ତ୍ରୀ ଆହୁରି ଅଧିକ ମୋଟି ହୋଇ ଯାଇ ପାରେ, ପତ୍ନୀଙ୍କୁ ଛିଗୁଲେଇଲା ପରି କହିଦେଲେ ସ୍ୱରୂପ। ତାପରେ ନିରବି ଗଲେ କିଛି ସମୟ।

ଶୁଣୁଛ ନା ଶୋଇ ଗଲଣି? ସନ୍ଦୀପ କହୁଥିଲା, ତାର ଉପର ଫ୍ଲାଟରେ ଘରମାଲିକ ରହନ୍ତି। ପିଲାମାନେ ରହିବେ ବୋଲି ତିନୋଟି ଫ୍ଲାଟ ଏକାଥରକୁ କିଣି ନେଇଥିଲେ।

କିନ୍ତୁ ପିଲାସବୁ ବିଦେଶରେ ରହିଗଲେଣି, ଭାରତ ଫେରିବା ନା ଧରୁ ନାହାନ୍ତି। ବୁଢା ବାଧ୍ୟହୋଇ ଘରସବୁ ଭଡା ଲଗାଇ ଦେଇଛି। କେତେବେଳେ ବୁଢ଼ା ବୁଢ଼ୀ ଢୋ-ହୋଇଯିବେ, ଠିକ୍ ନାହିଁ। ତା'ପରେ ଘରସବୁ ଭଡାଟିଆଙ୍କର ହୋଇଯିବ।

ସେଥିପାଇଁ ସନ୍ଦୀପ ଆଗତୁରା ଉଖୁଡା ଖାଉଛି ନା କଅଣ ?

ନା'ମ। ମୁଁ କହୁଥିଲି, ସେ ବୁଢା ବୁଢ଼ୀ କୁଆଡେ ସ୍ୱାମୀ ସ୍ତ୍ରୀ ପରି ଦିଶନ୍ତି ନାହିଁ। ଲାଗନ୍ତି ଭାଇ ଭଉଣୀ ପରି, ଚେହେରା ଦୃଷ୍ଟିରୁ। ତାଙ୍କ ବିବାହ ବେଳର ଫଟୋରେ ସେମାନେ ଦିଶୁଥିଲେ ଅଲଗା। ଏବେ ଏକାଭଳି ଦିଶିଲେଣି। ପୃଥୁଳ-ପୃଥୁଳା ମୁଣ୍ଡ ବାଳରୁ ଅଣ୍ଟାଯାଏ। ଆଶ୍ଚର୍ଯ୍ୟ କଥା ଯେ ଏବେ କିଛିଦିନହେଲା, ସେ ଦିହିଁଙ୍କର ଅକ୍ଷର ବି ଏକାପରି ଦିଶିଲାଣି।

ହସିଲେ ସ୍ୱରୂପ। ପଚାରିଲେ: ସନ୍ଦୀପର ଏଇ ଗୁଲି କରିବା ଅଭ୍ୟାସ ଯାଇନି ଏଯାଏଁ ? ତମପରି ମୁଗ୍ଧ ଶ୍ରୋତା ପାଇଲେ ସେ ଗୁଲି ନକରିବ କାହିଁକି ?

ଖାଲି ସେତିକି ନୁହେଁ, ଏବେ ସେ ଦିଜଣଙ୍କ ଉଚ୍ଚତା ବି ସମାନ ହୋଇ ଗଲାଣି। ତମର ବିଶ୍ୱାସ ହେଉନି ?

ହଁ, ଉଚ୍ଚତା କଥାରେ ବିଶ୍ୱାସ ନହେବ କାହିଁକି ? କାରଣ ବୁଢାଙ୍କ ଅଣ୍ଟା ନଇଁଯାଇ ଆଗକୁ ଝୁଙ୍କି ପଡିଥିବ। ତେଣୁ ସ୍ତ୍ରୀଙ୍କର ଉଚ୍ଚତା ସହ ସମାନ ହୋଇ ଯାଇଥିବ।

ଏଇତ, ତମର ଅତି ସିଆଣା କଥା, ସ୍ୱପ୍ନା ତାଚ୍ଛଲ୍ୟ କରିଦେଲେ। ପ୍ରକୃତରେ ସ୍ତ୍ରୀ ସ୍ୱାମୀଠାରୁ ଡେଙ୍ଗା। ତେଣୁ ତା ଅଣ୍ଟା ଆଗ ନଇଁଯିବାରୁ ସ୍ୱାମୀ ହାଇହିଲ୍ ପିନ୍ଧିବା ଛାଡି ଦେଇଛି।

ଓହୋ, କଥାର ଶୀର୍ଷବିନ୍ଦୁ ହାଇହିଲ୍ ପାଖରେ ଅଛି, ବୁଝିପାରି ହସିଲେ ସ୍ୱରୂପ। ହସିଲା ବେଳେ ତାଙ୍କର କାଶ ଟିକିଏ ବାହାରି ପଡିଲା। ସ୍ୱପ୍ନାଙ୍କ କାନ୍ଧ ଉପରେ ଭରାଦେଇ ସେ କହିଲେ, ହଉ। ଚାଲ, ଭିତରକୁ ଯିବା।

କାହିଁକି ? ଜହ୍ନରାତି ବୋଲି ଏତେ ପାଗଳ ହେଉଥିଲ ? ଆଉ କିଛି ସମୟ ବସିବାନି ଏଠି, ପଚାରିଲେ ସ୍ୱପ୍ନା।

କିନ୍ତୁ ଜହ୍ନ କାଇଁ ? ସେ କୋଉ କାଳୁ ଅସ୍ତ ହୋଇଗଲାଣି ଆମ ବୟସ ପରି। ତାଠାରୁ ଅଧିକ କଷ୍ଟ ହେଲାଣି ଏଇ ଥଣ୍ଡାପାଗ।

ସ୍ୱରୂପଙ୍କ ଆଲିଙ୍ଗନରୁ ହଠାତ ମୁକ୍ତ ହୋଇ ଯାଇ ଥିଲେ ସ୍ୱପ୍ନା। କାରଣ ସେତେବେଳକୁ ସ୍ୱରୂପ କାଶିକାଶି ବେଦମ୍ ହୋଇ ସାରିଥିଲେ।

■

- ୨ -

ଏମିତିକା ଜହ୍ନରାତି ଥିଲା। ଶୀତ ଥିଲା ମନ ଥିଲା ଉଚ୍ଚାଟ। ଶରୀର ଓ ମନରେ ଥିଲା ଅହେତୁକ ବର୍ଷାର ନୂତନ ପୁଲକ।

ସ୍ୱପ୍ନା ରୁମରେ ଏକେଲା ଥିଲେ। ପ୍ରଥମ ଥର ପାଇଁ ସ୍ୱରୂପଙ୍କୁ କୁହାଗଲା କକ୍ଷ ଭିତରକୁ ପ୍ରବେଶ କରିବାକୁ ହେବ। ସେ ଯେମିତି ଦୁଇ ପାଦ ଆଗକୁ ବଢିଛନ୍ତି, ପଛରୁ ତାଙ୍କୁ କେହି ଠେଲିଦେଲେ। ପରେପରେ ପଛ କବାଟରେ ଜଂଜିର ଲାଗିବାର ଶବ୍ଦ ଓ ଭାଉଜଙ୍କ ଖିଲଖିଲ ହସ। ତାଙ୍କ ସାଥିରେ ଥିଲେ ପରିବାରର ଅନ୍ୟ ସଂପର୍କୀୟ। କବାଟ ଆରପଟୁ ଉଚ୍ଛ୍ୱସିତ ହସର ରୋଳ।

ଏବେ ରୁମ୍ ଭିତରେ ଅଛନ୍ତି କେବଳ ସେ ଏବଂ ସ୍ୱପ୍ନା। କକ୍ଷସାରା ମ୍ଳାନ ରଂଗୀନ ଆଲୁଅ। ବାହାରେ କ୍ଷୀଣ ଯନ୍ତ୍ର ସଂଗୀତର ପ୍ରକଂପନ। ସେଥିରେ ଥିଲା ଚକୋର ସହ ଚକୋରୀ ମିଳନର ଅପୂର୍ବ ଆହ୍ୱାନ।

ଅନେକ ରଂଗୀନ ଫୁଲରେ ସଜବାଜ ପଲଙ୍କ ଉପରେ ଅବଗୁଣ୍ଠନ ସହ ସ୍ଥିର ହୋଇ ବସିଥିଲେ ସ୍ୱପ୍ନା। ହୃଦୟ ଭିତରେ ସୁନିଶ୍ଚିତ ଦ୍ୱନ୍ଦ୍ୱ ଓ ଆଲୋଡନ କେହି କଣ ଦେଖିପାରିବେ ନା ସ୍ପର୍ଶ କରିପାରିବେ? ତାଙ୍କୁ କକ୍ଷରେ ପ୍ରବେଶ କରିବା ଦେଖି ସଳଖି ବସିଲେ ସ୍ୱପ୍ନା।

ଏବେ କିନ୍ତୁ ତାଙ୍କୁ ସ୍ପର୍ଶ କରିବାକୁ ହେବ ତନ୍ୱୀ ଶରୀରର ସମସ୍ତ ଅଂଗପ୍ରତ୍ୟଙ୍ଗ। ଆଲୁଅରେ ବା ଅନ୍ଧାରରେ। କାମନାର କାଳସର୍ପ ଏବେ ବିବସ୍ତ୍ର ହୋଇଯିବ। କ୍ଷୁଧା ହୋଇଯିବ ଆଦି ମାନବ ଓ ଲେପେଟେଇ ଯିବ ଉନ୍ମତ୍ତ କାଳନାଗର ନିସ୍ତେଜ ଦେହସାରା: ଆଲିଙ୍ଗନ ଓ ଅଳସ ମୁଦ୍ରାରେ। ସେ ଏମିତି କୌଣସି ସୂଚ୍ୟଗ୍ର ସ୍ଥାନ ଅସ୍ପୃଶ୍ୟ ରଖିବେନି ଯେଉଁଠି ଜ୍ୱାଳାମୟୀ ଜିହ୍ୱାର ଆତୁର ଲେପନ ନଥିବ। ସର୍ପର ବିଷ ଦଂଶନ ନାଗୁଣୀର ପ୍ରତ୍ୟେକ ଶିରାପ୍ରଶିରା, କୋଣ ଅନୁକୋଣ ଓ ଲୋମକୂପ ଯାଏଁ ପ୍ରସରିଯିବ। ଶୀତରାତିର ଉତ୍ତାପ ପ୍ରଶମିତ ହେବା ପର୍ଯ୍ୟନ୍ତ।

ହିଂସ୍ର ରାତି ଶୋଇ ନଥିଲା ସେଯାଏଁ, ଜଳୁଥିଲା ତନ୍ଦ୍ରାଭରା ଆଖି। ଆହୁରି ବାକି ଥିଲା ପ୍ରତ୍ୟୁଷ।

ହେଲୋ ସ୍ୱପ୍ନା, କହୁକହୁ ତାଙ୍କ ଆଖି ଭିତରକୁ ଦେଖିଲେ ସେ।

ସ୍ୱପ୍ନା ମୁହଁ ଉଠାଇଲେ ଓ ତାଙ୍କ ଅଧରରେ ଖେଳିଗଲା ଏକ ସଲ୍ଲଜ ମାୟାବୀ ହସ। ପଲଙ୍କରୁ ତଳକୁ ଓହ୍ଲାଇ ସେ ସ୍ୱରୂପଙ୍କ ପଦସ୍ପର୍ଶ କରିବାକୁ ଉଦ୍ୟତ ହେଲେ।

ଆରେ, ଆରେ, ଇଏ କି ଶିଷ୍ଟାଚାର?

ମୋତେ ଏଇୟା ହିଁ ଶିଖା ଯାଇଥିଲା, କହିଲେ ସ୍ୱପ୍ନା।

ଏହାଛଡା ଆଉ କଣ ସବୁ ଶିଖି ଆସିଛ? ସ୍ୱପ୍ନାଙ୍କୁ ତଳୁ ଉଠାଇ ଆଣିଲା ବେଳେ ସେ ପଚାରି ଦେଲେ।

ଆଉ କିଛି ଯଦି ଥାଏ ତମେ ହିଁ ମୋତେ ଶିଖେଇ ଦେବ। ସ୍ୱପ୍ନାଙ୍କ ଆଖି ଭିତର ଦେଇ ତାଙ୍କ ହୃଦୟକୁ ପଢ଼ିବାକୁ ଚେଷ୍ଟା କଲେ ସେ ଯେମିତି।

ଏହାକୁ ଆତ୍ମାଭିମାନ କୁହାଯାଇ ପାରିବ ତ? ନା ଦେହାଭିମାନ?

ଏକ ଅଜାଣତ ଆବେଗରେ ସେ କେତେବେଳେ ସ୍ୱପ୍ନାଙ୍କ ବାହୁ ବନ୍ଧନ ଭିତରେ ବନ୍ଦୀ ହୋଇ ଯାଇଥିଲେ। ଯେମିତି କାଳସର୍ପର ଅନନ୍ତ ପୀପାସା ଦୁଇ ହୃଦୟକୁ ମାୟା ଓ ଦେହଜ କ୍ଷୁଧାରେ ଅନୁବନ୍ଧିତ କରିବାକୁ ବ୍ୟଗ୍ର।

ମୁଁ ତୁମକୁ କଣ ବୋଲି ଡାକିବି ଏଣିକି? ପଚାରି ଦେଲେ ସ୍ୱରୂପ।

ଡାକ ସ୍ୱପ୍ନା, ମୋ ନିଜ ନାମରେ ।

ସେ ନାମରେ ତୁମ ବାପା ମାଆ ଓ କଲେଜ ସାଙ୍ଗ ଡାକୁଛନ୍ତି ତୁମକୁ। ତେଣୁ ଅନ୍ୟକିଛି ଅଲଗା...

ଯଦି ଅଲଗା କିଛି ଚାହୁଁଥାଅ, ତେବେ ନିଜେ ଠିକ୍ କର। କିମ୍ବା ଡାକ ଏଇ ... ଏଇ ଶୁଣୁଛ, ଏଇ ଆସିଲ? ଏଇ ବସ, ଯେମିତି ମୋ ପାପା ଡାକନ୍ତି ମାଆକୁ।

ଏଇ, ସେଇ, ଇଏ -- ଏସବୁ ନାମ ନୁହେଁ। କହିଦେଲେ ସ୍ୱରୂପ, ନିରୁତ୍ସାହିତ ହୋଇ।

ନାମ ନୁହେଁ ତ ଆଉ କଅଣ? ସ୍ୱପ୍ନା ଫେରି ଚାହିଁଲେ।

ସେସବୁ ସର୍ବନାମ। ଓଡ଼ିଆ ବ୍ୟାକରଣ ଅନୁଯାୟୀ ସର୍ବନାମ, ସେସବୁ ନାମ ନୁହେଁ। ସୀତା, ସରସ୍ୱତୀ କି ସ୍ୱପ୍ନା ହେଲା ବିଶେଷ୍ୟ, ପ୍ରୋପର ନାଉନ୍।

ତା'ହେଲେ ଗୋଟାଏ ଦୁଃସାହସିକ କାମ କରିପାରିବ?

କଣ କହୁନା, କୋଉ ସାହସିକ କାମ କରିବାକୁ ହେବ? କୁହ।

ମୋତେ ଡାକ 'ଭଉଣୀ'।

ଭଉଣୀ? ହାହାହା। କଣ ଏହାକୁ ହସକଥା ବୋଲି ଭାବିବି ତ?

କାହିଁକି? ଆମେ ଦିହେଁ ପ୍ରକୃତରେ ଭାଇ-ଭଉଣୀ ନୁହଁ କି? ସ୍ୱପ୍ନା ଓଲଟି ପଚାରି ଦେଲେ।

ବାହା ହେଲା ପରେ ଆମେ ଦିହେଁ ଭାଇ-ଭଉଣୀ କେମିତି ହେବୁ?

ହଁ । ମୁଁ ତୁମ ବାପା-ମାଆଙ୍କୁ କଣ ଡାକେ? ବାବା-ମା । ତମେବି ସେମାନଙ୍କୁ ବାପା-ବୋଉ ଡାକୁଛ। ତାହେଲେ ତମେ ମୋର କଣ ହେବ, କୁହ।

ହଠାତ୍ ସେ ଭାବି ପାରିଲେନି, ଏହାର କି ଉତ୍ତର ଦିଆଯିବ। ଯଦିଓ ସେ ଯୁକ୍ତିତର୍କ କରିବା ମୁଡରେ ନଥିଲେ, ପଚାରି ଦେଲେ: ତୁମେ ହୋସରେ ଅଛତ? ତୁମକୁ ଭଉଣୀ ଡାକିଲେ ତୁମକୁ ଭଲ ଲାଗିବ? ଆଉ ତୁମ ପିଲାପିଲି ମୋତେ କଣ ଡାକିବେ ମାମୁଁ? ତୁମକୁ ମାଇଁ?

ସ୍ୱପ୍ନା କହିଲେ ହଁ। ଯୁକ୍ତି ଦୃଷ୍ଟିରୁ ସେୟା ହିଁ ଠିକ୍।

ହଁ? ସ୍ୱରୂପ ଦିଶିଲେ ବ୍ୟଥିତ। ସେ ଛାଡିଦେଲେ ସ୍ୱପ୍ନାଙ୍କ ବାହୁ ଯୁଗଳ। ପଲଙ୍କ ପାଖରୁ ଉଠିଆସି ସୋଫାରେ ବସିଲେ ସେ। କିଛି ସମୟ ନିର୍ଲିପ୍ତ ହୋଇ। ଏ ସ୍ତ୍ରୀ କଣ ଚାହେଁ ଜୀବନରେ? 'ବିବାହ'ର ଅର୍ଥ ସେ ସତରେ ଜାଣିନାହିଁ? ନା ସେଇମିତି ଅଳ୍ପ ଶୈଶବର ଅଭିନୟ କରୁଛି? ଅଥବା ପରିହାସ?

ହଠାତ୍ ଠିଆହୋଇ ପଶ୍ଚିମ ପଟ ଝରକା ମେଲିଦେଲେ ସ୍ୱରୂପ। ଝଙ୍କାଳିଆ ଚମ୍ପାଗଛର ପତ୍ର ଫାଙ୍କ ଦେଇ କାର୍ତ୍ତିକ ନବମୀର ଉନ୍ମୁକ୍ତ ଜହ୍ନକିରଣ ବିଛାଇ ହୋଇ ପଡିଥାଏ ଅଗଣା ସାରା। ରୂପେଲୀ ଜ୍ୟୋସ୍ନା ସହିତ ଚମ୍ପା ଫୁଲର ବାସ୍ନା ପରିବେଶକୁ କରି ଦେଇଥାଏ ମତୁଆଲା। ନିଶାସକ୍ତ। ଆର୍ଦ୍ର।

ପିଲାଦିନ ଏ ଗଛ ମୂଳରେ କେତେ ମାଙ୍କଡ଼ ଡିଆଁ କରିଛନ୍ତି ସେ। ସାଙ୍ଗମାନଙ୍କ ଚୁଟି ଟଣାଟଣି କରି ନିଜେବି ଖଣ୍ଡିଆ ଖାବରା ହୋଇଛନ୍ତି ଖେଳରେ-ଖେଳରେ। ହାଫପ୍ୟାଣ୍ଟ୍ ପିନ୍ଧା ବୟସରେ କକାଙ୍କ ପିଲାଙ୍କ ସହ କେତେଥର ଯୁକ୍ତିତର୍କ କରିଛନ୍ତି। ପୁଣି ସାଙ୍ଗ ହୋଇ ଯାଇଛନ୍ତି, ଅଳ୍ପ ସମୟ ଭିତରେ। ଖେଳ ସୁରୁ ହୋଇଯାଇଛି ସନ୍ଧ୍ୟା ପୂର୍ବରୁ।

ନିଲୁ, ନିଲୁରେ। କଣ ପାଇଁ ଏତେ ପାଟିତୁଣ୍ଡ ଶୁଭୁଛି? ଅଗଣା ପାଖ ରନ୍ଧାଘର ଝର୍କା ଦେଇ ବୋଉର ଡାକରେ ତାଙ୍କ ଉଚ୍ଚଗଳା ସ୍ୱଳ୍ପ ଦବି ଯାଇଛି।

ନାହିଁ ବୋଉ, ଆମେ ଖେଳୁଛୁ। କିଛି ଝଗଡା ହେଉନାହିଁ -- ତାଙ୍କ କୈଫୟତରେ ବୋଉ ନିରବି ଯାଇଛି।

ମିତା ସହ କେତେଥର ସେ କଣ୍ଢେଇ ଖେଳରେ ବିବାହ ସଂପନ୍ନ କରାଇଛନ୍ତି ଓ ନିଜେ କଣ୍ଢେଇ ସ୍ୱାମୀର ଅଭିନୟ କରିଛନ୍ତି ।

ଭାଇମାନଙ୍କ ସହ ଖେଳରେ କେତେ ମିଛିମିଛିକା ସଂସାର ସୃଷ୍ଟି କରିଛନ୍ତି ସେ। ମିଛିମିଛିକା ଥାଳିରେ କ୍ଷୀରି ପୁରୀ ଢାଳି ଭୋଜିଭାତରେ ଭାଗ ନେଇଛନ୍ତି। ମିଛିମିଛିକା ସନ୍ତାନ, ସନ୍ତତିଙ୍କର ପିତାମାତା ହୋଇଛନ୍ତି ସେ ଓ ମିତାଅପା।

ବାରିପଟ ବଗିଚା ଓ ଗଛମୂଳରେ କେତେ ବୋହୁଚୋରୀ ଖେଳାଯାଇଛି, ତାର ହିସାବ ନାହିଁ।

ପଛ କଥା ମନେ ଅଛି, ସବୁକିଛି ଏବେବି। ଗାଡିଆ ପାଖ ଓଦା ମାଟି ଭିତରୁ ବେଙ୍ଗ ଖୋଳି ପକାଏ ମିତାଅପା। ଅଚାନକ୍। ବେଙ୍ଗର ପଛ ଦୁଇ ଗୋଡ ଧରି ମୁହଁ ସାମ୍ନାରେ ହଲାଏ। ତା'କଥା ନଶୁଣିଲେ କହେ: ବେଙ୍ଗମୁଣ୍ଡ ତୋ ପାଟିରେ ଭରିଦେବି, ବୁଝିଲୁ କାଳସର୍ପ ନୁହେଁତ!

ସ୍ୱରୂପ ଡରି ଯାଇଛନ୍ତି, ମିତା ଅପାର ବେଙ୍ଗଝୁଲାରେ। ତାର କାଳସର୍ପ ଡାକରେ। ଗାଁର ପୁରୋହିତବି ତାଙ୍କ ଜାତକ ଦେଖି ଥରେ କହିଥିଲେ ଏଇ ପିଲାର କୋଷ୍ଠୀରେ ଅଛି କାଳସର୍ପ ଯୋଗ। ସତର୍କ ରହିବେ।

ଜାତକରେ ଏ ଯୋଗ ଥିବା ବ୍ୟକ୍ତି ସାଂସାରିକ ଜୀବନରେ ଅସୁଖୀ ହୁଏ। କିମ୍ବା ଦାଂପତ୍ୟରେ କୌଣସି ଅଘଟଣର ଶିକାର ହୋଇପାରେ ଏହି କୋଷ୍ଠୀ ଜାତ ବ୍ୟକ୍ତି। ନହେଲେ ସେ ହୋଇଯାଇ ପାରେ ଗୃହତ୍ୟାଗୀ ସନ୍ୟାସୀ।

ଏ କି କଥା ? ଛୁଆର କଣ ଅଭାବ ଅଛିଯେ ମୋ ପୁଅ ସନ୍ନ୍ୟାସୀ ହୋଇଯିବ ? ତମ ଗଣନା କୋଉଠି ଭୁଲ ଥିବ, ଜାତକ ଆଉଥରେ ଦେଖ ହୋ, କହି ଦେଇଥିଲା ବୋଉ।

ବାପା ଦେଖା ଯାଇଥିଲେ ଚିନ୍ତିତ। କିନ୍ତୁ ସେ କୌଣସି ପ୍ରତିକ୍ରିୟା ପ୍ରକାଶ କରି ନଥିଲେ। ପଚାରି ଥିଲେ: ଏହାର କିଛି ପ୍ରତିକାର ନାହିଁ ପୁରୋହିତେ ? ଉପାୟ କିଛି ?

ଏଥିପାଇଁ ରୁଦ୍ରାଭିଷେକ କରିବାକୁ ହେବ। କୌଣସି ଦ୍ୱାଦଶ ଜ୍ୟୋତିର୍ଲିଙ୍ଗମ କ୍ଷେତ୍ରରେ।

ମାନେ କୋଉ କ୍ଷେତ୍ର ? ପଚାରି ଦେଲା ବୋଉ।

ଭାରତରେ ଶିବ ଉପାସନା ପାଇଁ ଦ୍ୱାଦଶ ପ୍ରାଚୀନ ତୀର୍ଥସ୍ଥାନ ଅଛି, ଯାହା ଜ୍ୟୋତିର୍ଲିଙ୍ଗମ ନାମରେ ପରିଚିତ। ସେଗୁଡ଼ିକ ହେଲା ତାମିଲନାଡୁର ରାମେଶ୍ୱରମ୍, କାଶୀ ବିଶ୍ୱନାଥ, ଉଜ୍ଜୟିନୀର ମହାକାଳେଶ୍ୱର, ଶ୍ରୀଶୈଳମର ମଲ୍ଲିକାର୍ଜୁନ, ଝାଡଖଣ୍ଡର ଶ୍ରୀବୈଦ୍ୟନାଥ ସ୍ୱାମୀ, ଉତ୍ତରାଖଣ୍ଡର କେଦାରନାଥ, ପୁଣେର ଭୀମଶଙ୍କର, ସୌରାଷ୍ଟ୍ରର ନାଗେଶ୍ୱର, ଗୁଜରାଟର ଗିରି ସୋମନାଥ, ମଧ୍ୟପ୍ରଦେଶର ଓଁକାରେଶ୍ୱର, ଔରଙ୍ଗାବାଦର ଗ୍ରୀଷ୍ନେଶ୍ୱର ଓ ନାସିକର ତ୍ର୍ୟମ୍ବକେଶ୍ୱର।

ହେଲେ କାଳସର୍ପ ଦୋଷ ପାଇଁ କୋଉଟା ଶ୍ରେଷ୍ଠ କହୁନା ? ପଚାରି ଦେଇଥିଲା ବୋଉ ।

ସୌରାଷ୍ଟ୍ରର ନାଗେଶ୍ୱର ଗଲେ ଭଲ । ଅବଶ୍ୟ ଅଭିନେତ୍ରୀ ଐଶ୍ୱର୍ଯ୍ୟା ରାୟଙ୍କ କାଳସର୍ପ ଦୋଷପାଇଁ ବଚ୍ଚନ ଦଂପତ୍ତି କାଶୀ ବିଶ୍ୱନାଥ ଦର୍ଶନ କରିଥିଲେ । ବିବାହ ପରେ ନବ ଦଂପତ୍ତି ଶ୍ରୀ ନାଗେଶ୍ୱର ଦର୍ଶନ ଓ ଅଭିଷେକ ପରେ ହିଁ ଦାମ୍ପତ୍ୟ ଜୀବନ ଆରମ୍ଭ କରିବା ଶ୍ରେୟସ୍କର ହେବ, କହି ଦେଇଥିଲେ ପୁରୋହିତ ।

ଠିକ୍ ଅଛି ସେୟା ହେଉ, କହିଥିଲେ ବାପା ।

ଝର୍କା ବନ୍ଦ କରି ପଲଙ୍କ ପାଖକୁ ଫେରିଥିଲେ ସେ । କାନ୍ଥପଟକୁ ମୁହଁ କରି ଶୋଇ ପଡିଥିଲେ ସ୍ୱପ୍ନା । ନିଶ୍ଚିନ୍ତ ହୋଇ ।

ତାଙ୍କଠୁ ନିରାପଦ ବ୍ୟବଧାନ ରକ୍ଷାକରି ପଲଙ୍କରେ ଆଉଜି ପଡିଲେ ସ୍ୱରୂପ ଓ ଆଖି ବନ୍ଦ କଲେ ।

ରାତି ନିରବରେ ମାଡି ଚାଲିଥିଲା, କାନ୍ଥଘଡିର ଟିକଟିକ୍ ସହିତ । ବିଜୁଳି ବତୀ ନିର୍ବାପିତ କରିଦେଲେ ସ୍ୱରୂପ । ନିରୁଦବିଗ୍ନ ଅନ୍ଧାର ତାର କାୟା ବିସ୍ତାର କଲା କକ୍ଷସାରା । କେତେବେଳେ ତନ୍ଦ୍ରା ଭରିଗଲା ସ୍ନାୟୁର ସହରରେ । ଚୁପଚାପ । କକ୍ଷ ବାହାରେ ଶୀତଳ ରାତି ଜଳୁଥିଲା ବିନିଦ୍ର ଜହ୍ନ ଆଲୁଅରେ ।

ବାସର ରାତି କଡ ଲେଉଟାଇଲା କାଳସର୍ପ ପରି । କଟି ମେଖଳା ହୁଗୁଳା ନକରି ଯେମିତି ସର୍ପ ଖୋଜୁଥିଲା ସୁଡଙ୍ଗ ବାହାରେ ନାଗୁଣୀ ସହ ନୈଶାଭିସାରରେ ପ୍ରମତ୍ତ ହେବ, ଜ୍ୟୋସ୍ନାସିକ୍ତ ଅଗଣାରେ । ସୂର୍ଯ୍ୟୋଦୟ ହେବାଯାଏଁ ।

ଠକ୍ ଠକ୍ ଶବ୍ଦରେ ହଠାତ୍ ଚମକି ଉଠିଲେ ସ୍ୱରୂପ । ଓ, କେତେବେଳୁ ସକାଳ ପାହି ଗଲାଣି ।

ଅଥଚ ତାଙ୍କ ଛାତିରେ ହାତରଖି ଶୋଇ ଯାଇଛନ୍ତି ସ୍ୱପ୍ନା, ନିଷ୍ପାପ ଶିଶୁଟିଏ ପରି... ।

– ୩ –

କୁଆଟିଏ କିଚେନ୍ ଚିମିନି ଉପରେ ବସି କାଆ କରିବା ମାତ୍ରେ ପାଖ ଗଳିରେ ଥିବା ଗଞ୍ଜା କୁକୁଡା ବି କୁକରେ କୋ ଉଦଘୋଷଣା କରିଦେଲା। ଅଗଣାରେ ବୋଉ ବୁଣିଥିବା ଚାଉଳର ମୁରୁଜ ଗୁଣ୍ଡର ଝୋଟି ଉପରେ ତିନି ଚାରୋଟି ଘର ଚଟିଆ ଖୁମ୍ପିବାକୁ ଲାଗିଲେ।

ଭାଉଜ, ତମ ହାତରୁ ଟିକିଏ ଚାହା ମିଳି ପାରିବ ?

ସ୍ୱରୂପ, ବାହାସାହା ତ ହେଲ ? ଏଣିକି ଭାଉଜ ଉପରେ ଦାଉ ସାଧିବ ନାହିଁ ! ତୁମକୁ ଚାହା ପରଷିବା ବ୍ୟବସ୍ଥା କରିବେ ତମ ଶ୍ରୀମତୀ। ସେ ଯଦି ଚାହା ତିଆରି କରିବା ଶିଖି ନଥିବେ ତମେ ଶିଖାଇବ ତାଙ୍କୁ।

କାହାର ବାହାସାହା ? ବାହା ସିନା ହେଲା, କିନ୍ତୁ ସାହା ହୋଇନି, କହିଲେ ସ୍ୱରୂପ।

ମାନେ ? କାହିଁକି ? ଭାଉଜ ଫେରି ଚାହିଁଲେ, ଅର୍ଥପୂର୍ଣ୍ଣ ଦୃଷ୍ଟିରେ। ସେ ସ୍ୱପ୍ନାଙ୍କୁ ଡାକିଲେ ଆଖିର ଇଂଗିତରେ। କହିଲେ, କଣ ତୁମ ନାମରେ ଅଭିଯୋଗ ଆସୁଛି ? ଅସହଯୋଗ ଆନ୍ଦୋଳନ କି ?

ତା'ପରେ ଭାଉଜ ସ୍ୱପ୍ନାଙ୍କ ସହ କଣ କଥାବାର୍ତ୍ତା କଲେ ଏକାନ୍ତରେ, ଜାଣି ହେଉନଥିଲା। ତଥାପି ସେ ଭାଉଜଙ୍କ ସହ କିଛି ସମୟ ମନ୍ତ୍ରଣାରେ ବ୍ୟସ୍ତ ରହିଲେ। ସେ ଆଲୋଚନାରୁ ନିଷ୍କର୍ଷ କଣ ବାହାରିଲା ଜଣା ପଡିଲା ନାହିଁ। କିଛି ଠିକ୍ କରିନପାରି ଝର୍କା ଖୋଲିଦେଲେ ସ୍ୱରୂପ।

ଦଲକାଏ ଶୀତୁଆ ପବନ ଦୋହଲାଇ ଦେଲା କକ୍ଷସାରା। ହଠାତ୍ କପେ ଚାହାର ବାଷ୍ପୀଭୂତ ଧୂମ ସହିତ ପ୍ରବେଶ କଲେ ସ୍ୱପ୍ନା। ଆଠଘଣ୍ଟିଆ ନିଦ ପରେ ସେ ଦେଖା ଯାଉଥିଲେ ଫ୍ରେଶ୍। ସତେଜ ଓ ପ୍ରଫୁଲ୍ଲିତ !

ଶୀଘ୍ର ବାହାରି ପଡ। ନବଦମ୍ପତି ଲିଙ୍ଗରାଜ ଦର୍ଶନ ସାରି ଆସ, ଭାଉଜ ତାଗିଦ କରି ଦେଇଗଲେ। ହୁଁହାଁ କରି ଚାହାକପ୍ ଧରି ଚୌକିରେ ନିଶ୍ଚିନ୍ତ ହୋଇ ବସିଲେ ସେ।

ଚାହା ସାରି ଉଠ ଜଲଦି, କହିଦେଲେ ଭାଉଜ। ତାପରେ ସ୍ୱପ୍ନାଙ୍କ କାନରେ କିଛି ମନ୍ତ୍ରଣା ଦେଲେ।

କିଛି ଗୁପ୍ତ ଷଡଯନ୍ତ୍ର ଚାଲିଛି କି ?

ଏ ଷଡଯନ୍ତ୍ରରେ ପୁରୁଷ ମାନଙ୍କୁ ସାମିଲ କରିବା ମନା, ସ୍ପଷ୍ଟ କରିଦେଲେ ଭାଉଜ। ଅଗତ୍ୟା ଚୁପ୍ ହୋଇ ଗାଧୁଆ ଘରେ ପ୍ରବେଶ କଲେ ସ୍ୱରୂପ।

କିଛି ସମୟ ପରେ ମୋଟର ସାଇକେଲ ଧରି ସେ ଘରୁ ବାହାରିବା ବେଳକୁ ସ୍ୱପ୍ନା କହିଲେ: ମୋର କଥାଟିଏ ରଖିବ ?

କୁହ, କିକଥା ମାଡାମ୍ ?

ଆମେ ଏବେ ଲିଙ୍ଗରାଜ ମନ୍ଦିର ଯାଉଛେଁ ତ ?

ହଁ। ତୁମର କିଛି ଆପତ୍ତି ଅଛି ?

ନା। କହୁଥିଲି କି ମୁଁ ଆଗରୁ ଲିଙ୍ଗରାଜ ମନ୍ଦିର ଦେଖିଛି। ଶୁଣିଛି ଏଠି ଖଣ୍ଡଗିରି ଉଦୟଗିରି ଗୁମ୍ଫା ଖୁବ ପାଖରେ ଅଛି। ମୁଁ କେବେ ହେଲେ ଦେଖିନି। ଟିକିଏ ଦେଖନ୍ତେନି ସେହି ଐତିହାସିକ ଅବଶେଷ ? ଆଖ ପାଖରେ ଗୁମ୍ଫା ଅଛି ନା ଅନେକ ଦୂର ?

ଠିକ୍ ଅଛି, ବସ। ଖଣ୍ଡଗିରି ଏଇ ପାଖରେ ଅଛି। ସେଇଠୁ ଫେରିବା ରାସ୍ତାରେ ଲିଙ୍ଗରାଜ ଦେଇ ଆସିବା। ମନ୍ଦିର ଦର୍ଶନ ଏକ ପାରମ୍ପରିକ ଆବଶ୍ୟକତା ମାତ୍ର। ଭକ୍ତି-ଫକ୍ତିରେ ମୋର ବିଶ୍ୱାସ ନାହିଁ। ସେଠି ସକାଳ ସମୟରେ ଦର୍ଶନାର୍ଥୀଙ୍କ ଭିଡ ଅଧିକ ଥାଏ। ଆମେ ଫେରିବା ବେଳକୁ ମନ୍ଦିରରେ ଭିଡ ବି ପାତଳ ହୋଇ ସାରିଥିବ। ଏବେ ଖଣ୍ଡଗିରିର ଏ ପାଖରେ ବି ବିଶେଷ ଯାତାୟାତ କିମ୍ବା ଗହଳି ନଥାଏ। ଚାଲ।

ଜାତୀୟ ରାଜପଥ-୧୬ ଦେଇ ମୋଟର ସାଇକଲ ଝପଟାଇ ଦେଲେ ସ୍ୱରୂପ। କୁମାରୀ ପର୍ବତ ଉପରେ ବକ୍ଷୋଜ ପରି ଖଣ୍ଡଗିରି ଓ ଉଦୟଗିରିର ଜମଜ ପାହାଡ ମଝି ଦେଇ ରାସ୍ତା ସର୍ପିଳ ଗତିରେ କଳିଙ୍ଗ ବିହାର ଦିଗରେ ପ୍ରଧାବିତ ହୋଇଛି। ଇତିହାସର ଛାତ୍ରୀ ସ୍ୱପ୍ନାଙ୍କୁ ବୌଦ୍ଧ ଓ ଜୈନ ପରଂପରାରେ ନିର୍ମିତ ଶ୍ରମଣ ଓ ଶିକ୍ଷାନବୀସ ମାନଙ୍କ ପୁରୁଷାର୍ଥ ପାଇଁ ଉଦ୍ଦିଷ୍ଟ ଗୁମ୍ଫା ସମୂହ ଆମନ୍ତ୍ରଣ କରୁଛନ୍ତି ଯେମିତି।

ଖ୍ରୀଷ୍ଟପୂର୍ବ ଦ୍ୱିତୀୟ ଓ ପ୍ରଥମ ଶତାବ୍ଦୀରେ ଖାରବେଳଙ୍କ ଦ୍ୱାରା ଉଦ୍ଧୃତ ଏ ଗୁମ୍ଫା ଦିଗମ୍ବର ଜୈନ ସନ୍ୟାସୀ ମାନଙ୍କ ସାଧନାର ପୀଠସ୍ଥଳୀ ଥିଲା। ଭୁବନେଶ୍ୱର ସହରର ଦକ୍ଷିଣ-ପଶ୍ଚିମ ଦିଗରେ ସ୍ଥିତ ଖଣ୍ଡଗିରି ପାହାଡର ପାହାଚ ଦେଇ ସ୍ୱପ୍ନାଙ୍କ ହାତଧରି ଉପରକୁ ବାଟ କଢାଇ ନେଇଥିଲେ ସ୍ୱରୂପ।

ବାଟରେ ମାଙ୍କଡ଼ ମାନଙ୍କ ପାଇଁ ଚିନାବାଦାମ ଚାରି ପ୍ୟାକେଟ୍ କିଣି ନେଇଥିଲେ ସ୍ୱରୂପ। ସୁରକ୍ଷିତ ଦୂରତାରେ ରହି ମାଙ୍କଡ଼ ପଲ ସ୍ୱପ୍ନାଙ୍କ ହାତରୁ ବାଦାମ ଉଠାଇ ନେଉଥିଲେ। ଗୋଟିକ ପରେ ଆଉ ଗୋଟିଏ। ଏକ ମୁଗ୍ଧ ଶିଶୁର ନିର୍ବାକ ଦୃଷ୍ଟିରେ ଚାହିଁ ରହିଲେ ସ୍ୱପ୍ନା।

ପାହାଡ ଶୀର୍ଷରେ ଦିଗମ୍ବର ଜୈନପୀଠ ଉପରେ ପହଞ୍ଚିଲା ବେଳକୁ ଧଇଁ ସଇଁ ହୋଇ ଯାଇଥିଲେ ସ୍ୱପ୍ନା। ଚଉଦ-ପନ୍ଦରଟି ଗୁମ୍ଫା ପାରି ହୋଇ ଖଣ୍ଡଗିରି ଶୀର୍ଷରୁ ଦେଖିଲେ ଧଉଳଗିରି ସମେତ ସମଗ୍ର ମନ୍ଦିରମାଳିନୀ ଭୁବନେଶ୍ୱର ସହରର କଂକ୍ରିଟ ଅଟ୍ଟାଳିକା ସମୂହ ଦୃଶ୍ୟମାନ ହୁଏ।

କୋଉ ଗୁମ୍ଫା ତୁମକୁ ସବୁଠୁ ଭଲ ଲାଗିଲା, କହିଲନି ?

ଅନନ୍ତ ଗୁମ୍ଫା...ଯେଉଁଠି ହାତୀ, ବଳଶାଳୀ ଖେଳାଳି, ଚଞ୍ଚୁରେ ଫୁଲ ଧରିଥିବା ବତକ ଓ ନୃତ୍ୟରତା ନବ ଯୌବନା ସ୍ତ୍ରୀ ମୂର୍ତ୍ତିର ପଥର ଖୋଦେଇ ହୋଇଛି ଜୀବନ୍ତ ! ଖାରବେଳ ସାମ୍ରାଜ୍ୟର ଗୌରବମୟ ପ୍ରାଚୀନ ଉତ୍କଳୀୟ ଇତିହାସ ଓ ଶିଳାଲେଖ ଏବେ ପଥର ଗାତ୍ରରେ ସ୍ଥିର, ଅଚଞ୍ଚଳ। ନିସ୍ପନ୍ଦ।

ସେଠି ଫୋନରେ ସେଲ୍ଫିଟିଏ ନେଲ ନାହିଁ ? ସ୍ୱରୂପ ପଚାରି ଦେଲେ।

କାହିଁ, ସେକଥା ସେଠି ଥିଲାବେଳେ କହିଲ ନାହିଁତ ? ଚାଲ, ଏବେ ସେଠିକି ଯାଇ ଫଟୋ ଉଠେଇ ଦେବା ? କହିବା କ୍ଷଣି ସ୍ୱପ୍ନାଙ୍କ ହାତ ଧରି ତଳକୁ ବାଟ କଢେଇ ନେଲେ ସ୍ୱରୂପ।

ହାତୀର ବାମକଡକୁ ଠିଆ ହେଲେ ସ୍ୱପ୍ନା। ଏଇ ପୋଜ ଠିକ୍ ହେବତ ? ସେ ପଚାରିଲେ।

ଏତିକି ବେଳେ ଜିନ୍ ପ୍ୟାଣ୍ଟ ପିନ୍ଧା ଜଣେ ଦାଢୀଆ ଯୁବକ ସ୍ୱରୂପଙ୍କ ସାମ୍ନାକୁ ଆସିଲା। କହିଲା, ଇଫ୍ ୟୁ ଡୋଣ୍ଟ ମାଇଣ୍ଡ... ଆପଣ ଦିହିଁଙ୍କର ଫଟୋ ମୁଁ ଉଠେଇ ଦେବି ? ଆପଣଙ୍କ ଆପତ୍ତି ନଥିଲେ ?

ତମେ ଫଟୋ ଉଠାଇ ପାରିବ ? ସେଥିପାଇଁ ତୁମେ କଅଣ ନେବ ?

ଯୁବକ ଟିକିଏ ଭାବି କହିଲା ଆଜ୍ଞା, କୋଡିଏ ଟଙ୍କା।

ହଉ ଠିକ୍ ଅଛି, ଆମ ଦିହିଁଙ୍କର ଫଟୋ ଉଠେଇ ଦେବ, ସ୍ୱପ୍ନା ସଂଯୋଗ କଲେ। ଯୁବକ ବି ଭଦ୍ର ଓ ସଂଯତ ଥିଲା ।

ହଉ ଠିକ୍ ଅଛି, ଉଠାଅ, କହି ସ୍ୱପ୍ନାଙ୍କୁ ଲାଗି ହାତୀ ପାଖରେ ଠିଆ ହେଲେ ସ୍ୱରୂପ। ଉଠାଅ। କିନ୍ତୁ ତୁମ କ୍ୟାମେରା କୋଉଠି ଅଛି ? ସ୍ୱରୂପ ପଚାରିଲେ ଯୁବକଙ୍କୁ।

ଆପଣଙ୍କ ମୋବାଇଲ ଫୋନରୁ ହିଁ ଫଟୋ ଉଠେଇ ଦେବି, କହିଲା ସେ ଦାଢ଼ୀବାଲା ଯୁବକ।

ଆଚ୍ଛା! ଠିକ୍ ଅଛି, କହିଲା ପରେ ଯୁବକଟି ସ୍ୱରୂପଙ୍କ ଫୋନ୍ ନେଇ ବିଭିନ୍ନ ଭଙ୍ଗୀରେ ପାଞ୍ଚ-ଛଅଟି ଯୁଗ୍ମ ଫଟୋ ଉଠାଇ ଦେଲା।

ଥ୍ୟାଙ୍କ୍ ୟୁ ସୋ ମଚ୍, କହି ସ୍ୱପ୍ନା ବଢେଇ ଦେଲେ କୋଡିଏ ଟଙ୍କାର ନୋଟ୍ ଖଣ୍ଡିଏ।

ଯୁବକ ଜଣକ ଚମକିଲା ପରି ପଛେଇ ଗଲା। କହିଲା, ଏ କଣ ମ୍ୟାଡାମ୍, କୋଡିଏ ଟଙ୍କା ଦେଉଛନ୍ତି ?

ଆଉ କେତେ ? ତମେ ହିଁ କହିଥିଲ କୋଡିଏ ବୋଲି।

ଦିଅନ୍ତୁ, ଏକ ଶହ କୋଡିଏ ଟଙ୍କା। ଛଅଟି ଫଟୋ ଉଠାଇଲେ। ଫଟୋ ପିଛା କୋଡିଏ ଟଙ୍କା କହିଥିଲି...

କଣ ଦାଦାଗିରି କିଓ ? ସେମିତି ତ ଆଗରୁ କହି ନଥିଲ ? ସ୍ୱରୂପ ପଚାରି ଦେଲେ।

ଆପଣଙ୍କ ମୋବାଇଲ ଗ୍ୟାଲେରୀରେ ଦେଖୁ ନାହାନ୍ତି କେତୋଟି ଫଟୋ ଉଠିଛି ? ଫଟୋ ପିଛା କୋଡିଏ ଟଙ୍କା ହେଲେ ଛଅ ଫଟୋକୁ ଶହେ କୋଡିଏ ଟଙ୍କା ହେଉଛି। ଦିଅନ୍ତୁ ଏକ ଶହ କୋଡିଏ। ଦେବେ କି ନାହିଁ ?

ଦେଖ ହୋ, ମୋ ନିଜର ମୋବାଇଲରେ ତମେ ସ୍ୱତଃପ୍ରବୃତ୍ତ ହୋଇ ଫଟୋ ଉଠାଇବ କହିବାରୁ ଆମେ ରାଜି ହେଲୁ। ଆମେ ଦୟାକରି ତମକୁ ସାହାଯ୍ୟ କରିବାକୁ ଠିକ୍ କରିଥିଲୁ। କିନ୍ତୁ ତମେ ତ ବ୍ଲାକମେଲ୍ କରିବା ଆରମ୍ଭ କରି ଦେଲଣି ? ତମ ଭଳି ଲୋକଙ୍କୁ ପୋଲିସରେ ଦେଇ ଦେବା କଥା ! କିଓ ?

ଅଧିକ କଥା ନକହି ଶହେ କୋଡିଏ ଟଙ୍କା ଦେବେ ନା ମୁଁ ଏବେ ଚିଲ୍ଲେଇବି ? ଧମକାଇବା ଢଂଗରେ କହିଲା ଦାଢ଼ୀବାଲା ଯୁବକ।

ଏବେଏବେ ବେକାରୀ ସହିତ ଏମିତି ଅସାମାଜିକ ତତ୍ତ୍ୱଙ୍କ ପ୍ରାଦୁର୍ଭାବ ବଢିବାରେ ଲାଗିଛି ଓଡ଼ିଶାର ପର୍ଯ୍ୟଟନ ସ୍ଥଳ ମାନଙ୍କରେ।

ଦେଇଦିଅ। ଟଙ୍କା ଶହେ କୋଡିଏରେ ଚଳିଯିବ, ତା ସାରା ଜୀବନ, ସ୍ୱପ୍ନା କହିଦେଲେ ବିରକ୍ତି ଓ ଘୃଣାରେ।

ସ୍ୱରୂପ ନିଜ ପର୍ଶରୁ ଟଙ୍କା ବାହାର କରି ଯୁବକ ହାତରେ ଧରେଇ ଦେଲେ। ସେଦିନର ସମସ୍ୟାର ମୀମାଂସା ସେମିତି ଅସନ୍ତୋଷ ଭିତରେ ସମାହିତ ହୋଇଥିଲା।

ଚାଲ। ଆଗରୁ ଭଲ ଭାବରେ ମୂଲଚାଲ ନକରି ଆମେ ହଠାତ୍ ରାଜି ହେବାର ନଥିଲା, କହି ସ୍ୱପ୍ନାଙ୍କ ହାତ ଧରି ସେ ସ୍ଥାନ ଛାଡି ବାହାରି ଆସିଥିଲେ ସେ।

ରାସ୍ତା ଉପରେ ଠିଆ ହେଲେ ଦିଶୁଛି ଉଦୟଗିରିର ଧାଡିଧାଡି ଜୈନ ଯୋଗୀମାନଙ୍କ ଧ୍ୟାନ ଓ ଧାରଣା ସ୍ଥଳ। ଆଗରେ ଘାସର ଲନ୍। ତା କଡରେ ପାହାଡ ଶୀର୍ଷକୁ ଯିବା ପାଇଁ ପଥର ପାବଚ୍ଛ।

ଯେମିତି ଗୃହସ୍ଥ ଜୀବନରେ ରହି ଆଧ୍ୟାତ୍ମ ଜୀବନର ଶୀର୍ଷକୁ ଚଢିବାକୁ ହେଲେ ଅତିକ୍ରମ କରିବାକୁ ହେବ ଅନେକ କଷ୍ଟସାଧ୍ୟ ଉତ୍ତୁଙ୍ଗ ଶୀଖର।

ରାଣୀ ଗୁମ୍ଫାର ଦ୍ୱିତଳ ଯୋଗ ପ୍ରକୋଷ୍ଠରେ ଆଖି ଖୋଲା ରଖି ଜୈନ ତପସ୍ୱୀ ମହାଜାଗତିକ ଶକ୍ତି ସହ ସଂଯୁକ୍ତ ହୋଇ ଯାଇପାରେ। କିନ୍ତୁ ବୁଦ୍ଧଙ୍କ ପରମ୍ପରାରେ ଯୋଗୀଙ୍କ ଚକ୍ଷୁ ଅର୍ଦ୍ଧ ନିମିଳିତ।

ଉଦୟଗିରିର ଅବଶେଷ ତଳେ ବୌଦ୍ଧ ତପସ୍ୟାର ଇତିହାସ ଲୁକ୍କାୟିତ ବୋଲି କହନ୍ତି ପ୍ରତ୍ନତାତ୍ତ୍ୱିକ। ଗବେଷକମାନଙ୍କ ଦ୍ୱାରା ଏଯାଏଁ ଏ ଦୁଇ ଧାର୍ମିକ ପରମ୍ପରାକୁ ସଂଯୁକ୍ତ କରିବା ପ୍ରୟାସ ଜାରି ରହିଛି।

ମୁଁ ବି ଏକଥା ପଢିଛି, କହିଲେ ସ୍ୱପ୍ନା।

କିନ୍ତୁ ଗୁମ୍ଫା କାନ୍ଥରେ ଲିପିବଦ୍ଧ ଶଙ୍ଖ ଲିପି ଏ ଯାବତ ଭଲ ଭାବରେ ପଢା ଯାଇନାହିଁ। ସେଥିପାଇଁ ଐତିହାସିକ ମାନଙ୍କ ମଧ୍ୟରେ ଦ୍ୱିମତ ଅଛି ଯେ ଏହା ବୌଦ୍ଧ ଧର୍ମ ସହ ସଂଯୁକ୍ତ ନା ହିନ୍ଦୁମାନଙ୍କ ପରଂପରା!

ଇତିହାସ ଗବେଷଣା ଆଜି ପାଇଁ ମୁଲତବୀ ରଖି ଆଗକୁ ବଢିଲେ କେମିତି ହୁଅନ୍ତା? ପଚାରି ଦେଲେ ସ୍ୱରୂପ।

ହଉ ଚାଲ। ମୋ ହାତ ଧର। ଏ ପାହାଚ ତଳକୁ ଓହ୍ଲାଇବାରେ ଟିକିଏ ସାହାଯ୍ୟ କର, ସ୍ୱପ୍ନା ପରାମର୍ଶ ଦେଲେ।

ସେତିକି ବେଳକୁ କୁମାରୀ ପର୍ବତ ସୂର୍ଯ୍ୟ କିରଣରେ ଉତ୍ତପ୍ତ ହେବାରେ ଲାଗିଥିଲା। ଏହି ଅବସରରେ ନବ ବିବାହିତ ଦଂପତ୍ତି ପରସ୍ପରର ହାତଧରି ପାହାଡ ଓହ୍ଲାଇବା ଦୃଶ୍ୟ ଅନେକ ଯୁବ ପର୍ଯ୍ୟଟକଙ୍କୁ ଆକୃଷ୍ଟ କରିଥିବ।

: ଆଚ୍ଛା, ଆମେ ଦିହେଁ ଆଉ ଏକ ସେଲ୍ଫି ଏଇ ପାହାଡ଼ ତଳେ ଉଠାଇଲେ କେମିତି ହୁଅନ୍ତା? ପଚାରିଲେ ସ୍ୱରୂପ।

ତାହେଲେ ସେଇ କୋଡିଏ ଟଙ୍କାର ଫୋଟଗ୍ରାଫର୍ ଆସୁ ଏଠିକି, କହିଲେ ସ୍ୱପ୍ନା।

ଚାଲ, ଏବେ ଲିଙ୍ଗରାଜ ମନ୍ଦିର ବି ବନ୍ଦ ହୋଇ ଯାଇଥିବ । ଦେଖାଯାଉ।

■

- ୪ -

ସାଢେ ପାଞ୍ଚ ହୋଇଗଲାଣି ? ଓ ମାଇ ଗଡ୍, କହି ତରତରରେ ବାଥରୁମ୍‌ରେ ପଶିଲା ସ୍ୱପ୍ନା ।

ସ୍ୱପ୍ନାର ବୋଉ ଡାକିଲେ ସମିତାକୁ । ଦେଖିଲୁ, ପୂର୍ବ ଆକାଶକୁ । ସୂର୍ଯ୍ୟ ଉଦୟ ହୋଇଛି ନା ନାହିଁ ।

ପୂର୍ବ ଝରକା ଖୋଲି ସମିତା କହିଲା, ହଁ ମାମି, ସୂର୍ଯ୍ୟ ପୂର୍ବରେ ହିଁ ଅଛି । ସୁରକ୍ଷିତ ।

ତା'ହେଲେ ସ୍ୱପ୍ନା ଏତେ ସକାଳୁ ଉଠିଲା କାହିଁକି ? ପଚାରି ବୁଝିଲୁ, ସେ କୁଆଡେ ବାହାରକୁ ଯାଉଛିକି ?

ଅପାକୁ ପଚାରିବି ? ଏବେ ପଚାରିବା ଏତେ ଭଲକଥା ହେବନାହିଁ ବୋଧହୁଏ ମାମି ! ସେ ବାଥରୁମରେ ଥିଲାବେଳେ ତା ସହ କଥାବାର୍ତ୍ତା କରିବା ଅଭଦ୍ରାମୀ ହେବନି ?

ସେ ତୋର ଅପାଟା ପରା ? କେହି ତୋତେ ଭୁଲ ବୁଝିବେନି, ଆଶ୍ୱାସନା ଦେଲେ ବୋଉ ।

ଓକେ କହିଲା ବେଳକୁ ଶୌଚାଳୟରୁ ସ୍ୱପ୍ନାର ପ୍ରତିକ୍ରିୟା ମିଳିଗଲା: ହଁ, ହଁ । ଆଜି ସ୍ମୃତିରେଖାର ଘରକୁ ଯିବାର ଅଛି । ସେଇଠୁ ଦିହେଁ ମିଶି ମେଡିଟେସନ୍ କ୍ଲାସ ଯିବୁ... ।

କୋଉ ମେଡିଟେସନ୍ ଯାଉଛୁ ? ରାମଦେବ ବାବାଙ୍କର ? ପାଠପଢା, ପରୀକ୍ଷା ପାଇଁ କୋଉଦିନ ଏତେ ନିଷ୍ଠା ଦେଖି ନଥିଲି ? ବୋଉ ଜାହିର କଲା ଛୋଟ ମନ୍ତବ୍ୟ । ରାମଦେବଙ୍କର କପାଳଭାତି, ଅନୁଲୋମ ବିଲୋମ ପ୍ରାଣାୟମ ଶିଖିବାକୁ ଯାଉନୁ ତ ?

ସେଗୁଡିକ ମେଡିଟେସନ୍ ନୁହେଁ ଲୋ । ସେଗୁଡା ହଟଯୋଗରେ ଗଣା, ଦେହମନ ସୁସ୍ଥ ରଖିବା ପାଇଁ, କହିଲା ସମିତା ।

ଆଉ ମେଡିଟେସନ୍ କଣ ତାହେଲେ ? ତୁ ଜାଣିଛୁ ଯଦି ଅପାକୁ ଶିଖେଇ ଦେଉନୁ ? ସେ ଏଠିସେଠି ଶିଖିବାକୁ ଯାଉଛି, କହିଲେ ବୋଉ ।

ଇଏ କୌଣସି ଯୋଗାସନ କି ସୂର୍ଯ୍ୟ ନମସ୍କାର ନୁହେଁ। ମନ ଆମର ଚଞ୍ଚଳ, ନିଜ ବଶରେ କେବେ ନଥାଏ। ତାକୁ ବଶ କରିବାକୁ ବାଟ ଅଛି, ସେ ବାଟରେ ଅଭ୍ୟାସ କଲେ ଆମ ଚିନ୍ତାଧାରା ବଦଳିଯିବ। ବେଳେବେଳେ ଅଯଥାରେ ଯା'ତା କଥାରେ ତୁ ଧନ୍ଦି ହେଉଛୁ ଦେଖ, ସେଇଟା ବନ୍ଦ ହୋଇଯିବ ତୁଯଦି ପ୍ରାକ୍ଟିସ କରୁ। ରାତି ଅଧରେ ଆମମାନଙ୍କ ପଢାପଢି, ବାହାସାହା ଚିନ୍ତାରେ ତୋର ନିଦ ଭାଙ୍ଗିଯାଉଛି ଦେଖ, ସେପରି ଦୁଶ୍ଚିନ୍ତା ବନ୍ଦ ହୋଇଯିବ, ତୁ ଯଦି ଯୋଗ ଅଭ୍ୟାସ ଆରମ୍ଭ କରୁ, ସମିତା ବୋଉକୁ ବୁଝେଇଲା।

ଆରେ, ମୋର ଏ ବୁଢୀ ବୟସରେ ସେ ଯୋଗଫୋଗ କଣ ଲାଗିବ ? କହନ୍ତିନି ଯାହା ନହେବ ବାଳକାଳେ...

ଯେ ବୟସରେ ଏଇୟା ହବନି ବୋଲି କିଛି ନାହିଁ। ଆମ ବାବା ପୁଣି ଚାଳିଶି ବର୍ଷ ବୟସରେ ସ୍କୁଟର୍ ଶିଖିଲେ ନା ନାହିଁ ?

ତାଙ୍କ କଥା କାହିଁକି କହୁଛୁ ମୋତେ ? ସେ ଏବେ କାର୍ ବି ଚଲାଇବା ଶିଖିଯିବେ...।

ସେତ ଠିକ କଥା। ଖାଲି ଡ୍ରାଇଭିଙ୍ଗ ଶିଖିଗଲେ ହେବନାହିଁ, ରାସ୍ତା ଉପରେ ଗାଡି ଚଲେଇବା ଅଭ୍ୟାସ କରିବା ନିହାତି ଜରୁରୀ। କିନ୍ତୁ ଇଚ୍ଛା ଓ ଅଭ୍ୟାସ ନଥିଲେ ନୂଆକଥା କିଛି ଶିଖିହୁଏ ? ଏବେ ଆମ ସମସ୍ତଙ୍କ ଘରେ ଭଗବତ ଗୀତା ଅଛି। କିନ୍ତୁ କେତେଜଣ ତାହା ପଢି ମେଡିଟେସନ୍ ଯୋଗାଭ୍ୟାସ କରିଛନ୍ତି ? କେହି ନୁହେଁ।

ଏତିକି ବେଳକୁ ସ୍ୱପ୍ନା ତରତରରେ ପ୍ରସ୍ତୁତ ହୋଇ ବାହାରି ଗଲା। କହିଲା ସ୍ମୃତିରେଖା ଘର ଆଡକୁ ଯାଉଛି।

କେତେବେଳେ ଫେରିବୁ ସ୍ୱପ୍ନା ? ବୋଉ ପଚାରି ଦେଲେ ତାଙ୍କ ଚିରାଚରିତ ମାତୃପ୍ରେମର ନମୂନା। ରୁଟିନ୍ ପ୍ରଶ୍ନ।

ଆସିଯିବି ଶୀଘ୍ର ମଧ୍ୟାହ୍ନ ସୁଦ୍ଧା, କହି ବାହାରି ଯାଇଥିଲା ସ୍ୱପ୍ନା।

ପରୀକ୍ଷା ତ ସରିଛି, ଯାଉ। କୋଉ ସାଙ୍ଗ ଘରକୁ ଯିବ। ଟିକିଏ ବୁଲିଦେଇ ଆସିବ, ସମିତା ଯୋଡିଦେଲା।

ସ୍ମୃତିରେଖା ଓ ସ୍ୱପ୍ନା ଶାନ୍ତି ସନ୍ଦେଶ ଆଶ୍ରମରେ ପହଞ୍ଚିବା ମାତ୍ରେ ଭଗିନୀ ମଂଜୁଲତା ଦୁଇ କୁମାରୀଙ୍କୁ ପାଛୋଟି ନେଲେ।

କେଡେ ଭାଗ୍ୟଶାଳିନୀ ଆପଣ ଦିହେଁ। ପରମାତ୍ମା ଆପଣଙ୍କୁ ଚିହ୍ନଟ କରିଛନ୍ତି।

ଆପଣ ପୂର୍ବରୁ ଏ ଆଶ୍ରମକୁ ଅନେକ ଥର ଆସିଛନ୍ତି। ଆପଣଙ୍କୁ ପୁଣିଥରେ ସ୍ୱାଗତ, କହିଲେ ରାଜଯୋଗିନୀ ମଂଜୁଲତା।

ଆମେ ତ ଆଗରୁ କେବେ ଆସିନାହୁଁ?ଏଇ ପ୍ରଥମ ଥର ପାଇଁ ଆମେ ଆସିଛୁ ଏଇଠିକୁ।

ଆପଣଙ୍କ ଭିତରୁ ଫୋନ୍ କିଏ କରିଥିଲେ ?

ସ୍ମୃତିରେଖା ନିଜର ପରିଚୟ ଦେଇ ସ୍ୱପ୍ନାର ପରିଚୟ କରାଇ ଦେଲା।

ମଂଜୁଲତା ସ୍ମିତ ହସି ଡ୍ରଇଂ ରୁମରେ ଦିହିଁଙ୍କୁ ବସେଇଲେ। କହିଲେ: ତାହା ଠିକ। ଆପଣମାନେ ପରମପୂଜ୍ୟ ପରମାତ୍ମାଙ୍କ ଦ୍ୱାରା ଆମନ୍ତ୍ରିତ। ଏଇ ପ୍ରଥମ ଥର ପାଇଁ ନୁହେଁ, ଆପଣ ପାଞ୍ଚ ହଜାର ବର୍ଷ ପୂର୍ବରୁ ବି ଏଠାକୁ ଆସିଛନ୍ତି ବାରମ୍ବାର। ଆପଣ ଏଇ ଜୀବନରେ ହୁଏତ ଆସିନଥିବେ। କିନ୍ତୁ ସମୟ ଚକ୍ରରେ ଆପଣମାନେ ପରମପିତାଙ୍କ ଘରକୁ ଆସିଛନ୍ତି ଅତୀତରେ। ଏବେ ବି।

ଆମେ ଯୋଗ ଶିଖିବା ଚାହୁଁଛୁ, କହିଲା ସ୍ୱପ୍ନା।

କିନ୍ତୁ କାହିଁକି ଶିଖିବା ଚାହାନ୍ତି ?

ଆମେ ନିଜ ଏକାଗ୍ରତା ବଢେଇବା ଚେଷ୍ଟା କରୁଛୁ। ଚିନ୍ତାମୁକ୍ତ ହୋଇ ପରୀକ୍ଷାରେ ଭଲ କରିବା ଚାହୁଁଛୁ।

କିନ୍ତୁ ତୁମମାନଙ୍କ ପରୀକ୍ଷା ସରିଯାଇଛି ବୋଲି ସ୍ମୃତିରେଖା କହୁଥିଲେ। ଏବେ ତୁମର କି ଚିନ୍ତା ଅଛିଯେ ଆସିଛ ଏଠିକି ?

ଭବିଷ୍ୟତରେ ଯେମିତି ଆମେ ନିଶ୍ଚିନ୍ତ ଜୀବନ ଯାପନ କରି ପାରିବୁ ମାଡାମ୍, କହିଲା ସ୍ମୃତିରେଖା।

ମୁଁ ମାଡାମ୍ ନୁହେଁ। ମୋତେ ଦିଦି କିମ୍ବା ବେହେନ୍ ଡାକିପାରିବ। ତୁମ ଘରେ ଯେମିତି ବାପା ଅଛନ୍ତି, ସେମିତି ପୃଥିବୀର ସମସ୍ତଙ୍କର ଆତ୍ମିକ ପିତା ଅଛନ୍ତି ପରମଧାମରେ। ତାଙ୍କୁ ଆମେ ପରମ ପିତା, ବାବା ଓ ପରମାତ୍ମା ବୋଲି ଡାକିଥାଉ। ସେହେତୁ ଆମେମାନେ ହେଲୁ ତାଙ୍କ ସନ୍ତାନ । ତେଣୁ ଆମେସବୁ ପରସ୍ପରର ଭାଇ ଭଉଣୀ; ହେଲୁ କି ନାହିଁ ?

ହଁ ଦିଦି।

ପରମାତ୍ମା ଯଦି ଆମର ପିତା, ଚାଲ ଆମର ଯାହାଯାହା ଦରକାର ତାଙ୍କଠୁଁ ମାଗିନେବା। ବାପାଙ୍କ ପାଖରେ ଝିଅମାନଙ୍କର ଦାବୀ ରହିଛି ନା ନାହିଁ ? କଣ କହୁଛ ? ଅଛି, କହି ଭଗିନୀ ମଞ୍ଜୁଲତା ବାବାଙ୍କ ପ୍ରକୋଷ୍ଠ ଭିତରକୁ ବାଟ କଢେଇ ନେଲେ।

ଏବେ ଚିନ୍ତନ କରିବା, ଭଉଣୀ ସ୍ମୃତିରେଖା ଓ ସ୍ୱପ୍ନା। ଆମେ ମାନେ ହେଲୁ

ଆତ୍ମା । ଆତ୍ମା ଅଛି ଆମ ଦୁଇ ଭ୍ରୂକୁଟି ମଧ୍ୟସ୍ଥ ଆଲମସର ପୃଷ୍ଟ ବିନ୍ଦୁରେ । ଆମ ପିତା ବି ଆମ ପରି ଜ୍ୟୋତିର୍ବିନ୍ଦୁ ଆତ୍ମା । ଆମେ ତାଙ୍କର ଅମୃତର ସନ୍ତାନ । ସେ ଅଛନ୍ତି ମର୍ତ୍ତ୍ୟରୁ ଅନେକ ଦୂର ପ୍ରଭାମୟ ଓ ସୁଶୀତଳ ପରମଧାମରେ ।

ଆମେ ସେଠିକି ଯାଇ ପାରିବା ଦିଦି ?

ନିଶ୍ଚୟ, ତାହା ପରା ଆମ ସମସ୍ତଙ୍କର ସ୍ଥାୟୀ ଠିକଣା । ସେହିଠୁ ହିଁ ଆମେ ସମସ୍ତେ ଆସିଛୁ ମଣିଷ ହୋଇ ଏଇ ପୃଥିବୀକୁ । ଏଇଠୁ ଆମକୁ ଫେରିବାକୁ ହେବ, ଦିନେ ନା ଦିନେ । ତମେମାନେ ଏଥିରେ ଏକମତ ? ତା ହେଲେ ଏବେ ଆମେ ପରମ ପିତାଙ୍କୁ ପାଞ୍ଚ ମିନିଟ ପାଇଁ ମନେ ପକାଇବା ? କେମିତି ମନେ ପକାଇବା ? ପ୍ରଥମେ ନିଜ ଲୌକିକ ଘର ମନେ ପକାଇବା ? ତମେ ସବୁ ସାମନା ଚିତ୍ରରେ ରକ୍ତିମ ଗୋଲାକୁ ଦେଖ । ତା ମଝିରେ ଅଛି ବିନ୍ଦୁଟିଏ । ଆଖି ଖୋଲି ବିନ୍ଦୁ ମଧ୍ୟକୁ ଚାହିଁରହ । ମୁଁ କମେଣ୍ଟାରୀ କରିବି । ତୁମେମାନେ ଏକ ଲୟରେ ସେ ବିନ୍ଦୁକୁ ଚାହିଁ ରହ... ? ଓମ୍ ଶାନ୍ତି, କହିଲେ ମଞ୍ଜୁଲତା ଦିଦି ।

ମୁଁ ଏକ ଶାନ୍ତ ସ୍ୱରୂପ ଆତ୍ମା । ଜ୍ୟୋତିସିକ୍ତ ବିନ୍ଦୁ । ମୁଁ ନିରବତାର ରାଜ୍ୟରୁ ଆସିଛି ଆଲୋକ କଣିକା ହୋଇ । ମୁଁ ଏବେ ବସିଛି ଦୁଇ ଆଖି ମଧ୍ୟସ୍ଥଳରେ । ଭ୍ରୂମଧ୍ୟସ୍ଥ ବିନ୍ଦୁ ରୂପରେ । ମୋର ଦେହ, ଅବୟବ ଓ ମନ ବୁଦ୍ଧି ଏବେ ପରମାତ୍ମା ଶିବଙ୍କ ଆଲୋକରେ ଉଦଭାସିତ । ମୁଁ ଏକ ପ୍ରେମ ସ୍ୱରୂପ, ଶାନ୍ତି ସ୍ୱରୂପ ଓ ଜ୍ଞାନ ସ୍ୱରୂପ ଆତ୍ମା ଯେ ପରମପୂଜ୍ୟ ପିତାଙ୍କ କିରଣର ବନ୍ୟାରେ ପ୍ଲାବିତ...

ଏହି ଯୋଗରେ ଦୁଇଟି କଥା ଅଛି । ଏକାଗ୍ର ହେବା ଓ ମନମନସ୍କ ହେବା । ଭଗବତ ଗୀତାରେ ଅଛି ଏକଥା ସ୍ପଷ୍ଟ । 'ମନ ମନାଭବ' ଅର୍ଥାତ ମୋ ସହ ମନ ଓ ବୁଦ୍ଧି ଦ୍ୱାରା ସଂଯୁକ୍ତ ହୋଇଯାଅ । ପରମାତ୍ମା ତାଙ୍କ ସନ୍ତାନ ମାନଙ୍କ ସହ ଏକାତ୍ମ ହୋଇଯିବା ଚାହାଁନ୍ତି । ଆମ ପିତା ହେଲେ ନିରାକାର, ନିର୍ବିକାର ଓ ନିର-ଅହଂକାରୀ । ତାଙ୍କ ପାଇଁ କୌଣସି ଫଟୋ, ମୂର୍ତ୍ତି ବା ପେଇଣ୍ଟିଂ ମନକୁ ଆଣିବ ନାହିଁ । କେବଳ ଆଖି ସାମ୍ନାରେ ଥିବା ବିନ୍ଦୁ ଉପରେ ଆଖି ଖୋଲାରଖି ମନୋନିବେଶ କରିବ । ତୁମ ଚାରିଆଡେ ଥିବା ଦୃଶ୍ୟ ଭୁଲିଯାଇ କେବଳ ଗୋଟିଏ ବିନ୍ଦୁରେ ଅଟକି ଯିବ । ହଁ, ତମେ ଆଉ କିଛି ଶୁଣି ପାରୁନାହଁ, କିମ୍ବା ଦେଖି ପାରୁନାହଁ । କେବଳ ଏକମାତ୍ର ବିନ୍ଦୁ ଦେଖୁଥିବ । ହେଲା ?

ଆମର ଲକ୍ଷ୍ୟ ହେଲା ଅନୁଭବ କରିବା । ଯାହା ଦେଖୁଛ ତାହା ଅନୁଭବ କରିବା । ତମ ଶ୍ୱାସପ୍ରଶ୍ୱାସ, ଗୋଟିଏ ଶବ୍ଦ ବା ମନ୍ତ୍ର ସାହାଯ୍ୟରେ ତମେ ଉପରକୁ ଉଠୁଛ ।

ମନ ଭିତରର ଦ୍ୱନ୍ଦ୍ୱ, ଦୁଃଶ୍ଚିନ୍ତା, ହତାଶା ଓ ଉଦବେଗ୍ ଦୂର କରିବା ପାଇଁ ବି

ମେଡିଟେସନ୍ କରା ଯାଇ ପାରିବ। ପ୍ରତ୍ୟେକ ସମସ୍ୟା ପାଇଁ ଅଲଗା-ଅଲଗା ଉପଚାର ଅଛି। ଏହା ମନକୁ ପ୍ରସନ୍ନ ରଖିବା ସହିତ ବର୍ତ୍ତମାନ ସହ ତମକୁ ସଂଯୋଗ କରିଥାଏ। ପଛ କଥା ଭାବି ବସିଲେ ତମେ ଆଗକୁ ବଢିପାରିବ ନାହିଁ...।

ଏବେ ଆମେ ଆଉ ଏକ ପ୍ରାକ୍ଟିସ କରିବା। ତମେ ପ୍ରସ୍ତୁତ ? ଦିହେଁ ଆଖି ମେଲା କରି ସେହି ଆରକ୍ତ ଆଲୋକ ବିନ୍ଦୁକୁ ଦେଖୁଥାଅ। ଆମେ କିଛି ସମୟ ପାଇଁ ଘରକୁ ଫେରିଯିବା। ଯିବା ?

ହଁ ହଁ।

କିନ୍ତୁ କେମିତି ଯିବା ? କହି ପାରିବ ? ଏହା ଏକ ମାନସିକ ଯାତ୍ରା। ଏଇଠି ବସି ଆମେ ଘରକୁ ଯିବା କଳ୍ପନାରେ। ହେଲା ?

ଠିକ୍ ଅଛି। ତମେ ଆଶ୍ରମର ମେନ ଗେଟ୍ ପାଖକୁ ଯିବ। ଚାଲିଚାଲି ଯିବ। ଗେଟ୍ ଖୋଲି ରାସ୍ତାରେ ଠିଆହେବ। ତାପରେ ଅଟୋରିକ୍ସାର ଅପେକ୍ଷା କରିବ। ଏତିକିବେଳେ ଯେଉଁ ସବୁଜ ରଂଗର ରିକ୍ସାକୁ ଦେଖିବ, ତାକୁ ଅଟକାଇବ। ଅଟୋରେ ବସି ନିଜ ଘରେ ପହଞ୍ଚିବ। ଘର ଭିତରେ ପଶିବ। ରନ୍ଧାଘର ପାଖରେ ଠିଆ ହୋଇ ଫ୍ରିଜ୍ ଖୋଲିବ। ସେଥିରେ ଲେମ୍ବୁ ଦେଖି ପ୍ରଥମେ ଉଠାଇବ। ଦିଫାଳ କରି ଫାଳେ ଚିପିଦେବ ଜିଭ ଉପରେ।

ଏବେ କୁହ, ତାର ସ୍ୱାଦ କେମିତି ଥିଲା ? ପାଟିରୁ ଲାଳ ବାହାରିଲା ?

ହଁ, ହଁ।

ମୁହଁ ଖଟାଳିଆ ହୋଇଗଲା ?

ହଁ...ହଁ।

କିନ୍ତୁ ଲେମ୍ବୁ କାହିଁ ଦେଖାଅ...।

ହସିଲେ ସ୍ମୃତିରେଖା ଓ ସ୍ୱପ୍ନା।

ଏଇ ମାନସିକ ଯାତ୍ରା ଯଦିଓ କଳ୍ପନା ଥିଲା, ଏହାର ଅନୁଭବ ଥିଲା ସତ୍ୟ ପରି ଜୀବନ୍ତ। ସେମିତି ଆମର ଦୃଶ୍ୟମାନ ସଂପ୍ରତି ଓ ଅଦୃଶ୍ୟ ବାସ୍ତବ ପାଖାପାଖି ଅଛନ୍ତି ପଲଙ୍କ ଉପରେ । ଆମର ଭୟ ଓ ଶଙ୍କା ସତ ପରି ଲାଗେ। ଅନେକ ସମୟରେ ସ୍ୱପ୍ନସବୁ କେତେ ଜୀବନ୍ତ ଲାଗେ: ଗଭୀର ନିଦରେ। ବେଳେବେଳେ ଚେତନ ଅବସ୍ଥାରେ ବି ସତ ଲାଗେ କଳ୍ପନା.... !

ନୁହେଁ ?

■

- ୫ -

ତମେ କଣପାଇଁ ମନ୍ଦିର ଯାଇ ଫୁଲ ଚଢାଅ ? ଅଭିଷେକ ଓ ଉପବାସ କର ? ମାନସିକ, ବ୍ରତାଦି କର ? ସେଥିରେ କିଛି ଲାଭ ଥାଏ ? ଠାକୁର ତମ କଥା ଶୁଣନ୍ତି କି ନାହିଁ, କାହାକୁ ମାଲୁମ ଥାଏ ?

ଦୁଃଖରେ ମଣିଷ ଭଗବାନଙ୍କ ସାନିଧ୍ୟ ଲୋଡିଥାଏ । ତାଙ୍କଠୁ ଦୀର୍ଘ ଜୀବନ ଓ ସଂପତ୍ତି କାମନା କରିଥାଏ । ସେ ଜାଣେ, ପରମାତ୍ମା ଅପାର ଶକ୍ତି, ଜ୍ଞାନ ଓ ଅନନ୍ତ ସଂପତ୍ତିର ସାଗର । ଅଥଚ ସୁଖରେ ମଣିଷ କାହାର ସହାୟତା ଆବଶ୍ୟକ କରି ନଥାଏ । ...ଏବେ ସମୟ କେମିତି ଚାଲିଛି ତମେ କହି ପାରିବ ସ୍ୱପ୍ନା ? ସୁଖରେ ନା ଦୁଃଖରେ ? ପଚାରିଲେ ରାଜଯୋଗିନୀ ମଞ୍ଜୁଲତା ।

'ଆମେ ସମସ୍ତେ ଏବେ ଅଛେ ବହୁତେ ଦୁଃଖରେ ଅଛୁ । କଣ କହୁଛ ସ୍ୱପ୍ନା ? ... ଜୀବନ ଧାରଣ ପାଇଁ ମଣିଷ ଦରକାର କରେ ଖାଦ୍ୟ, ଜଳ ଓ ବାୟୁ । ଚଳନ୍ତି ସମୟରେ ଆମ ବାୟୁମଣ୍ଡଳ ପ୍ରଦୂଷଣରେ ଭରପୁର । ଆମ ଦେଶରେ କେଉଁଠି ପାନୀୟ ଜଳର ଉତ୍କଟ ଅଭାବ ରହିଛି ତ କେଉଁଠି ଦୂଷିତ । ଆମ ଖାଦ୍ୟଶସ୍ୟ, ଫଳ ଓ ପନିପରିବା ଏବେ ଅଖାଦ୍ୟ ହୋଇଗଲାଣି, କାରଣ ସେସବୁ ରସାୟନିକ କୀଟନାଶକର ପ୍ରଲେପରେ ବତୁରି ଗଲାଣି । ତେଣୁ ଏହି କାଳରେ ମଣିଷକୁ ସୁଖୀ ବୋଲି କହି ପାରିବା ?'

ନା । ଆମ ବାୟୁମଣ୍ଡଳରେ ଓମିକ୍ରନ୍, କୋଭିଡ୍ ପରି ରୋଗ ସୃଷ୍ଟିକାରୀ ଭାଇରସ କାୟା ବିସ୍ତାର କରି ଆମ ଜୀବନକୁ ହନ୍ତସନ୍ତ କରି ସାରିଲେଣି । ସାରା ପୃଥିବୀରେ ଅନେକ ରୋଗୀ ଯଥେଷ୍ଟ ଅମ୍ଳଜାନ (ଅକ୍ସିଜେନ୍) ଅଭାବରୁ କରୋନା କାଳରେ ମୃତ୍ୟୁବରଣ କରିଛନ୍ତି । ଅଖାଦ୍ୟ ଖାଇ ଅନେକ ମହିଳାଙ୍କ ଗର୍ଭସ୍ଥ ଶିଶୁ ଆଜନ୍ମରୁ ଦୁରାରୋଗ୍ୟ ବ୍ୟାଧିରେ ପୀଡିତ ଅଛନ୍ତି ।

'ମଣିଷର ଏମିତି ଅବସ୍ଥା ପାଇଁ ଭଗବାନ ଦାୟୀ ନା ଆଉ କିଏ? ଏସବୁ ମୂଳରେ ଅଛି ମଣିଷର ଉଦ୍ଭାବନ ଓ ବୈଜ୍ଞାନିକ ପ୍ରଗତି। ଏଥିରେ ତମେ ଏକମତ?'

ହଁ ଦିଦି ଆମେ ମଣିଷ ହିଁ ଦାୟୀ। କରୋନା ସମୟରେ ଆମେ ଦେଖିଛୁ ଅକ୍ସିଜେନ୍ ଅଭାବରୁ ଅନେକେ ମୃତ୍ୟୁବରଣ କରିଛନ୍ତି। ସେପରି ଅଭାବର କାରଣ କଣ ହୋଇ ପାରିଥାଏ? ସ୍ୱପ୍ନାର ପ୍ରଶ୍ନ ଥିଲା।

ମୋତେ କୁହ, ଆମକୁ ଅକ୍ସିଜେନ୍ କିଏ ଦିଏ? ମଂଜୁଲତା ଓଲଟି ପଚାରିଲେ।

ଦିନରେ ଗଛପତ୍ର। ରାତିରେ ସେମାନେ ଅଙ୍ଗାରକାମ୍ଳ ବି ଦିଅନ୍ତି, ଜବାବ ଦେଲା ସ୍ମୃତିରେଖା।

ହଁ, ଏବେ ବାୟୁମଣ୍ଡଳରେ ୨୦-୨୧ ପ୍ରତିଶତ ମାତ୍ର ଅମ୍ଳଜାନ ଅଛି। ହେଲେ ଗଛପତ୍ର କାଟୁଛି କିଏ? ମଣିଷ ନା ପଶୁପକ୍ଷୀ?

ମଣିଷ? ଠିକ୍ କଥା। ଦିନଥିଲା ଆମ ପୃଥିବୀର ବାୟୁମଣ୍ଡଳରେ ୪୦-୪୫ ପ୍ରତିଶତ ଅମ୍ଳଜାନ ଥିଲା। ବରଫାବୃତ ଉତ୍ତର ମେରୁରେ ମାଟିତଳୁ ଏବେବି ୪୦-୪୫ ପ୍ରତିଶତ ଅକ୍ସିଜେନ୍ ମିଳୁଛି । ତା'ମାନେ ଆମେ ନିଜ ସ୍ୱାର୍ଥପାଇଁ, ଶିଳ୍ପବିପ୍ଳବ ଓ ପ୍ରଗତି ନାମରେ ସବୁ ବୃକ୍ଷଲତା, ପାହାଡ ଓ ନଦୀବାଲି ଧ୍ୱଂସ କରି ଚାଲିଛୁ ଆଉ ବଡବଡ କଂକ୍ରିଟ୍ କୋଠାର ସହର ତିଆରି କରୁଛୁ। ଏହାର ପରିଣାମ ତମେମାନେ ଜାଣିଛ?

ଜଳବାୟୁ ପରିବର୍ତ୍ତନ, ସମୁଦ୍ର ସ୍ତର ବୃଦ୍ଧି ଓ ବିଶ୍ୱତାପନ, ସଂଯୋଗ କଲେ ଦୁଇ ଛାତ୍ରୀ।

ବାସ୍। ଏକଥା ତମେ କଲେଜରେ ପଢିଛ। କିନ୍ତୁ ପ୍ରକୃତି ଆମକୁ ମାଗଣାରେ ଦେଇଛି, ବାୟୁ ଓ ଜଳ । ତାହା ବି ଆମେ ଧିରେଧିରେ ହରାଉଛୁ। ଏମିତି ଯଦି ଆଉ କିଛି ବର୍ଷ ଚାଲେ, ଅଳ୍ପଦିନରେ ଆମ ପୃଥ୍ୱୀ ମରୁଭୂମି ହୋଇଯିବ। ଅର୍ଥାତ ମଣିଷର ଅନ୍ତହୀନ ଲୋଭ ଓ ମୋହ ହେତୁ ସେ ନିଜ ପତନକୁ ଆମନ୍ତ୍ରଣ କରୁଛି? ଲୋଭ, ମୋହ, କାମନା ଓ କ୍ରୋଧ ଅଛି ଆମ ମନ ଭିତରେ, କିନ୍ତୁ ତାର ପ୍ରଭାବ ପଡୁଛି ଆମ ପରିବେଶ ଉପରେ, କହି ଏକ ଅଲୌକିକ ଦୃଷ୍ଟିରେ ଦେଖିଲେ ଭଗିନୀ ମଂଜୁଲତା।

ତାହାତ ଠିକ। ଏହାକୁ କଣ ରୋକିହେବ?

ହଁ। ଅଭ୍ୟାସରେ ପଡି ଆମେ ରାଗୀ, କ୍ରୋଧୀ ଓ କୁସଂସ୍କାରୀ ହୋଇଯାଇଛୁ। ଚାହିଁଲେବି ଆମେ ନିଜକୁ ପରିବର୍ତ୍ତନ କରିପାରୁନୁ। ତେଣୁ ଯୋଗ ଓ ତପସ୍ୟା ଦ୍ୱାରା ନିଜକୁ ଓ ପୃଥିବୀକୁ ବଦଳାଇ ହେବ, ଭାବିଲେ ବିଶ୍ୱାସ ଆସୁନି। ନିଜେ ଶକ୍ତିଶାଳୀ ହେଲେ ହିଁ ଅନ୍ୟ ମାନଙ୍କ ସଂସ୍କାର ଓ ଚିନ୍ତନକୁ ପରିବର୍ତ୍ତନ କରିହେବ। ଏବେ ଆରମ୍ଭ କରିବା?

କଣ ଆରମ୍ଭ କରିବା ?

ଯୋଗ । ହଁ ଜ୍ୱାଳାମୟୀ ତପସ୍ୟା । ସହଜ ଭାଷାରେ କହିଲେ ଜଣକୁ ଭଲପାଇବା ହିଁ ତପସ୍ୟା । ତମେ ଯାହାକୁ ଭଲ ପାଉଛ, ତା'କଥା ବାରମ୍ବାର ତୁମ ମନକୁ ଆସିବ । ତା କଥା ନଭାବିଲେ ବି ସେ ତମ ଭିତରକୁ ପଶି ଆସିବ । ଏହାହିଁ ଯୋଗର ମୂଳକଥା ।

ଆମେ ଶୁଣିଛୁ, ଯୋଗ କରିବା ବହୁ କଷ୍ଟ । ଭଗବାନଙ୍କ ପାଇଁ ଜଂଗଲରେ, ଉଚ୍ଚ ପାହାଡର ଗୁମ୍ଫାରେ କଠିନ ତପସ୍ୟା କରିବାକୁ ପଡେ, ସ୍ୱପ୍ନା ପଚାରିଲା ।

ହଁ, ଭଗବାନ କଣ ଜଂଗଲରେ କି ପାହାଡ ଉପରେ ଅଛନ୍ତି ? ତାଙ୍କୁ କେମିତି ପାଇହେବ ସେ କଥା କେଉଁଠି ଲେଖାଅଛି ? ହିମାଳୟ ଯାଇ ଶୀତରେ ଥରିଥରି, ନହେଲେ ଗଙ୍ଗାରେ ବୁଡ ମାରି, ବ୍ରତ ଉପବାସ କଲେ ଭଗବାନ ମିଳିବେ ବୋଲି ଆମକୁ କେହି କହିନାହାନ୍ତି । କଠିନ ତପସ୍ୟା କଲେ ଭଗବାନ ଖୁସିହେବେ ବୋଲି ମଧ୍ୟ କୋଉ ପୁରାଣରେ ଲେଖାନାହିଁ । ଏ ସବୁ ଭୁଲ ଧାରଣା ଆମ ଭିତରେ ଥିବାରୁ ଭଗବାନଙ୍କୁ ବାପା, ମାଆ କିମ୍ବା ବନ୍ଧୁ ଭାବରେ ଆମେ ଗ୍ରହଣ କରିପାରୁନୁ । ବୁଝୁଛ ସ୍ମୃତିରେଖା ? ସ୍ୱପ୍ନା ?

ତେବେ ଭଗବାନଙ୍କ ରହିବା ସ୍ଥାନ କେଉଁଠି ଥାଇପାରେ ? ତାଙ୍କ ସ୍ୱରୂପ କଣ ହୋଇପାରେ ? ଛାତ୍ରୀ ଦିହେଁ ଦିଶିଲେ ଉତକୀର୍ଣ୍ଣ ।

ପରମାତ୍ମାଙ୍କ ବାସସ୍ଥାନ ହେଲା ପରମଧାମ । ମୁଁ କହିଛି ଆଗରୁ । ଗୌତମ ବୁଦ୍ଧ ନିଜ ପରିବାର, ସ୍ତ୍ରୀ ପୁତ୍ର ତ୍ୟାଗ କରି ତପସ୍ୟା ଦ୍ୱାରା ନିର୍ବାଣ ଲୋକର ସନ୍ଧାନ କରିଥିଲେ । ବାଇବଲରେ ଅଛି ଯେ ଭଗବାନ ନିଜ ଆଲୋକ ରାଜ୍ୟରୁ ପ୍ରିୟ ସନ୍ତାନକୁ ପଠାଇଥିଲେ ପୃଥିବୀକୁ । ପୁରାଣରେ ଲେଖା ଅଛିଯେ ପରମ ବ୍ରହ୍ମ ଜ୍ୟୋତି ପରି ଆଲୋକମୟ । କୋରାନରେ ବି ଲିଖିତ ଅଛି ଭଗବାନଙ୍କ ସ୍ୱରୂପକୁ ଚିତ୍ରିତ କରିହେବନି ଆଉ ସେ କୌଣସି ଅବତାର ନିଅନ୍ତି ନାହିଁ ।

କିନ୍ତୁ ଦିଦି, ଆମ ପୁରାଣରେ ଦଶାବତାର କଥା ଲେଖାଅଛି... ସ୍ୱପ୍ନାର ପ୍ରଶ୍ନରେ ଅଟକି ଗଲେ ମଂଜୁଲତା ।

ଆମ ପୁରାଣ ? ଭଗବାନ ସବୁଠି ଅଛନ୍ତି ବୋଲି ଆମ ପୁରାଣରେ ଲେଖା ଯାଇଛି । ଈଶା ଉପନିଷଦରେ କୁହାଯାଇଛି ଯେ ଈଶାବଶ୍ୟାମ ଇଦମ୍ ସର୍ବମ୍, ଯତ୍ କିମଚ ଜଗତ୍ୟାମ ଜଗତ୍ । ଏହାର ଅର୍ଥ ହେଲା ଯାହାକିଛି ଚଳମାନ ତାହା ପରମାତ୍ମିକ ଶକ୍ତିଦ୍ୱାରା ଚାଲେ । ଧରାଯାଉ, ସେ ସବୁଠି ଅଛନ୍ତି, ତେବେ ସେ କାହିଁକି ପୃଥିବୀରେ ଅବତାର ନେଲେ ବୋଲି କୁହାଯାଇଛି ? କଚ୍ଛ, ମତ୍ସ୍ୟ ଓ ଶୁକର ରୂପରେ ? ସେ ବିଷୟରେ ସୁନ୍ଦର କାହାଣୀ ସବୁ ପୁରାଣରେ ବର୍ଣ୍ଣିତ । ଭଗବାନଙ୍କୁ ବାମନ, ବରାହ

ବୋଲି ଗାଳିଗୁଲଜ କଲେ ତାଙ୍କୁ ଭଲପାଇ ହେବକି ! ସେ ଯଦି ଆମ ଗ୍ରହରେ ଓ ଗହଣରେ ଅଛନ୍ତି, ତେବେ ଅବତାର ହୋଇ ଜନ୍ମନେବାର କାରଣ ନାହିଁ।

ହଁ, ତାହାବି ଯୌକ୍ତିକ ଲାଗୁଛି। ତ୍ରେତାରେ ଶ୍ରୀ ରାମ ଅବତାର ଗ୍ରହଣ କରି ରାବଣ ବଦ୍ଧ କରିଛନ୍ତି। ଶ୍ରୀ କୃଷ୍ଣ ଅବତାରରେ କଂସ ଓ କୌରବ ବଂଶର ବିନାଶ କରିଛନ୍ତି... ।

ନାନା। ଏଠି ମୁଁ କଥାଟିଏ କହିରଖେ। ରାବଣ ସହ ଯୁଦ୍ଧକରିବା ପୂର୍ବରୁ ରାମ ଈଶ୍ୱରଙ୍କର ଆରାଧନା କରିଥିଲେ ରାମେଶ୍ୱରମ ଠାରେ। ସେମିତି ମହାଭାରତ ଯୁଦ୍ଧ ପୂର୍ବରୁ ଶୀକୃଷ୍ଣ ବି ଆରାଧନା କରିଥିଲେ ଶିବଙ୍କର। ରାମ ଓ କୃଷ୍ଣଙ୍କୁ ଆମେ ଦେବତା ମାନ୍ୟତା ଦେଇଛୁ। ତେଣୁ ମନେରଖ ଯେ ଦେବତାମାନେ ହେଲେ ଶାନ୍ତସ୍ୱରୂପ। କ୍ରୋଧମୁକ୍ତ। ହର୍ଷିତ ମୁଖ। ସେମାନେ ସୁଖଦ ଜୀବନର ଅଧିକାରୀ। ତାଙ୍କସହ କେହି ଶତୃତା କରିପାରିବେ ନାହିଁ। ତାଙ୍କର କୌଣସି ଅଭାବ ନଥାଏ। ତେଣୁ ସେମାନେ ହିଂସା, କପଟ କରି ହତ୍ୟା ଓ ରକ୍ତପାତ କରିବେ ନାହିଁ। ଦେବତାଙ୍କ ବିଷୟରେ ଅନେକ ରୋଚକ କାହାଣୀ ମାନ ରଚନା କରି ଲୋକଙ୍କୁ ଧର୍ମଭାବାପନ୍ନ କରି ରଖିବା ହେଉଛି ପୁରାଣର ପ୍ରକୃତ ଉଦ୍ଦେଶ୍ୟ।

ଠିକ୍ ଅଛି, ଆମେ ପୁରାଣ ପ୍ରସିଦ୍ଧ ମହାକାବ୍ୟକୁ ଆମ ପ୍ରାଚୀନ ସଭ୍ୟତାର ସାହିତ୍ୟ ବୋଲି ଗ୍ରହଣ କରିବା। ତେବେ ଯୋଗ ଓ ଦର୍ଶନ ପାଇଁ କେଉଁଠୁ ପ୍ରେରଣା ନେବା ? ସ୍ମୃତିରେଖା ପ୍ରଶ୍ନ କରିଛି ଭଗିନୀ ମଞ୍ଜୁଲତାଙ୍କୁ।

ପୁରାଣ ବ୍ୟତୀତ ବେଦ ବେଦାନ୍ତ ଓ ଭଗବତ୍ ଗୀତା ସହ ଆମେ ପରିଚିତ। ପତଞ୍ଜଳୀଙ୍କ ଯୋଗସୂତ୍ରରେ ବି ମେଡିଟେସନର ବିଧାନ ଓ ନିୟମ ଲେଖାଅଛି। ତାହିଁଲେ ସମସ୍ତେ ଯୋଗ କରିପାରିବେ ନାହିଁ। କାରଣ ସେଥିପାଇଁ କିଛି ସର୍ବନିମ୍ନ ଯୋଗ୍ୟତା ରହିଛି। ସେ ଯୋଗ୍ୟତା ଥିଲେ ହିଁ ତମେ ଯୋଗ କରିପାରିବ।

ଯଥା ? କି ଯୋଗ୍ୟତା ଦିଦି ? ଆମର ସେ ଯୋଗ୍ୟତା ରହିଛି ?

ଦେଖ, ପ୍ରତି ମିନିଟରେ ଆମ ମସ୍ତିଷ୍କରେ ପ୍ରାୟ ଚାଳିଶିରୁ ପଚାଶ ଭାବନା ଜାତ ହୋଇଥାଏ। କାନାଡାର କ୍ୱିନସ୍ ବିଶ୍ୱବିଦ୍ୟାଳୟରେ ମସ୍ତିଷ୍କ ଉପରେ ଗବେଷଣା କରାଯାଇଛି।ସେହି ତଥ୍ୟ ଅନୁସାରେ ଦିନକୁ ଜଣେ ସୁସ୍ଥ ମଣିଷ ୬୨୦୦ ଚିନ୍ତା କରିପାରେ। ଆଉ ମନକୁ ସଂପୂର୍ଣ୍ଣ ଭାବନାମୁକ୍ତ କରିବା ଯୋଗର ଅସଲ ଉଦ୍ଦେଶ୍ୟ ନୁହେଁ। ଭାବନାର ଜଂଜାଳକୁ ଭଲଭାବେ ପରିଚାଳନା କରିବା ହିଁ ଯୋଗର ଲକ୍ଷ୍ୟ। ତେଣୁ ଆମ ଇଚ୍ଛା ଓ କାମନା ଯେତିକି ସ୍ୱଚ୍ଛ ହେବ, ଆମ ମାନସିକ ସନ୍ତୁଳନ ସେତେ ଭଲ ରହିବ...

କହିପାରିବେ, କଣ କଲେ ଅମାନିଆ ମନ ପ୍ରଶାନ୍ତ ଓ ଚିନ୍ତାମୁକ୍ତ ହୋଇପାରିବ ? ଆଉ କାମନା କେମିତି ଆମ ଆୟତ୍ତରେ ରହି ପାରିବ ?

ପ୍ରଥମ ଆବଶ୍ୟକତା ହେଲା ଶାରୀରିକ ପବିତ୍ରତା ବା ବ୍ରହ୍ମଚର୍ଯ୍ୟ ପାଳନ। ସଂସାରରେ ରହି ତମେମାନେ ସନ୍ୟାସ ଜୀବନ ଯାପନ କରିପାରିବ ? ସୀମିତ ଆହାର, ଶୁଦ୍ଧ ଅନ୍ନ, ମିତ ବ୍ୟୟିତା ଓ ନିରାସକ୍ତ ଜୀବନ ଶୈଳୀ ଆଚରଣ କଲେ ପ୍ରଥମେ ମନ ଶାନ୍ତ ରହିବ। ସରଳ ଓ ନିରାଡମ୍ବର ଜୀବନ ଆମକୁ ଅଯଥା ଚିନ୍ତାରୁ ମୁକ୍ତି ଦେବ। ତମେ ଆଜୀବନ ବିବାହ ନକରି ରହିପାରିବ ?

ଭଗିନୀ ମଞ୍ଜୁଲତାଙ୍କ ପ୍ରଶ୍ନରେ ସ୍ୱପ୍ନା ଦିଶିଲା ଚିନ୍ତିତ।

ଆଉ... ସ୍ମୃତିରେଖା, ତମେ ?

ନା, ଆମ ପରିବାରରେ ଆମକୁ କେହି ଅଭିଆଡୀ ରଖେଇ ଦେବେନି....। ପୁରୁଷ ପ୍ରଧାନ ଆମ ସାମାଜିକ ବ୍ୟବସ୍ଥାରେ ଝିଅ ମାନଙ୍କର କୌଣସି ବ୍ୟକ୍ତିଗତ ମତ ନଥାଏ । ନଥାଏ ସ୍ୱାତନ୍ତ୍ୟ ...!

■

- ୭ -

ସ୍ୱପ୍ନା ଗଡି ପଡିଲା, ନିଜ ପଢାରୁମ୍ ଶେଯରେ। ସିଲିଂ ଫ୍ୟାନ୍ ଘୁରୁଥିଲା ଧିରେ ପୂର୍ବରୁ ଦକ୍ଷିଣ ହୋଇ ପଶ୍ଚିମ ଦିଗକୁ। ଘଡିର କଚ୍ଛପ ଗତିରେ, ସମୟର ସମାନ୍ତରାଳ ଦିଗରେ।

ତା'ମାନେ ପୃଥିବୀ ଘୁରୁଛି ଏହାର ବିପରୀତ ଦିଗରେ: ଉତ୍ତରରୁ ପଶ୍ଚିମ ହୋଇ ଦକ୍ଷିଣ ଆଡକୁ। ତାର ଚିରାଚରିତ ଗତିରେ।

ଯେଉଁଦିନ ପୃଥ୍ୱୀ ତାର ଗତାନୁଗତିକ ଧାରାର ବିପରୀତ ଦିଗରେ ଘୁରିବା ଆରମ୍ଭ କରିବ, ସେଦିନ ବୋଧହୁଏ ସୂର୍ଯ୍ୟ ମଧ୍ୟ ପଶ୍ଚିମ ଦିଗରେ ଉଦୟ ହୋଇ ଅସ୍ତଯିବ ପୂର୍ବରେ। ସେମିତି ନକ୍ଷତ୍ରମାନେ ବି ପୂର୍ବ ଦିଗରେ ଅସ୍ତ ହୋଇ ପଶ୍ଚିମ ଦିଗରେ ଉଦୟ ହେବେ?

ବର୍ଷ, ମାସ ଓ ଋତୁ ସେହି ପୁରୁଣା ଶୈଳୀରେ ଆସୁଥିବେ ଓ ଯାଉଥିବେ...କିନ୍ତୁ ସାମୁଦ୍ରିକ ଓ ବାୟୁ ପ୍ରବାହ ହୁଏତ ଓଲଟିଯିବ। ବିଷୁବ କ୍ରାନ୍ତି ଚାରି ପାଖରେ ପଶ୍ଚିମା ପବନ ଉତ୍ତରରୁ ଦକ୍ଷିଣ ଆଡକୁ ପ୍ରବାହିତ ହୋଇପାରେ।

ସ୍ୱପ୍ନା, କୁଆଡେ ଚାଲିଗଲୁ ସକାଳୁ ଯେ ଫେରିଲୁ ଏଇନା? ଯା କଣ ଟିକିଏ ଖାଇନେବୁ, ମୋ ଛୁଆ ଅଖିଆ ଅପିଆ କେତେ ଝାଉଁଳି ପଡିଛି... କହି ବୋଉ ଦିଶିଲା ଅସ୍ତବ୍ୟସ୍ତ। ବାସ୍ତବ ଜଗତକୁ ଫେରିଲା ସ୍ୱପ୍ନା।

ତୁ କଣ କହୁଯେ ବୋଉ। ମୁଁ ସାଉଥ୍ ଆଫ୍ରିକା କି ଆରବ ଏମିରେଟକୁ ଚାଲିଗଲା ଭଳି ହେଉଛୁ ତୁ? ଏଇ ପାଖ ଲେନରେ ଥିବା ଯୋଗ ପ୍ରଶିକ୍ଷଣ କେନ୍ଦ୍ରକୁ ଯାଇଥିଲି। ସେଇଠି ହିଁ ବସିଥିଲି ସ୍ମୃତିରେଖା ସହିତ।

କଣ ଧ୍ୟାନ ଶିଖିଲୁ, ମୋତେ ଟିକିଏ ବସି ବୁଝାଇଲୁ... କଣ କଲେ ମୋର ରାତି ଅନିଦ୍ରା, ଦିନସାରା ଭୁଲାପଣ, ଭୋକ ନଲାଗିବା, ଚିଡଚିଡା ଲାଗିବା କଟିବ, କହିଲୁ? ମୋତେ ଟିକିଏ ଯୋଗ ତପସ୍ୟା ପଢେଇଲୁ, ମାଆ ସ୍ୱପ୍ନା।

ଜୀବନ ସାରା ପିଲା, ବୋହୂ, ନାତି ହୋଇ ମୋହରେ ଘାଣ୍ଟିଚକଟି ହୋଇଛୁ। ଦିନ ତମାମ ରନ୍ଧା-ବଢ଼ା, ବାସନ ମଜାରେ କାଟିଦେଲୁ। ଦିନେ କେବେ ନିଜକୁ ଦେଖିଛୁ ଆଇନାରେ ? ମୁଣ୍ଡରେ ତେଲ ଦେଇନୁ ସପ୍ତାହେ ହେଲା। କୋଉଦିନ ସାମ୍ପୋ ଲଗେଇଥିଲୁ ମୁଣ୍ଡରେ ? ସିନ୍ଥିରେ ମେଞ୍ଚେ ସିନ୍ଦୁର ଢାଳିଦେଇଛୁ। ଆଖିରେ କଜ୍ଜ୍ୱଳ ମାରିନୁ। ମୁହଁରେ କଣ ବୋଲି ଦେଇଛୁ ? ବେସନ ନା ହଳଦୀବଟା...

ତୁ ଚାଲିଲୁ, କଣ ଟିକିଏ ଖାଇବୁ। ସଫାସୁତୁରା ହୋଇ ଭଲ ଶାଢ଼ୀଟିଏ ପିନ୍ଧି ତିଆରି ହେବୁ, ମୋ ମାଆଟା ପରା।

ବୋଉ, ଆରମ୍ଭ ହୋଇଗଲା କି ଝିଅବିକା ? ପରୀକ୍ଷା ଗତକାଲି ସରିଛି କି ନାହିଁ ତୋର ଚାଲୁ ହୋଇଗଲା ବାହାଘର କଳଗାଉଣା ?

କଳଗାଉଣା ? ସେଇଟା କଣ କିରେ ? ମୁଁ ପାଟି ଖୋଲିଲେ କଳଗାଉଣା ହୋଇଗଲି ?

କଳଗାଉଣା କଣ ଜାଣିନୁ ? ଏତେ ଜାଣି ସିଆଣା ହେ'ନାହିଁ। ଅଜା ଘର ଭାଡିରେ ପରା ଜଙ୍କ୍ ଖାଇ ପଡିଥିଲା ? ଗ୍ରାମଫୋନ୍ ରେକର୍ଡର ବା ? ଚାବି ଦେଲେ ରେକର୍ଡ ଚକସବୁ ଘୁରିଘୁରି ଗୀତ ବାଜେ...

ତୁ ପ୍ରଥମେ ପ୍ରସ୍ତୁତ ହୋଇଯା। ତୋ ପାପାଙ୍କର କିଏ ବନ୍ଧୁବାନ୍ଧବ ଆସୁଛନ୍ତି। ତାଙ୍କର ଜଣେ ପୁଅ ଅଛି, ଆମେରିକାରେ ବଡ ପୋଷ୍ଟରେ ଅଛି।

ଦେଖ ବୋଉ, ମୁଁ ରାଜଯୋଗିନୀ ହୋଇ ରହିବାକୁ ଚାହେଁ। ଏ ବାହାସାହା ଫାର୍ଶରେ ସମୟ ବର୍ବାଦ ନକରି ମୋତେ ଟିକିଏ ଶାନ୍ତିରେ ରହିବାକୁ ଦେଲୁ, ବୋଉ। ସଂସାରର ଅନ୍ଧମୁହାଣୀ ଭିତରକୁ ମୋତେ ଠେଲିଦେବୁନି । ମୁଁ ଆଜିଠୁ ବ୍ରହ୍ମଚାରିଣୀ କୁମାରୀ ସ୍ୱପ୍ନା.... କହୁକହୁ ବୋଉର ଚିବୁକକୁ ଚିମୁଟି ଦେଇ ବାଥରୁମ ଭିତରେ ପଶିଲା ସ୍ୱପ୍ନା।

ଏମାନେ ସବୁ କଣ ଭାବନ୍ତି, ଝିଅର ସ୍ୱାଧୀନ ଚିନ୍ତନ କି ମନ ବୋଲି କିଛି ନାହିଁ ? ଝିଅ ମାନେ କେବଳ ପଦାର୍ଥଯେ ଖାଲି ଦେହ ଓ ଦେହର ସୌନ୍ଦର୍ଯ୍ୟୀକରଣ କରୁଥିବେ ? ଦେହର ଅଳଂକରଣ ଓ ବେଶଭୂଷା କରୁକରୁ ଯୌବନ କେତେବେଳେ ସରିଆସେ । ଆଉ କେତେବେଳେ ବାର୍ଦ୍ଧକ୍ୟ ଧସେଇ ଆସିଥାଏ, ମାଲୁମ ପଡେନାହିଁ। ସେଇଠୁ ପୃଥିବୀର ଓଲଟ ଗତି ଆରମ୍ଭ ହୋଇଯାଏ। ପଶ୍ଚିମରେ ଉଦୟ ହୁଏ ସୂର୍ଯ୍ୟ, ଅସ୍ତଯାଏ ପୂର୍ବରେ। ତା'ପରେ ରାତି ଆସେ, ଚିରାଚରିତ ଭାବରେ। ସନ୍ଧ୍ୟା ପରେ ରାତି ଆସେ ନା ସକାଳ ? କାହାପରେ କିଏ ଆସେ ମଧ୍ୟବିତ୍ତ ଜୀବନରେ କିଛି ଜଣା ପଡି ନଥାଏ।

ସ୍ୱପ୍ନା ଫେରିଲାଟି ? ତାକୁ ପ୍ରସ୍ତୁତ କରି ରଖ । ଏଇ ମିଠା ଓ ପେଷ୍ଟ୍ରିସବୁ ଥାଳିରେ ସଜାଡ଼ି ରଖ । ସେମାନେ ଆସିବେ ଜମା ପାଞ୍ଚଜଣ । ଜିନ୍ ଫିନ୍ ନପିନ୍ଧି ଫର୍ମାଲ କିଛି ଶାଢ଼ୀ ପିନ୍ଧିବାକୁ କହିବ, ବାପା କହୁଥିଲେ ବୋଉକୁ ।

ସାଦା କଟନର ଚୁଡ଼ୀଦାର ପନ୍ଧିଲେ ଚଳିବନି ? ତାକୁ ସବୁ ପ୍ରକାର ଲୁଗାପଟା, ସୁନା ଗହଣା ମାନେ... ।

ଭଲଭାବେ ଟ୍ରାଡିସିନାଲ୍ ପିନ୍ଧାଅ । ଏହି ସମୟରେ ତମେ ଆଉ ପରୀକ୍ଷା-ନିରିକ୍ଷା କରନାହିଁ... ।

ପାପାଙ୍କ କଥାବାର୍ତ୍ତା ଶୁଭୁଛି । ଗଳାରେ ଅଛି ସ୍ୱଚ୍ଛ ଉତ୍ତେଜନା । ଏମାନେ କୋଉଥିପାଇଁ ଏତେ ବ୍ୟସ୍ତ ? ଘରର ଝିଅକୁ କେମିତି ପ୍ରଦର୍ଶନ-ଯୋଗ୍ୟ କରି ବିଦା କରିଦେବେ ନା ଯୋଗ୍ୟ ପ୍ରାର୍ଥୀ ସହ ତାର ଜୀବନକୁ ଛନ୍ଦିଦେବେ ? କଣ ଏ ବିବାହ ନାମକ ସାମାଜିକ ଗାର୍ହସ୍ଥ୍ୟ ବ୍ୟବସ୍ଥା ! କିଛି ଥଳକୁଳ ପାଇ ହୁଏନାହିଁ ।

ସେ ଏତିକି ଜାଣେ, ଦେହର ସ୍ୱାଭାବିକ ଯତ୍ନ ନେଲେ ତୁମ ଆତ୍ମବିଶ୍ୱାସ ଆପେ ବଢ଼ିଯିବ । ସ୍ୱାସ୍ଥ୍ୟ ଓ ତ୍ୱଚାର ଉପଯୁକ୍ତ ସୁରକ୍ଷା ନିଅ, ସମସ୍ତେ ତୁମର ସ୍ତାବକ ହୋଇଯିବେ । ଦାନ୍ତର ରଙ୍ଗ, ନଖ, ନିଶ୍ୱାସପ୍ରଶ୍ୱାସ ଓ ମୁହଁରୁ ବାହାରୁଥିବା ବାସ୍ନା ଓ ଝାଳଗନ୍ଧ ଉପରେ ନଜର ରଖ । ହସହସ ମୁହଁ, ମଧୁର ଆଳାପ ଓ ବିନମ୍ର କଥାବାର୍ତ୍ତା ତୁମ ଲୋକପ୍ରିୟତାକୁ ବୃଦ୍ଧି କରିଦେବ । ହଁ, ଆଉ ଅତି ରଂଜିତ ମେକପ୍ କରି ସାଙ୍ଗ ଓ ବାହାରିଆ ଲୋକଙ୍କ ଆଗରେ ତମେ ଯେମିତି ଅଯଥା ଲୋକହସା ନହୁଅ ! ସ୍ୱଗତୋକ୍ତି କଲା ସ୍ୱପ୍ନା ।

ଝିଅଦେଖା କୁହ ନହେଲେ କିଣାବିକା ! ଆଗରୁ ଏମିତିକା ଅନୁଭୂତି ସ୍ୱପ୍ନାର ହୋଇନଥିଲା । ସ୍ୱପ୍ନାକୁ ଦେଖିବା ବାହାନାରେ ସନ୍ଧ୍ୟାରେ ଆସିଲେ ପାଞ୍ଚଜଣ କୁଣିଆ । ବଧୁ ନିର୍ବାଚନ, ମାଇ ଫୁଟ୍...

ପାପାଙ୍କ ଅଫିସରେ କୋଉ ସହକର୍ମୀଙ୍କ ଦ୍ୱାରା ପରିଚିତ ହୋଇ ଆସିଥିଲେ ଏଇ ତଥାକଥିତ ସମ୍ଭ୍ରାନ୍ତ ପରିବାରର ସଦସ୍ୟ । ପାପାଙ୍କୁ ଆଗତୁରା ଜଣେଇ ଦେଇଥିଲେ ଫୋନ୍ କରି । ଆସିବେ ଜଣେ ମାମୁଁ, ମାଇଁ, ପୁଅର ବାପା ବୋଉ ଓ ସ୍ୱୟଂ ବର । ଅଯଥା ଆଡମ୍ବରରେ ସମୟ ବରବାଦ କରିବେନି । ଖାଲି ଚାହାପାନ ସମେତ ଝିଅ ଦେଖା ପର୍ବ ସମାହିତ ହୋଇଯିବ ଯେମିତି... ତାଗିଦ କରି ଦେଇଥିଲେ । ପାପା ଉତଫୁଲ୍ଲିତ ଥିଲେ ଯେ ବରଘର ଲୋକେ ଆଭିଜାତ୍ୟ ସଂପନ୍ନ, ଭଦ୍ରଲୋକ, ଉଚ୍ଚଶିକ୍ଷିତ ଓ ଅନ୍ୟାନ୍ୟ ବିଶେଷଣରେ ଭରପୁର ।

ମୁଁ ଏଇ ଝିଅଦେଖା ପରଂପରାରେ ଆସ୍ଥା ରଖେନାହିଁ, ଏକଥା ସ୍ୱପ୍ନା କହିଥିଲା ବୋଉକୁ । କିନ୍ତୁ ତା'କଥା ଶୁଣେ କିଏ !

ତୁ ତାଙ୍କୁ ଦେଖା କରିବୁନି ? ଯେ କି ପାଗଳାମୀ ? ମୋ ରାଣ। ତୋ କଥା ଶୁଣିଲେ ପାପା କଣ କହିବେ ! ଅଫିସର କଲିକ୍ ମାନଙ୍କ ଭିତରେ ତାଙ୍କ ମାନ ରହିବଟି ? ତୁ କଣ ଛୋଟଛୁଆ ହୋଇଛୁ ?... ତୋର ଏ ପିଲାଳିଆମି ଗଲାନାହିଁ ! ବୋଉର ଜିଦ ଓ ରାଣ ନିୟମର ଆକଟରେ ତାର ହାତପାଦ ବନ୍ଧା ହୋଇଯାଏ।

ସ୍ୱପ୍ନା ଯେମିତି ବୋଉ ସହିତ ସନ୍ତର୍ପଣରେ କକ୍ଷରେ ପ୍ରବେଶ କଲା, ଅଳ୍ପ ସମୟ ପାଇଁ ତାର ଛାତି ଟିକିଏ ଜୋରରେ ଥରି ଯାଇଥିଲା। ସମସ୍ତଙ୍କର ନଜର କେନ୍ଦ୍ରୀଭୂତ ହୋଇ ଯାଇଥିଲା ତାରି ଉପରେ।

କୋଉ ଗୋଟିଏ ସଫ୍ଟୱେର୍ କଂପାନୀରେ କାମ କରୁଥିଲେ ଭଦ୍ରବ୍ୟକ୍ତି। ନିଜର ଭିଜିଟିଂ କାର୍ଡ ପ୍ରଥମେ ପାପାଙ୍କୁ ବଢାଇ ଦେଲେ। ସ୍ୱପ୍ନା ଆଡକୁ ଆଉ ଖଣ୍ଡିଏ ବଢେଇ ଦେଉଥିଲେ, କିନ୍ତୁ ବୋଉ ତାକୁ ନେଇ ଆସିଲା। ଆରେ ! ଝିଅ ଦେଖିବା ପାଇଁ ଆସି କିଏ ଏମିତି ନିଜ ଭିଜିଟିଂ କାର୍ଡ ବଢାଇ ଦିଏ ?

ସ୍ୱପ୍ନା ଭଦ୍ରଲୋକଙ୍କ ବାପାମାଆଙ୍କୁ ଔପଚାରିକ ଭାବରେ ନମସ୍କାର ଜଣେଇଲା।

ନମସ୍କାର, ନମସ୍କାର, କହି ପୁଅର ବାପା ବସିବାକୁ ନିର୍ଦ୍ଦେଶ ଦେଲେ ସ୍ୱପ୍ନାକୁ। ଘରେ ସମସ୍ତେ ଭଲରେ ଅଛନ୍ତି ତ ?

ସ୍ୱପ୍ନା ସମ୍ମତି ଜଣେଇଲା।

ମୁଁ ଗଞ୍ଜାମ ଜିଲ୍ଲାର ଛତ୍ରପୁର ବ୍ଲକରେ ପଞ୍ଚାୟତ ଅଫିସର ଅଛି। ରିଟାୟାର ହେବାକୁ ଆଉ ତିନି ବର୍ଷ ଅଛି। ମୋର ଗୋଟେ ଦୁଇଟା ପ୍ରଶ୍ନ କରିବାର ଅଛି। ବାସ୍। ପଚାରିବି ?

ହଁ, ପଚାରନ୍ତୁ ...

ଆମ ପ୍ରଧାନମନ୍ତ୍ରୀଙ୍କ ବିଷୟରେ ତମ ମତାମତ କଣ ?

ସେ ଜଣେ ଭଲ ଓ ସଚ୍ଚୋଟ ପ୍ରଧାନମନ୍ତ୍ରୀ ମାନଙ୍କ ଭିତରେ ଗଣାହେବେ.... ଅପ୍ରସ୍ତୁତ ହୋଇ କହି ଦେଇଥିଲା ସ୍ୱପ୍ନା । ଅବଶ୍ୟ ରାଜନୀତିରେ ମୋର ବିଶେଷ ଆଗ୍ରହ ନାହିଁ, ସେ ସଂଯୋଗ କଲା।

ନା, ମୁଁ ଜାଣିବାକୁ ଚାହିଁଥିଲି, ତାଙ୍କର ପତ୍ନୀଙ୍କ ପ୍ରତି କର୍ତ୍ତବ୍ୟ ବିଷୟରେ ।

ମୁଁ ସେ ବିଷୟରେ କେବେ କେଉଁଠି ପଢିନାହିଁ। ସେଥିରେ ମୋର ଆଗ୍ରହ ବି ନାହିଁ। ତାହା ତାଙ୍କର ବ୍ୟକ୍ତିଗତ ବିଷୟ।

ରାମାୟଣରେ ତମେ ପଢିଥିବ, ଲୋକେ ସନ୍ଦେହ କରିବାରୁ ରାମଚନ୍ଦ୍ର ପତ୍ନୀଙ୍କର ଅଗ୍ନିପରୀକ୍ଷା କରାଇଥିଲେ। ବିନା କାରଣରେ ସୀତାଙ୍କ ବନବାସ ହୋଇ ନଥିଲା। ଏଠି ଜଣେ ରାଷ୍ଟ୍ରନାୟକଙ୍କ ସ୍ତ୍ରୀ ବିନା କାରଣରେ ବିଛେଦ ଭୋଗୁଛନ୍ତି, ସେ କହିଲେ।

ମୁଁ ସେ ବିଷୟରେ କହି ପାରିବିନି... ସ୍ୱପ୍ନା ଅଟକି ଯାଇଥିଲା।

କିନ୍ତୁ ତମେ କଣ ଭାବୁଛ, ରାମାୟଣ କାହାଣୀ ପରି ଆଦର୍ଶ ଦାଂପତ୍ୟ ବାସ୍ତବ ଜୀବନରେ ସଂଭବ ?

ମୁଁ ଜାଣି ନାହିଁ। ଏ ବିଷୟରେ ମୁଁ କୌଣସି ମତ ଦେଇ ପାରିବିନି...

ବିବାହଯୋଗ୍ୟ ପୁତ୍ର ଆଗରେ ସଂଭାବ୍ୟ ଶଶୁରଙ୍କର ପ୍ରଶ୍ନାବଳୀ ସ୍ୱପ୍ନାକୁ ଅଡୁଆରେ ପକାଇଥିଲା କିଛି ସମୟ। ଯେ କୌଣସି ଲୋକସେବା ଆୟୋଗର ପଦବୀ ପାଇଁ ଚୟନ ପରୀକ୍ଷା ଦେଉନାହିଁ, କିମ୍ବା ବିଶ୍ୱ ସୁନ୍ଦରୀ ପ୍ରତିଯୋଗିତା ପାଇଁ ବି ନୁହେଁ, ସୁନିଶ୍ଚିତ ହେଲା ସ୍ୱପ୍ନା।

ବାପାଙ୍କର ଅଜବ ପ୍ରଶ୍ନ ଚାଲିଥାଏ, ଅଥଚ ତାଙ୍କ ପୁଅ ହାତରେ ହାତ ଛନ୍ଦି ମୁଣ୍ଡପୋତି ବସିଥାନ୍ତି।

ଆଚ୍ଛା,ଏବେ ତୁମର ଭବିଷ୍ୟତ ଯୋଜନା କଣ ?

ଗତକାଲି ହିଁ ସରିଛି ପରୀକ୍ଷା। ଫଳ ବାହାରିବା ପରେ ଇତିହାସରେ ପିଜି କରିବି।

ଇତିହାସ ପିଜିରେ କିଛି ଭବିଷ୍ୟତ ଅଛି ବୋଲି ତମେ ଭାବୁଛ ?

କଂପିଟିଟିଭ ପରୀକ୍ଷା ଦେଇହେବ। ସଂସ୍କୃତି ଓ ପ୍ରତ୍ନତତ୍ତ୍ୱ ବିଭାଗ, ଗବେଷଣା ଓ ଅଧ୍ୟାପନା ପରି ବୃତ୍ତି କରିହେବ, ସଂକ୍ଷେପରେ କହିଦେଲା ସ୍ୱପ୍ନା।

ହଉ, ସେଥିରେ ଆମର କିଛି କହିବାର ନାହିଁ। ଆମ ପରିବାରରେ ସମସ୍ତେ ସୁଶିକ୍ଷିତ। ବ୍ରଡ୍ ମାଇଣ୍ଡେଡ। ଆମ ଘରେ ବୋହୂ ଜିନସ୍ ପିନ୍ଧିଲେ ବି ଆମର କିଛି ଆପତ୍ତି ନାହିଁ। ଛୋଟ ଚୁଟି ରଖିଲେବି ଆମଘରେ କୌଣସି ସମସ୍ୟା ରହିବନି। ନା କଣ କହୁଛ, କହି ସେ ପତ୍ନୀଙ୍କ ଆଡକୁ ଚାହିଁଲେ, ସମର୍ଥନ ଆଶାରେ।

ତାପରେ ସଂଭାବ୍ୟ ଶାଶୁଙ୍କର ପାଳି। ଝିଅ, କି ପ୍ରକାର ରାନ୍ଧଣା ଶିଖିଛ ? ଚିକେନ୍ ବିରିଆନି ରାନ୍ଧି ପାରିବ ?

ନା। ମୁଁ ଆମିଷ ଖାଏନି କି ଆମିଷ ରାନ୍ଧିପାରିବି ନାହିଁ, ରୋକଠକ୍ ଶୁଣେଇ ଦେଲା ସ୍ୱପ୍ନା।

ଆରେ, ଆମ ଘରେ ଆଇଁଷ ନହେଲେ ନଚଳେ... ଝିଅ ଭଲ ସଂସ୍କାରରେ ବଢିଛି। ବ୍ୟବହାର ସୁନ୍ଦର। ହେଲେ ଏଇ ଗୋଟିଏ ଅଭାବ....କହିଦେଲେ ସଂଭାବ୍ୟ ଶାଶୁ ମାଆ।

ଥ୍ୟାଙ୍କ୍ ଗଡ, ଡାକିଲା ସ୍ୱପ୍ନା। ଝିଅ ଦେଖା ସରିଲା।

■

– ୭ –

ବିବାହ ପ୍ରସ୍ତାବ ସ୍ଥିରୀକୃତ ହେବା ପରେ ଆସେ ବଧୂ-ବରଙ୍କ କୋଷ୍ଠୀ ମେଳକ ପର୍ବ। ତମର ଯଦି ଜାତକ ମେଳକ ହୋଇଗଲା, ତାହେଲେ ସେ ପ୍ରସ୍ତାବ ଫାଇନାଲରେ ପହଞ୍ଚିଲା, ଜାଣନ୍ତୁ। ଆଉ ତାପରେ ଛୋଟମୋଟ କାରଣରୁ ସେ ସମ୍ବନ୍ଧ ଭାଂଗିବାର ଆଶଙ୍କା ଅତି କମ୍ । କୌଣସି ଶକ୍ତ କାରଣ ନଥିଲେ ସ୍ଥିରୀକୃତ ସମ୍ବନ୍ଧ ଭାଙ୍ଗିବ ବୋଲି ବ୍ୟସ୍ତ ହେବେନାହିଁ, ପୁରୋହିତ କହିଦେଲେ।

ପାରମ୍ପରିକ ରୀତିରେ ବିବାହ ତାରିଖ ପକ୍କା ହେଲାପରେ ପ୍ରକୃତ ଭଲ ପାଇବାର ସୂତ୍ରପାତ ହୋଇଥାଏ। ପ୍ରଥମ ଦୃଷ୍ଟି ବିନିମୟ ପରେ ଦୁଇ ଆତ୍ମାଙ୍କ ମନ ଉଡିବା ଆରମ୍ଭ କରେ, ବାୟବିୟ ପ୍ରକ୍ରିୟାରେ। ଦୁଇ ପରିବାର ମଧ୍ୟରେ ଯିବା ଆସିବା ଚାଲେ । ବନ୍ଧୁଘର କିଏ ପହଞ୍ଚିଲେ ଯାଚି ଦିଆଯାଏ ସୁସ୍ୱାଦୁ ବ୍ୟଞ୍ଜନ। ମନା ସତ୍ତ୍ୱେ ଡାଇବେଟିକ ମାନଙ୍କ ପାଟିରେ ଭରି ଦିଆଯାଏ ଫ୍ରିଜରେ ସାଇତା ମିଠା, ବିନା ପ୍ରଶ୍ନରେ। କ୍ରମେ କୁଣିଆ ମାନଙ୍କ ବନ୍ଧୁ ଓ ସେମାନଙ୍କ ସଂପର୍କୀୟମାନେ ଘରେ ଆସର ଜମାନ୍ତି। ସେମାନଙ୍କ ଗୁଲିଗପ ଓ ମଧୁ ପ୍ରଲେପିତ ଆତ୍ମୀୟତା ମନେହୁଏ ନିହାତି ଆପଣାର ।

ଦୁଇ ପରିବାରର ସମ୍ମତି ଥିଲେ ବିବାହଯୋଗ୍ୟ ସ୍ତ୍ରୀ-ପୁରୁଷ ଏକାଠି ମିଳାମିଶା କରିପାରିବେ। ବସାଉଠା ଠାରୁ, ଖାଇବା ପିଇବା ଚାଲେ । ହୋଟେଲ, ପାର୍କ ଓ ସିନେମା ଯିବା ଅନୁମୋଦିତ ହୋଇଯାଏ ।

ସେଦିନ ସନ୍ଧ୍ୟାରେ ପୁରୋହିତ ଓ ଜଣେ ଗୁରୁଜନଙ୍କ ସାଥିରେ ଆସିଥିଲେ ସ୍ୱରୂପ ପ୍ରିୟଦର୍ଶୀ। ଉଚ୍ଚାରଣ କରିବା ଅସୁବିଧା ଥିଲେ କେବଳ ସ୍ୱରୂପ ବୋଲି ମୋତେ ଡାକି ପାରିବେ, କହିଥିଲେ ସେ।

ଜୀବନସାଥୀ ଡଟକମରୁ ଆପଣଙ୍କ ପରିଚୟ ଓ ପ୍ରସ୍ତାବ ପାଇଥିଲୁ, କହିଲେ ସ୍ୱରୂପଙ୍କ ବୟସ୍କ ଗୁରୁଜନ।

ଡଟକମ୍ କି ପଦାର୍ଥ? ପଚାରି ଦେଇଥିଲା ଅନଭ୍ୟସ୍ତ ବୋଉ। ସେଇ ସମୟରେ ପାପା ନଥିଲେ ଘରେ। ଶୀଘ୍ର ଫେରି ଆସିବେ କହିଥିଲେ, କିନ୍ତୁ ଆସିପାରି ନଥିଲେ। ସାନ ଭଉଣୀ ସମିତା ବି ନଥିଲା ଘରେ । ପରିସ୍ଥିତି ସଂଭାଳିବା ପାଇଁ ସ୍ୱପ୍ନା ଆସିଲା ଡ୍ରଇଂ ରୁମକୁ।

ସଂଜିଭ୍ ବିଖଚନ୍ଦାନୀଙ୍କ ଜୀବନସାଥୀ ଡଟକମ୍ ଆପରୁ ଆପଣଙ୍କ ଠିକଣା ପାଇ ଆସିଛୁ, କହିଲେ ଭଦ୍ରଲୋକ।

ହଁ, ଠିକ୍ ଅଛି, ଆପଣମାନେ ବସନ୍ତୁ। ପାପା ଏଇନା ଆସୁଥିବେ, କହି ସ୍ୱପ୍ନା ନିଜ ପରିଚୟ ଦେଲା।

ଆମେ ଭାରତ ମାଟ୍ରିମନି ଦ୍ୱାରା ବି ରେଜିଷ୍ଟ୍ରେସନ କରିଥିଲୁ, କହିଲେ ଭଦ୍ରଲୋକ। ଏସବୁ ବିବାହ ମେଳକ ପାଇଁ ଉପଯୋଗୀ ସହାୟକ ଆପ, ଏବେ ମିଳୁଛି ଆଙ୍ଗୁଳି ଟିପ ଅଗରେ। ଆଗ ଏ ସୁଯୋଗ ଉପଲବ୍ଧ ନଥିଲା, ଏବେଏବେ ସଂଭବ ଓ ସୁଗମ ହେଉଛି ସବୁକଥା।

ଆମେ ଜାଣୁ, ସ୍ୱଚ୍ଛ ହସି କହିଦେଲା ସ୍ୱପ୍ନା। ବୋଉକୁ ଇଂଗିତରେ କହିଦେଲା ଅତିଥି ଚର୍ଚ୍ଚା ହେଉ, ପାଣିପଣ କିଛି...

ଆପଣ ଯାହାକୁ ଆପ୍ କହୁଛନ୍ତି, ଆମେ ତାହାକୁ ଗ୍ରହମେଳକ ବା ମଧ୍ୟସ୍ଥି କହୁ, ସଫେଇ ଦେଲେ ପୁରୋହିତ। ଆପଣ ଯେତେ ଶାଦି ଡଟକମ୍ ପାଖକୁ ଯାଆନ୍ତୁ ନା କାହିଁକି, ପ୍ରଜାପତି ଘଟସୂତ୍ର ଓ ଶୁଭ ସମୟ ନଆସିଲେ ସ୍ତ୍ରୀ-ପୁରୁଷ କେହି କାହା ସହ ସଂଯୋଗ ସ୍ଥାପନ କରିପାରିବେ ନାହିଁ। ଏହା ବିଧି ନିର୍ଦ୍ଦିଷ୍ଟ।

ପୁରୋହିତଙ୍କ କଥା ବୋଉର ମନକୁ ପାଇଲା। ଏବେ ଯା ବାପା ଫେରୁଥିବେ, ଆପଣ ବସିଥାନ୍ତୁ, ମୁଁ ଆସୁଛି, କହି ଉଠିଲା ବୋଉ।

ବିବାହ ଯୋଗସୂତ୍ର ବଡ ଅଦ୍ଭୁତ। ଚିହ୍ନା ନାଇଁ, ପରିଚୟ ନାହିଁ। ଗଣ୍ଠିବନ୍ଧା ହେଲା, ମଂଗଳସୂତ୍ର ପିନ୍ଧିଲ, କନ୍ୟା ହସ୍ତାନ୍ତର ହେଲା। ଝିଅ ବିଦା ପରେପରେ ତମେ ଅଜଣା ପରିବାର ଓ ପରିବେଶରେ ଘର ସଂସାର କଲ। ପତିପତ୍ନୀ ନିଜନିଜ ଗୁଣ ଓ ଅବଗୁଣ ସବୁକୁ ସାଦରେ ଗ୍ରହଣ କରିବା ଆରମ୍ଭ କରିଥାନ୍ତି କ୍ରମଶଃ। ତମେ ପାଖରେ ଥିଲେ ପ୍ରିୟ ବ୍ୟକ୍ତି ସୁସ୍ଥ ଅନୁଭବ କରନ୍ତି ! ଜଣେ ଅନ୍ୟକୁ ସମ୍ମାନ ଦେବା ଆରମ୍ଭ କରିଥାନ୍ତି। ଶାରୀରିକ ଓ ମାନସିକ ସଂପର୍କ ଘନୀଭୂତ ହୋଇଥାଏ। ଉଭୟେ ଗାର୍ହ୍ୟସ୍ଥ୍ୟ ଜୀବନ ସହ ସାଲିସ ଆରମ୍ଭ କରି ଦେଇଥାନ୍ତି: ସ୍ୱତଃ ସହନଶୀଳତା, କ୍ଷମା ଓ ଉଦାରତାର ପ୍ରଶିକ୍ଷଣ ଆରମ୍ଭ ହୋଇଯାଏ।

ସ୍ୱରୂପ ? ପ୍ରଥମ ଦେଖାରେ କୋଉଠି ଏହାଙ୍କୁ ଦେଖିଛି ମନେହୁଏ, ଅଥଚ କିଛି ମନେ ପଡେନାହିଁ। ପୂର୍ବାପର ସମ୍ବନ୍ଧ ସଂଯୁକ୍ତ ହୁଏନାହିଁ ମସ୍ତିଷ୍କର ଚେତନ ସତ୍ତା ସହିତ। ତଥାପି ଲାଗେ ଚିହ୍ନାଚିହ୍ନା । କେତେ ଜନ୍ମରୁ ସେ ପରିଚିତ ? କେଉଁ ଜନ୍ମରେ ଭ୍ରାତା, ଭଗିନୀ ବା ପିତା। କିଏ ତାର ହିସାବ ରଖିଛି ? ଚିତ୍ରଗୁପ୍ତ ?

ସ୍ୱରୂପଙ୍କ ପରିବାର ସହ ସଂପର୍କ ବଢିଲା ପରେ ତାଙ୍କ ପ୍ରସ୍ତାବକୁ ଅଗ୍ରାହ୍ୟ କରିହୁଏ ନାହିଁ। ମନା କରିବାର ଅନ୍ୟ ରାସ୍ତା ନିବୁଜ ହୋଇଆସେ। ତାଙ୍କ ମୁହଁରେ ସଦା ଲାଖି ରହିଥିବା ସ୍ମିତହସ, ସମସ୍ତଙ୍କୁ ମତୁଆଲା କରି ବସେ।

ସକାଳୁ ନିଦ ଭାଂଗିଲା ପରେ ସ୍ୱରୂପଙ୍କ କଥା କାହିଁକି ମନକୁ ଆସେ ସବା ପ୍ରଥମେ ? ମନେହୁଏ, ସେ ତୁମପାଇଁ ସୃଷ୍ଟ ପୁରୁଷ। ନିଜକୁ ନିଃଶେଷ କରି ତୁମପାଇଁ ସେ ସବୁ ରକମର ତ୍ୟାଗ କରିବାକୁ ପ୍ରସ୍ତୁତ। ସେ ତୁମ ମୁହଁରେ ହସ ଉକୁଟାଇ ପାରିବେ ଯେକୌଣସି ସମୟରେ ? ତୁମ ହାତ ଧରି ସେ ସମୁଦ୍ର କୂଳ, ପାର୍କ ଓ ମନଲାଖି ହୋଟେଲ୍ ବୁଲାଇ ଆଣି ପାରିବେ! ତାଙ୍କ ସାନିଧ୍ୟରେ ତମେ ୟୁନିଫର୍ମ ପିନ୍ଧା ସ୍କୁଲ ପିଲା ପରି ଅନୁଭବ କର ସୁରକ୍ଷିତ ? ସେ ନିଜ ପରିବାରକୁ ଯେତିକି ଭଲ ପାଆନ୍ତି, ସେତିକି ତୁମ ପରିବାର ସଦସ୍ୟଙ୍କୁ ବି ସମ୍ମାନ ଦିଅନ୍ତି... ତୁମ ସହ ତାଙ୍କ ରସାୟନ ଭଲ ଜମେ !

ପରୀକ୍ଷା ସରିବା ସଙ୍ଗେସଙ୍ଗେ ବର ଖୋଜା ଆରମ୍ଭ ହୋଇଯାଇ ଥାଏ, ମଧ୍ୟବିତ୍ତ ପରିବାରରେ। ଗହଳଚହଳ ଲାଗେ, ଘରେ ବଢିଲା ଝିଅଟିଏ ଥିଲେ । ସବୁ ଠିକଠାକ୍ ଚାଲିଲେ ବିବାହ ସଂପନ୍ନ ହେବା ବେଳକୁ ଦୁଇତିନି ବର୍ଷ ଗଡିଯିବ ନାହିଁକି, ଭାବନ୍ତି ପିତାମାତା। ଭଲ ଘର, ଭଦ୍ର ପିଲା, ଗାଡି ଥିବ, ସରକାରୀ ଚାକିରୀ ଥିବ ଓ କ୍ୱାର୍ଟରସ୍ ବି। ଯୌତୁକ ଦାବୀ ନଥିବ, ଘରେ ଅବିବାହିତ ନଣନ୍ଦ ନଥିବେ... ଶାଶୁ ଥିଲେ ଭଲ, ନଥିଲେ ଆହୁରି ଭଲ....ଏତେ ସବୁ ଦେଖିଲା ବେଳକୁ ଝିଅର ବୟସ ପଚିଶମୁହାଁ ହୋଇ ଯାଇଥିବ !

ମାଟ୍ରିମନିଆଲ୍ ସଂସ୍ଥାସହ ଅନୁବନ୍ଧିତ ହେଲାପରେ ଅଜଣା ପରିବାର, ଅଭୁତ ପରିବାର ଓ ଅଶୁଣା ସ୍ଥାନରୁ ଫୋନକଲ୍ ଆସେ। ଅସମୟରେ ଫୋନକଲ୍ ଆସି ତମକୁ ଚମକାଏ। ବିରକ୍ତ ହୋଇ ଫୋନରେ ସଂସ୍ଥାପିତ ଆପକୁ ହଟେଇ ଦେଇଥାଏ ସ୍ୱପ୍ନା। କିନ୍ତୁ ସମିତା ଆପକୁ ପୁଣି ଫୋନରେ ପୁନର୍ଜୀବିତ କରି ଦେଉଥାଏ।

ସ୍ୱରୂପଙ୍କୁ ଦେଖିଲା ଯାଏଁ ବିଶ୍ୱାସ ଆସୁନଥିଲା ଯେ ବିବାହ ପାଇଁ ଏମିତି ଘଟସୂତ୍ରୀ ଆପକୁ କିଏ ବ୍ୟବହାର କରୁଥିବେ। ଚାଟିଂ ବା ଡେଟିଂ ପାଇଁ ସିନା କିଏ ଏହାକୁ ବ୍ୟବହାର କରେ! ବିବାହ ପାଇଁ କାଁଭା କିଏ ଏଇ ଆପ ବ୍ୟବହାର କରିଥାଏ... ସ୍ୱରୂପଙ୍କ ପ୍ରସ୍ତାବ ଆସିବାଯାଏଁ ଏହା ଥିଲା ଅବିଶ୍ୱାସ୍ୟ।

ସେଦିନ ଆପ୍ ଉପରେ ଖାମଖିଆଲି ଭାବେ ଅଙ୍ଗୁଳି ଚାଳନା କରୁଥାଏ ସମିତା। ଖେଳ-ଖେଳରେ କିଛି ପ୍ରସ୍ତାବ ଲାଇକ୍ କରୁଥାଏ ତ ଆଉ କିଛି ପ୍ରଫାଇଲ ପ୍ରତ୍ୟାଖ୍ୟାନ କରି ଦେଉଥାଏ ସେ।

ଆରେ ଅପା, ଦେଖିଲୁ, ଦେଖ... ଏପଟକୁ ଦୃଷ୍ଟି ଟିକିଏ ପକା। ହଁ ଏଇ ଲୋକର ଚେହେରା ମନ୍ଦ ନୁହେଁ। ସ୍ୱରୂପ ପ୍ରିୟଦର୍ଶୀ। ଦେଖୁନୁ କାହିଁକି ଅପା ?

ଛାଡ। ସେସବୁ। ତୁ ସେ ପ୍ରସ୍ତାବ ସବୁ ଫିଙ୍ଗୁଛୁ ନା ଦେବି ଧରି ?

ଦେଖୁନୁ, ପିଲାଟି ଭୁବନେଶ୍ୱରରେ କାମ କରେ। ଇଂଜିନିୟର। ପେଇଣ୍ଟିଂ ବି କରେ। ଭଲ ପିଲା ହୋଇଥିବ ଅପା। ବୟସ ଓ ହାଇଟ୍ ପୁରା ମ୍ୟାଚ୍ କରି ଯାଉଛି।

ସମିତାର କଥାକୁ ପ୍ରଥମେ ହସରେ ଉଡେଇ ଦେଇଥାଏ ସ୍ୱପ୍ନା। ଅନିଚ୍ଛା ସତ୍ତ୍ୱେ କେମିତି ସେ ପ୍ରୋଫାଇଲକୁ ସମ୍ମତି ଭରିଥିଲା ସେଦିନ। ସେଇଠୁ ଆଗକୁ ବଢିଲା ପ୍ରସଂଗ। କିନ୍ତୁ ସଙ୍ଗେସଙ୍ଗେ କୌଣସି ଉତ୍ତର ଆସି ନଥିଲା ଅନେକ ଦିନ । ତେଣୁ ବିରକ୍ତିରେ ତାଙ୍କ ନମ୍ବରକୁ ଭୁଲିବା ଆରମ୍ଭ କରିଥିଲା ସେ। ଅଥଚ ପାପା କେତେବେଳେ ସ୍ୱରୂପଙ୍କ ପ୍ରୋଫାଇଲ ଦେଖି କଥା ଆଗକୁ ବଢାଇ ଥିଲେ, ସହକର୍ମୀଙ୍କ ଜରିଆରେ।

ବୋଧହୁଏ ସବୁକିଛି ଉପରବାଲା ସୁନିର୍ଦ୍ଦିଷ୍ଟ କରି ଦେଇଛନ୍ତି। ନହେଲେ ଅଜଣା ନମ୍ବରରୁ ଆସିଥିବା ଫୋନକଲ୍ ଦ୍ୱାରା ଏମିତି କଣ ବିବାହ ମେଳକ ସ୍ଥିର ହୁଏ ? କ୍ଷଣିକ ଘଟଣାର ଇଂଗିତରେ ଜୀବନର ଗତିପଥ ବଦଳିଯାଏ ? ସବୁକିଛି ଥିଲା ଅସଂଭବ...।

ସ୍ୱରୂପଙ୍କ କଣ୍ଠସ୍ୱରରେ ଥିଲା ଯାଦୁକରୀ ସମ୍ମୋହନ। ନିଦରୁ ଉଠିବା ସଂଗେସଂଗେ ତାଙ୍କୁ ଶୁଣିଲେ ଜଣେ ବ୍ୟକ୍ତିର ଦିନ ଆଲୋକିତ ହୋଇ ଯିବାର ସଂଭାବନା ଥିଲା। ଜଣେ ଦୁଃଖିନୀର ହୃଦୟ ପୁଲକିତ ହୋଇ ଯିବାର ଆଶା ଥିଲା। ବିରହ ପରେ ମିଳନାନ୍ତକ ଉଲ୍ଲାସରେ କୁଦିପଡେ ଯେମିତି ଇଚ୍ଛାର ହରିଣୀଟିଏ। ପେଇଣ୍ଟିଂ କରିବା ବ୍ୟତୀତ ସ୍ୱରୂପ କଣ ଗୀତ ଗାଉଥିବେ ନା କୌଣସି ତାନ ବା ବାଦ୍ୟଯନ୍ତ୍ରର ପ୍ରାକ୍ଟିସ ରଖିଥିବେ ? କେଜାଣେ, ସମୟ କହିବ !

ତାଙ୍କୁ କଣ ପଚାରି ହେବ, କେଉଁ କଳାରେ ସେ ପ୍ରବୀଣ ? ସଂଗୀତ କି ନୃତ୍ୟ ନା ଚାରୁକଳା ? ସ୍ୱରୁପ ଯଦି ଓଲଟି ତାର ନୈପୁଣ୍ୟ ପଚାରି ବସନ୍ତି, ସେ କି ଉତ୍ତର ଦେଇ ପାରିବ ? ତାର କେଉଁଥିରେ ପାରଦର୍ଶିତା ଅଛି ? ଯୋଗ ଓ ତପସ୍ୟାରେ ରୁଚି କହିହେବ ଅଜଣା ଲୋକଙ୍କୁ ? ଟିକିଏ ଅନିଶ୍ଚିତ ଦ୍ୱନ୍ଦ୍ୱର ସାମ୍ନା କଲା ସ୍ୱପ୍ନା।

ବୋଉ ଆସି ଠିଆ ହେଲା ଦୁଆର ମୁହଁରେ। ପାଖକୁ ଆସିବାକୁ ଇଂଗିତ କଲା। କଣ କିଛି କଥାହେଉନୁ ତାଙ୍କ ସହ ? ବୋଉ ଆଡୁଆଳକୁ ଡାକି ପଚାରିଲା।

କଣ କଥା ହେବି ଅଜଣା ଲୋକ ସହିତ ? ସ୍ୱପ୍ନାର ଜବାବ ଥିଲା ତୀର୍ଯ୍ୟକ ।

କଥାବାର୍ତ୍ତା କରିବାକୁ ହଜାରେ ବାଟ ଅଛି । ମୁଁ ତୋ ପରି କଲେଜରେ ପଢିଥିଲେ ତୋତେ କେତେକଥା ବୁଝାଇ ଦିଅନ୍ତି । ଅନ୍ତତଃ ପାପା ଫେରିବା ଯାଏଁ ତାଙ୍କ ସହିତ ଟିକିଏ ଗପସପ କରୁନୁ ?

ତୁ ଚାହାଫାହା ନେଇ ଆସିଲେ ମୁଁ କଥା ହେବି, ବାସ୍, କହିଥିଲା ସ୍ୱପ୍ନା ।

କ୍ରିକେଟ ଖେଳ, ସିନେମା କି ବହିପତ୍ର ବିଷୟରେ କିଛିତ କଥାବାର୍ତ୍ତା ଚାଲୁ ରଖିପାରିବୁ ? ପାରିବୁନି ?

ଆରବ୍ୟ ରଜନୀରେ ରାଜାଙ୍କୁ ନିତ୍ୟ ନୂତନ କାହାଣୀ କହି ହଜାରେ ରାତି ଉଜାଗର କରାଇଛି ଫିରଡାଉସିଙ୍କ ନାୟିକା । ରାଜାଙ୍କ ଶଯ୍ୟାସଂଗିନୀ ହୋଇ ଆସିଥିବା ଅନେକ ସୁନ୍ଦରୀ ତନ୍ୱୀ ଚିତ୍ତାକର୍ଷକ କାହାଣୀ କହି ନପାରି ହରାଇଛନ୍ତି ଜୀବନ ।

ଏମିତି ପ୍ରିୟତମା ରାଣୀଙ୍କ ଅଭିସାରରେ ନିମଗ୍ନ କେତେ ରାଜପୁତ୍ର ହରାଇଛନ୍ତି ସାମ୍ରାଜ୍ୟ, ତାର ଇୟତ୍ତା ନାହିଁ ।

ସ୍ୱପ୍ନା କଣ ମସଗୁଲ କରିପାରିବ ରାଜପୁତ୍ରଙ୍କୁ ନିଜ ମନଗଢା କାହାଣୀରେ ? ରାତିସାରା ? କେଜାଣେ ।

■

- ୮ -

ଆରେ ସ୍ୱପ୍ନା ? କୁଆଡେ ହଜିଗଲ ତମେ ଦିହେଁ ? ରାଜଯୋଗ ମେଡିଟେସନ୍ ଶିଖିବ କହିଲ । ତିନିଦିନ ହଠାତ କୁଆଡେ ଚାଲିଗଲ ? ଯୋଗ ପ୍ରଶିକ୍ଷିକା ମଞ୍ଜୁଲତା ଏକ ମଧୁର ହସ ସହିତ ସ୍ୱାଗତ କଲେ ସ୍ୱପ୍ନା ଓ ସ୍ମୃତିରେଖାଙ୍କର ।

ହଁ ଦିଦି । ଆପଣ ଠିକ୍ କହିଛନ୍ତି । ମୁଁ ବାଟବଣା ହୋଇ ଯାଇଥିଲି ।

ମାୟା ଏତିକି ଧୂର୍ତ୍ତ, କେତେବେଳେ ଲାଗିଯାଏ । କୁମାରୀମାନଙ୍କୁ ଅଜଣା ମୋହରେ ବାନ୍ଧିଦିଏ । ଜାଣିହୁଏ ନାହିଁ ଆଦୌ । ଆଉ ତୁମର କଣ ହେଲା ସ୍ମୃତିରେଖା ? ତୁମେ କାହିଁକି ଆସିଲନି ?

ଆମେ ଦିହେଁ ମିଶି ଏଠିକି ଆସୁଥିଲୁ, ତେଣୁ ତାକୁ ଛାଡି କେମିତି ଆସିଥାନ୍ତି ଏକେଲା ?

ହଁ, ଯେ ହେଲା ବନ୍ଧୁତା, ସମ୍ବନ୍ଧ ଓ ସଂପର୍କୀୟ ମାୟା । ଆଉ ସ୍ୱପ୍ନାଙ୍କୁ ହୁଏତ ଲାଗି ଯାଇଛି ପରିବାର ବା ଦାଂପତ୍ୟ ମୋହ, କହିଲେ ଭଗିନୀ ମଂଜୁଲତା । କୁମାରୀ ଜୀବନରେ ଏମିତି ମାୟା ପ୍ରଥମେ ଆବୋରି ବସେ । ଯୌବନ କସ୍ତୁରୀମୋହ ପରି ବାସୁଥାଏ ସାରା ବନସ୍ତ । ସ୍ୱୟଂ ହରିଣୀ ଜାଣି ପାରେ ନାହିଁ, କେଉଁଠୁ ଆସୁଛି ଏ ବାସ୍ନା । ମହକର ମୂଳ ଉତ୍ସ ପାଇଁ ଚାରିଆଡେ ଖୋଜିବୁଲେ । ଅଥଚ ସେ ବାସ୍ନାରେ ଆକର୍ଷିତ ହୋଇ ଆସେ ପୁରୁଷ ହରିଣ । ଆରମ୍ଭ ହୁଏ ଅଜଣା ବନ୍ଧୁ ସହ ଅଭିସାର ।

ସେ ମାୟାକୁ ପରାସ୍ତ କରିହେବ ନାହିଁ ?

କରିହେବ । ସେଥିପାଇଁ ଯୋଗ ଶିଖୁଛ ତମେମାନେ । ଯୋଗର ଦୁଇଟି ପ୍ରଧାନ ପ୍ରତିବନ୍ଧକ ଅଛି । ପ୍ରଥମଟି ହେଲା ଯୌନଜୀବନ । ବୟସର କସ୍ତୁରୀମୋହରେ ବଶୀଭୂତ ପୁରୁଷ ଆସେ କିଶୋରୀ ନିକଟକୁ । ଦ୍ୱିତୀୟଟି ହେଲା ଯୌବନରେ ଉନ୍ମାଦ ଓ ଉତ୍ତାପ । ସେହେତୁ ଦୁଇ ଅସ୍ଥିର ଜୀବ କାମନା କରନ୍ତି ପରସ୍ପରକୁ । ଜଣେ ଚାହେଁ

ଆଉ ଜଣକର ସାନିଧ୍ୟ । ଦେହଜ ନିବିଡ଼ତା। ସେଥିରେ ଆତ୍ମିକ ମିଳନ ପରିବର୍ତ୍ତେ ହୁଏ ଦୁଇଟି ଦେହର ସଂଗମ। ବିବାହ ପୂର୍ବରୁ ଦେହର ସରାଗ ମେଣ୍ଟିଗଲେ ଆଉ ଧରାଛୁଆଁ ଦିଏନାହିଁ ପୁରୁଷ। ତାହାହିଁ ଏଇ ସମୟର ନିୟମ।

ମାନେ ବିବାହ ବନ୍ଧନରେ ରହିଲେ ଯୋଗ କରିହେବ ନାହିଁ, ଏୟାତ?

ବେଶ୍, ଠିକ ଧରିଛ। ବିବାହ ହିଁ ବନ୍ଧନ। ଅବଶ୍ୟ ଦୁଇ ସନ୍ତାନ ଜନ୍ମପରେ ସ୍ୱାମୀ-ସ୍ତ୍ରୀ ଚାହିଁଲେ ଯୋଗାଭ୍ୟାସ କରି ପାରିବେ। ନଚେତ୍ ମାୟାବୀ ପଶି ଆସିବ ତୁମ ପରିବାର ଭିତରକୁ। ତେଣୁ ରାବଣକୁ କୁହା ଯାଇଛି ମାୟା। ତାହାର ଦଶମୁଣ୍ଡ। ଯେତେଥର ନଷ୍ଟ କରିବ, ସେତେଥର ସେ ପୁଣି ଜୀବନ ପାଇଯିବ। ଛଳକପଟ କରି ନୂଆ ରୂପରେ ଗଜୁରି ଉଠୁଥିବ ସବୁଦିନ।

ରାବଣ କଣ ସତରେ ବଂଚି ଥିଲା ଦିଦି? ନା ସିଏ କାଳ୍ପନିକ ମିଥ୍?

ମିଥ୍ ମାନେଇ କଳ୍ପନା। କିମ୍ବଦନ୍ତୀ ବା ଜୀବିତ ଚରିତ୍ର ଆଧାରରେ ସାହିତ୍ୟ ରଚନା କରିଥିବେ କବି ଲେଖକମାନେ। ଆମେ ତାହାକୁ ପୁରାଣର ମାନ୍ୟତା ଦେଇଛୁ। କିନ୍ତୁ ତାହା ଇତିହାସ ବୋଲି ଅନ୍ଧଭାବେ ଗ୍ରହଣ କରିନେବ ନାହିଁ। ଆଉ ସେମିତି ରଚିତ ହୋଇଛି ରାବଣ ଚରିତ୍ର । ଏବେବି ସେ ବଂଚିଛି ଆମ ଦେହର କାମନା ସହିତ। ସେ ଜୀବିତ ଥିବାରୁ ପ୍ରତିବର୍ଷ ଆମେ ରାବଣପୋଡି ପାଳନ କରୁ। ନହେଲେ ମଲାଲୋକକୁ ବାରମ୍ବାର ପୋଡିବା କି ଦରକାର?

ରାବଣ ବଂଚିଛି ବୋଲି ଆପଣ କେମିତି କହୁଛନ୍ତି? ଇତିହାସ ଛାତ୍ରୀ ସ୍ୱପ୍ନାର ମନ ମାନିଲାନି।

ରାବଣ ମରିଛି ବୋଲି କୌଣସି ଐତିହାସିକ ପ୍ରମାଣ ଅଛି? ପୁରାଣରେ ରାବଣକୁ ବିକାରୀ ରାକ୍ଷସ ଭାବେ ଚିତ୍ରିତ କରାଯାଇଛି । ସେ ଏକ ପ୍ରତୀକ ମାତ୍ର। ଯେମିତି ମନ୍ଦିରରେ ମୁଗୁନି ପଥରର ଲିଙ୍ଗ ରଖି ତମେ ଶିବଙ୍କର ପୂଜାର୍ଚ୍ଚନା କର। ଶିବ କଣ ଲିଙ୍ଗ ନା ମୁଗୁନି ପଥର? ଜଗନ୍ନାଥ କଣ କାଠ? ନା ଅଧାଗଢା ଦିଅଁ?

ସେସବୁ ପ୍ରତୀକ ରୂପେ ପୂଜା ପାଆନ୍ତି, ସଂଯୋଗ କଲା ସ୍ୱପ୍ନା।

ବାସ୍। କାଠ ପଥରର ଦିଅଁଙ୍କ ପାଖରେ କାମ, କ୍ରୋଧର ବିକାର ଥାଏ? କିନ୍ତୁ ଜୀବିତ ପୁରୁଷର ଅଛି, ସ୍ତ୍ରୀରବି। କ୍ରୋଧ ଅଛି ସ୍ତ୍ରୀର ଓ ପୁରୁଷର। ଲୋଭ ପୁରୁଷର ଯେତିକି, ସ୍ତ୍ରୀର ସେତିକି। ମୋହ ଓ ଆସକ୍ତି ଅଛି ଉଭୟଙ୍କର। ଅହଂକାର କାହାର ନାହିଁ କୁହ? କାହାଣୀରେ ରାବଣର ମୁଣ୍ଡ ଛେଦନ କଲେବି ସେ ପାଞ୍ଚ ପ୍ରକୃତି ପୁଣି କଅଁଳି ଯାଉଥାଏ। ତେଣୁ ପୁରୁଷର ଓ ନାରୀର ବିକାର ମିଶି ସୃଷ୍ଟିହେଲା ଦଶ ବିକାରର ରାବଣ। ସେ ମାୟାବୀ । ପୁରାଣର ପ୍ରତ୍ୟେକ ଚରିତ୍ର ଏକ ନିର୍ଦ୍ଦିଷ୍ଟ ଗୁଣଧର୍ମକୁ ପ୍ରତିନିଧିତ୍ୱ

କରନ୍ତି । ଯେମିତି ରାମଙ୍କ ବଚନବଦ୍ଧତା, କର୍ଣ୍ଣଙ୍କ ବଦାନ୍ୟତା । ନା କଣ କହୁଛ ? ପ୍ରଶ୍ନକୁ ଦୋହରାଇଲେ ଦିଦି ।

ଖୁସିରେ ଆମେ ରାବଣପୋଡ଼ି କରୁ। ପ୍ରତିବର୍ଷ। ପର୍ବପରି ଆନନ୍ଦରେ, କହିଲା ସ୍ୱପ୍ନା ।

କିନ୍ତୁ କାହିଁକି ? ସେ କଣ ଆମ ଗୋସେଇଁ ବାପା ? ରାବଣର ନାତି ନାତୁଣୀମାନେ ତାର ଶ୍ରାଦ୍ଧ କରିବେ। କିନ୍ତୁ ତମେ କାହିଁକି କରିବ ? ତମେ ତାର ବଂଶଧର ଯେ ତାର ଶ୍ରାଦ୍ଧ କରିବ ପ୍ରତିବର୍ଷ ? ତମେ ପରା ପବିତ୍ର ଶ୍ରୀରାମ ଚନ୍ଦ୍ରଙ୍କର ବଂଶଧର ?

ଆମେ ଶ୍ରଦ୍ଧାରେ ବିଜୟାଦଶମୀ ପାଳନ କରି ପାରିବାନି ?

ବିଜୟା ଦଶମୀରେ ତମେ ଶକ୍ତି ଆରାଧନା କରିଥାଅ । କିନ୍ତୁ ରାବଣର ମୃତ୍ୟୁରେ ତୁମେ ଶ୍ରଦ୍ଧାଞ୍ଜଳି ଦିଅ କାହିଁକି ? ରାବଣ କେବେ ଶ୍ରୀରାମଙ୍କ ସହ ଯୁଦ୍ଧ କରିପାରିବ ? ଜଣେ ଅସୁର ଦେବତାଙ୍କ ସହ ସମକକ୍ଷ ହୋଇପାରିବ ? ଏହା ମିଛ । ସେମିତି ବାନର ହେଲା ମୋହର ପ୍ରତୀକ । କାହା ମୃତ୍ୟୁରେ ବାନର ଉଲ୍ଲସିତ ହୁଏନାହିଁ। ତମେ ମଣିଷ ହୋଇ କେମିତି ରାବଣର ମୃତ୍ୟୁରେ ଜୟଧ୍ୱନୀ କରିବ ? ତମେ ପରା ଦେବତା ବଂଶଜ ! ନା ରାବଣ କ'ଣ ମରି ଗଲାଣି ? ତାର ମୁଣ୍ଡ ତମ ଗଣ୍ଡି ଉପରେ ଠିଆ ହୋଇଛି ।

କିନ୍ତୁ ବାନର ମୋହର ପ୍ରତୀକ କେମିତି ହେଲା ଦିଦି ? ବୁଝି ପାରିଲିନି ।

ତମେମାନେ ଜାଣିଥିବ, ମୋହବଶତଃ, ମାଙ୍କଡ ନିଜ ଛୁଆର ମୃତ୍ୟୁପରେବି ତାକୁ ଛାତିରେ ଚାପି ଧରିଥାଏ ଦୀର୍ଘଦିନ ଯାଏଁ। ସେ ନିଜ ଛୁଆର ମୃତ୍ୟୁ ସ୍ୱୀକାର କରେନାହିଁ। ତେଣୁ ମୋହ ଭାଂଗିଲେହିଁ ଆମର ଯୋଗ ଲାଗିବ ।

ତେବେ ମୋହ ଭାଂଗିବ କେମିତି ? ଯୋଗ ଲାଗିବ କେମିତି ଦିଦି ?

ମୋହ ଭାଂଗିବାକୁ ରାବଣର ମୃତ୍ୟୁ ହେବା ଦରକାର । ତାହା କେବଳ ରାମରାଜ୍ୟ ଆସିଲେହିଁ ହେବ। କିନ୍ତୁ ଯେଉଁ ରାଜ୍ୟରେ ସ୍ୱୟଂ ରାଜାର ସ୍ତ୍ରୀ ଚୋରି ହୋଇଯାଉଛି, ସେଠି ସାଧାରଣ ଲୋକର ନିରାପତ୍ତା କାଇଁ ? ଜନସାଧାରଣ ସୁଖରେ ରହି ପାରିବେ ସେଠି ? କଣ କହୁଛ ସ୍ମୃତିରେଖା ? ସ୍ୱପ୍ନା ?

ଦିହେଁ ଦିଶିଲେ ଚିନ୍ତାମଗ୍ନ ।

ମଞ୍ଜୁଲତା ଦିଦି ଟିକିଏ ଧ୍ୟାନସ୍ଥ ହୋଇ କହିଲେ: ପ୍ରକୃତ ରାମ ହେଲେ ସମସ୍ତ ଆତ୍ମାମାନଙ୍କ ପିତା ପରମାତ୍ମା। ତାଙ୍କର ନା ଜନ୍ମ ଅଛି, ନା ମୃତ୍ୟୁ ଯେହେତୁ ସେ କୌଣସି ଦେହଧାରୀ ମଣିଷ ନୁହନ୍ତି। ନିଜକୁ ଆତ୍ମା ବୋଲି ଭାବିଲେ ତାଙ୍କ ସହ ସଂଯୋଗ ସହଜ ହେବ। ସେ ନିରାକାରୀ, ଜ୍ୟୋତିର୍ବିନ୍ଦୁ ସ୍ୱରୂପ। ତାଙ୍କ ବସତି ସ୍ଥାନ ଅଯୋଧ୍ୟା ନୁହେଁ, ପରମଧାମ, ଯେଉଁଠି ଯୁଦ୍ଧ ନୁହେଁ, ଚିର ଶାନ୍ତି ବିରାଜିତ। ରାବଣ

ସେଠି ନାହିଁ, ଅଛି ଆମ ଭିତରେ ଓ ତାହାକୁ ତଡିବାକୁ ଚେଷ୍ଟାକଲେ ଆମେ ଯୋଗଯୁକ୍ତ ହୋଇପାରିବା।

ଏବେ ଆମେ ଯିବୁ ଦିଦି ? ଆସନ୍ତା କାଲିଠାରୁ ପ୍ରାକ୍ଟିସ କରିବୁ ?

ଯାଅ, କିନ୍ତୁ ପ୍ରାକ୍ଟିସ୍ ହେବ, ଏଇ ମୁହୂର୍ତ୍ତରୁ। ଭାବିବ, ମୁଁ ଆତ୍ମା, ପରମାତ୍ମାଂକର ସନ୍ତାନ। ମୁଁ ଯାହାକୁ ଦେଖୁଛି ଓ ଯେଉଁମାନଙ୍କ ସଂସ୍ପର୍ଶରେ ଆସୁଛି ସେ ସମସ୍ତେ ଆତ୍ମା। ସେମାନେବି ପରମପିତାଙ୍କ ପ୍ରିୟ ସନ୍ତାନ। କରିପାରିବ ତ ? ତାମାନେ ତୁମ ବୋଉ କିଏ ?

ମୋ ବୋଉବି ପରମାତ୍ମାଙ୍କ ସନ୍ତାନ ଓ ଏହି ହିସାବରେ ମୋର ଭଉଣୀ।

ଗୁଡ୍, କହିଲେ ମଞ୍ଜୁଲତା ଦିଦି।

ସ୍ୱପ୍ନାର କପାଳ ଟିକିଏ କୁଞ୍ଚିତ ହୋଇଗଲା। ବୋଉ ଯଦି ଭଉଣୀ ହେଲା, ତେବେ ସେ ପାପା ଡାକୁଥିବା ବ୍ୟକ୍ତି ତାର ଭିଣୋଇ ବା ଯିଜୁ, ଯାହାଙ୍କୁ ବି ସେ ଭାଇ ଡାକିପାରିବ। ହେଲେ ସମୀତା ତାର କିଏ ? ଅପାର ଝିଅ, ମାନେ ଝିଆରୀ ? ପରମପିତାଙ୍କ ଝିଅ ମାନେ ଭଉଣୀ !

ସେହି ନ୍ୟାୟରେ ସ୍ୱରୂପ କଣ ହେବେ ? ଭାଇ ତ ନିଶ୍ଚୟ। ଭାଇଙ୍କୁ କେମିତି ବିବାହ କରିବ ? ନା, ସେ ତାଙ୍କୁ ବିବାହ କରି ପାରିବ ନାହିଁ। ଆଦୌ ନୁହେଁ। ଯୌନଜୀବନ ଯୋଗର ପରମ ଶତ୍ରୁ। ଏକଥା ବୋଉ ଅପେକ୍ଷା ପାପା ଭଲକରି ବୁଝିବା ଦରକାର !

ସନ୍ଧ୍ୟାରେ ବୋଉ ପୁଣି ଦୋହରାଇଲା: ଏଇ ସ୍ୱପ୍ନା, କୁଆଡ଼େ ଯାଉଛୁ ତୁ ଧରାଛୁଆଁ ଦେଉନୁ। ପାପା କହୁଛନ୍ତି ସୁନା ଦର ଏବେ ଟିକିଏ କମିଛି। ତୋର ମାପ ଦେଇ ତୋ ପାଇଁ କିଛି ସୁନା ଗହଣ କରାନ୍ତେ।

ହଁ ବୋଉ। ଛେଳି ବେକରେ ମନ୍ଦାର ମାଳ। ବଳି ଦେବା ପୂର୍ବରୁ ଛେଳିକୁ ଗାଧୋଇ ଦିଆଯାଏ। ହଳଦୀ ସିନ୍ଦୁର ଟିକା ଦେଇ ଛେଳିକୁ ବଳି ଦିଆଯାଏ।

ଆରେ, ଏ ଝିଅର କଣ ହୋଇଛି ? ଆମେସବୁ ବାହାସାହା ହୋଇ ସୁଖରେ ଘର ସଂସାର କରିଛୁନା ନାହିଁ ? ବୋଉ ଶାଢୀର ପଣତକୁ ନାକ ପାଖକୁ ନେଲା। ଟିକିଏ ସୁସୁଁ କଲା।

ଏ କଣ ନୂଆ ନାଟକ ? ବୋଉ, ତୋତେ ସର୍ଦ୍ଦି କେବେଠୁଁ ହେଲାଣି ? ମୋତେ କହିଲୁନି, କମ୍ବିଫ୍ଲାମ୍ କି ଷ୍ଟପେକ୍ ବଟିକାଟିଏ ଦେଇଥାନ୍ତି। ପାପା ଆଜିକାଲି ତୋ କଥା କିଛି ବୁଝୁନାହାନ୍ତି କି ?

ମୋତେ କଣ ହୋଇଛି କି ? ମୋତେ ଯାହା ହେବ, ସମସ୍ତେ ଏକା ସାଥିରେ ଜାଣିବ ।

କେବେ ? କୋଉଦିନ ?

ମୁଁ ଯୋଉଦିନ ଉପରକୁ ଟିକେଟ କାଟିବି । ତମେ ସବୁ ଦେଖିବନି ? ସେଦିନ ଆଉ ବେଶି ଡେରି ନାହିଁ ।

ତୁ ପିଲାଦିନେ ବେଶୀ ନାଟକ କରୁଥିଲୁ କି ? ଛୋଟମୋଟ କଥାରେ ଏତେ ବଡବଡ ଡାଇଲଗ୍ ମାରି ଦେଉଛୁ ? କହି ସ୍ୱପ୍ନା ବୋଉର ଗାଲ ସ୍ୱଳ୍ପ ଚିପିଦେଲା ।

ମୋ ରାଣ, ସତ କହ । ହେ ପ୍ରସ୍ତାବ ତୋର ମନକୁ ପାଇଲାଟି, ଏକା ନିଶ୍ୱାସରେ ପଚାରି ଦେଲା ବୋଉ ।

ତୁ କହୁଛୁ ଯଦି ମୁଁ ବାହା ହୋଇଯିବି, କିନ୍ତୁ ସେ ପିଲାକୁ ମୁଁ ଡାକିବି ଭାଇ ।

ତୋ ଇଛା, ବାହା ହେଲାପରେ ତୁ ତାକୁ ଭାଇ ଡାକେ, କି ଅଙ୍କଲ ଡାକେ, ମୋର କଣ ଅଛି ? ତୋ ସଂସାର କଥା ତୁ ବୁଝିବୁ ।

ସେସବୁ କଥା ଠିକ୍ ଅଛିଯେ ବୋଉ, ଏ ସୁନାଗହଣାର ଫାର୍ଶ କଣ ଚାଲିଛି ? ସେ ଲୋକ ତୋର ସୁନାଗହଣା ନେଇ କଣ କରିବ ? ତାର ଭଉଣୀକୁ ଦେବ ନା ନିଜେ ପିନ୍ଧିବ ?

ତାର ଯାହା ଇଛା ସେ କରିବ । ହେଲେ ମୋ ସୁନାଗହଣା କାଇଁବା ? ସନ୍ଦେହରେ ଅନେଇ ଦେଲା ବୋଉ ।

ଏଇଟା ତୋର ନୁହେଁ ? ତୁ ତୋର ପୁରୁଣା ଗହଣାଗାଣ୍ଠି ତରଳାଇ ଦେଉନୁ କି ?

ମୋର ସୁନା ଆଉ କୋଉଠି ଅଛି ? ଏ ସୁନା ତୋ ଅଜା ମୋତେ ଦେଇଥିଲେ ମୋର ବିବାହ ସମୟରେ । ତମ ଦି ଭଉଣୀଙ୍କୁ ଦଶ ଭରି ଲେଖାଏଁ ବଣ୍ଟିଦେଲେ ମୋ ଋଣ ପରିଶୋଧ ହୋଇଯିବ, ଏଇ ଜନ୍ମପାଇଁ ।

କିନ୍ତୁ ବୋଉ, ମୁଁ ସେ ଭାଇଟାକୁ ବାହା ହେଉନାହିଁ । ଜାଣିଥା, କହି ପଢାରୁମକୁ ଚାଲି ଯାଇଥିଲା ସ୍ୱପ୍ନା ।

■

- ୯ -

ମୁଁ ବାହା ହେବିନି ସେ ଭାଇକୁ, କହିଦେଲା ସ୍ୱପ୍ନା।

ସ୍ୱରୂପଙ୍କୁ ବାହା ହେବୁନି ? ତୋର ଏ କି ନୂଆ ପାଗଳାମୀ ବାହାରିଛି କହିଲୁ, ବୋଉ ଚିଲ୍ଲେଇଲା। ଯୋଗ-ତପସ୍ୟାରେ ଏମିତି ପାଠସବୁ ପଢାଯାଉଛି କି ? ଯାହାକୁ ବାହାହେବୁ, ସେ କେମିତି ତୋ ଭାଇ ହୋଇଯିବ ?

ପିଲାଟା ସାଙ୍ଗମେଳରେ ନଷ୍ଟ ହେବାକୁ ବସିଲାଣି। ସେମିତି ଫାଜିଲାମି କଲେ ତୋର ବାହାରକୁ ବୁଲାବୁଲି ବନ୍ଦ କରାଇ ଦେବି ଜାଣିଥା, ବୋଉ ତାଗିଦ କରି ଦେଇଗଲା।

ଅପା, ସ୍ୱରୂପଙ୍କ ସହ ବାହା ହେବାପାଇଁ ତୋର ବୋଧହୁଏ ଇଚ୍ଛା ନାହିଁ। ଭାଇ ବୋଲି ଡାକିଦେଲେ ପଛରେ ପଡିଥିବା ଯେକୌଣସି ପୁଅପିଲା ଦୌଡ଼ି ପଳାଇବ। ତେଣୁ ତୁ ତାଙ୍କୁ ଭାଇ ବଦଳରେ ସ୍ୱରୂପ ବୋଲି ଡାକିଦେ... କୋଉ ଭାଗବତ ଅଶୁଦ୍ଧ ହୋଇଯିବ, କହି ହସିଲା ସମୀତା। କିନ୍ତୁ ବୋଉ ଦିଶିଲା ଉତ୍ତେଜିତ।

ଆଲୋ, ତୁ ଅପାକୁ ଏମିତି ଓଲଟା ବୁଦ୍ଧି ଶିଖାଉଛୁ ? ବୋଉର ବିତୃଷ୍ଣା ଜଣା ପଡୁଥିଲା ତା ମୁହଁରୁ।

ବୋଉ, ତୁ ବୋଧହୁଏ ଜାଣିନୁ ଯେ ମିଶର ଓ ଗ୍ରୀକ୍ ସଭ୍ୟତାରେ ସ୍ତ୍ରୀମାନେ ନିଜ ସ୍ୱାମୀମାନଙ୍କୁ ବ୍ରଦର୍ ବୋଲି ସଂବୋଧନ କରୁଥିଲେ।

ଆଉ ତାଙ୍କ ସ୍ୱାମୀମାନେ ନିଜ ଭାରିଜା ମାନଙ୍କୁ କଣ ଡାକୁଥିବେ ? ପଚାରିଦେଲା ବୋଉ, ଅନୁସନ୍ଧିତ୍ସାରେ।

ସିଷ୍ଟର୍ ବା ଭଉଣୀ। ସିମ୍ପଲ୍, କହିଦେଲା ସମୀତା। ଅପା ନିଜେ ପରା ଇତିହାସର ଷ୍ଟୁଡେଣ୍ଟ। ସେ କଣ ଜାଣିନାହିଁ ଏ କଥା ? ଖ୍ରୀଷ୍ଟପର ତୃତୀୟ ଶତାବ୍ଦୀ ପର୍ଯ୍ୟନ୍ତ ରାଜ ପରିବାରରେ ଭାଇ-ଭଉଣୀ ବିବାହ ପ୍ରଚଳିତ ଥିଲା ବିଶେଷତଃ ଗ୍ରୀକ୍, ମିଶର ଓ ରୋମ ସଭ୍ୟତାରେ।

ସେ ଇତିହାସ କୋଉ ପାଗଳ ଲେଖି ଦେଇଥିବ ବା ? ତୁ ଲେଖିଛୁ ନା ତୋ ଅପା ? କୋଉ ଭାଇଟା ନିଜ ଭଉଣୀକୁ ବାହା ହୋଇଯାଉଛି, ଶୁଣେ ?

ଗ୍ରୀକ୍ ଦେବତା ଜିୟୁସ୍ ନିଜ ଭଉଣୀ ହେରାଙ୍କୁ ବିବାହ କରିଥିଲେ। ସେମିତି ମିଶରର ଦେବତା ଓସିରିସ୍ ନିଜ ଭଗିନୀ ଇଶିସଙ୍କୁ ବିବାହ କରିଥିଲେ। ସମାଜର ନୀତିନିୟମ ରାଜା ଛଡା ଆଉ କେହି ଭାଂଗି ପାରିବେ ନାହିଁ, ତେଣୁ ପ୍ରଜାଠାରୁ ରାଜା ଓ ସାମନ୍ତମାନେ ଥାଆନ୍ତି ଉର୍ଦ୍ଧ୍ୱରେ। ଜଣେ ରାଜାଙ୍କ ପାଇଁ ନିଜ ଭଉଣୀ ଅପେକ୍ଷା ଅଧିକ ସୁଯୋଗ୍ୟ ରାଜବଂଶଜ ପରାମର୍ଶଦାତ୍ରୀ ଆଉ କିଏ ହୋଇପାରେ ? ସେଥିପାଇଁ ସେମିତି ପ୍ରଥା ଚାଲିଥିଲା ପ୍ରାଚୀନ କାଳରେ। ତାହାଦ୍ୱାରା ରାଜ ସମ୍ପତ୍ତି ଭାଗ ନହୋଇ ପରିବାର ଭିତରେ ହିଁ ରହି ଯାଉଥିଲା, ବର୍ଣ୍ଣନା କରିଦେଲା ସମୀତା।

ତୁ ଠିକ୍ କହୁଛୁ ଯେ କିନ୍ତୁ ଏବେ ଭାରତର ହିନ୍ଦୁ ବିବାହ ବିଧିର ପଞ୍ଚମ ଧାରା ଅନୁସାରେ ଭ୍ରାତା-ଭଗିନୀ ବିବାହ ଦଣ୍ଡନୀୟ ଅପରାଧ। ଏହି ବିଧାନ ଅନୁସାରେ ମାମୁଁ-ଭାଣିଜୀ, କକା-ଝିଆରୀ କିମ୍ବା ଭାଇ ଓ ଭଉଣୀଙ୍କର ପିଲାମାନଙ୍କ ଭିତରେ ବା ଦୁଇ ଭାଇଙ୍କ ପିଲାମାନଙ୍କ ଭିତରେ ବିବାହ ସଂପର୍କ କରିବା ଅପରାଧ।ଏପରି ବିବାହ ବୈଧ ହେବ ଯଦି ନିଜ ଜାତି ଓ କୁଟୁମ୍ବରେ ସେପରି ପରମ୍ପରା ଥାଏ। ପ୍ରକୃତରେ ଦେଖିଲେ ସ୍ତ୍ରୀ ପାଇଁ ତା ସ୍ୱାମୀ କିଏ ? ଜଣେ ଭଲ ବନ୍ଧୁ, ପରାମର୍ଶଦାତା ଓ ଭାଇ ସମାନ ସହଯୋଗୀ। ନୁହେଁ କି ? ସ୍ୱପ୍ନା ସଫେଇ ଦେଲା।

ବାଃ, ଅପା ତୋର ବୁଦ୍ଧିରତ ତୁଳନା ନାହିଁ। କେତେ ଶୀଘ୍ର ତୁ କଥାଟି ବୁଝିପାରୁ ! କହିଲା ସମିତା।

ବୋଉ ଡ୍ରଇଂରୁମ ଆଡକୁ ବାହାରି ଗଲା, ବୋଧହୁଏ ପାପା ଫେରି ଆସିଥିଲେ ଅଫିସରୁ। ତାଙ୍କ କାନରେ ଝିଅମାନଙ୍କ ଅନିଚ୍ଛା କଥାଟି ନକହିଲେ ବୋଉର ମନ ସ୍ଥିର ହୋଇ ରହି ପାରିବ ନାହିଁ।

ଦେଖି ଆସିଲି। ସେମାନେ ଖୁବ୍ ଭଲ ଓ ସ୍ୱଚ୍ଛଳ ପରିବାର, ପାପା କହିଲେ। ପରିବାର କହିଲେ ବିଧବା ବୋଉଟିଏ, ବଡ ଭାଇ ଓ ଭାଉଜ। ଭାଇ କିଛି ବ୍ୟବସାୟ ବାଣିଜ୍ୟ କରନ୍ତି । ପୈତୃକ ଘର, ଗାଡିଆ ଓ ଜମିବାଡି ଅଛି। ଗାଡି ମଟର ଓ ଚାକର ବାକର ଅଛନ୍ତି, ଯୋଡିଲେ ପାପା।

ସ୍ୱରୂପ ଏବେ ଆସିଷ୍ଟାଣ୍ଟ ଡିଭିଜନାଲ ଇଞ୍ଜିନିୟର ଭାବେ ଜାଗମରାରେ ଟ୍ରେନିଂ ସାରିଛି। ସିଲେକସନ୍ ପ୍ରୋସେସ୍ ବି ସରିଯାଇଛି। ଝିଅପୁଅ ପରସ୍ପରକୁ ଦେଖିଛନ୍ତି, କଥାବାର୍ତ୍ତା କରିଛନ୍ତି। ତେଣୁ ବିବାହ ସପକ୍ଷରେ ଆମର ମତାମତ ସେମାନଙ୍କୁ ଜଣେଇ

ଦେଇ ଆସିଲି। ସେମାନେ ତାରିଖ ଧାର୍ଯ୍ୟ କରି ଆମକୁ ଜଣାଇବେ, କହୁଥିଲେ ପାପା।

ତମ ଗେଲ୍‌ହା ଝିଅକୁ ସେ କଥା କହିଦେଇ ଆସ, ବୋଉର କଣ୍ଠ ଯେମିତି ଭାରି ଶୁଭୁଛି ଅଭିଯୋଗ ପରି।

କିନ୍ତୁ କାହିଁକି ? ସେ କଣ ରାଜି ନୁହେଁ ?

ବୋଧହୁଏ। ସେ କହୁଛି ଥରକୁ ଗୋଟିଏ କଥା।

ଏବେ କହୁଛି କଣ ? ପଚାରିଲେ ପାପା। ବୋଉ କିଛି ଗୁଣୁଗୁଣୁ ହୋଇ ଉତ୍ତର ଦେଲା, ଆଦୌ ଶୁଭିଲାନି ଭିତର ଘରକୁ।

ପିଲା ମନ। କେତେବେଳେ କୋଉକଥା କହି ଦେଇଥିବ। ତା କଥା ଧରିବ ନାହିଁ। ଏତେଦିନ ଧରି ମୁକ୍ତ ପକ୍ଷୀପରି ଗେଲ ବସରରେ ଉଡି ବୁଲୁଥିଲା, ଏବେ ବିବାହ ତାପାଇଁ ହଠାତ ଏକ ବନ୍ଧନ ପରି ଲାଗୁଥିବ। ତା ସହ ଅଯଥାରେ ଯୁକ୍ତିତର୍କବି କରିବନି। ଆଉ ଅଳ୍ପ କିଛିଦିନ ମାତ୍ର ସେ ରହିବ ଆମ ସାଥିରେ। ତାପରେ ଗଣ୍ଠି ପଡିଲା ପରେ ସେ ଆମକୁ ଛାଡି ଚାଲିଯିବ ସବୁଦିନ ପାଇଁ। ନୂଆ ଦାୟିତ୍ୱ ଯେତେବେଳେ ଉପରେ ପଡିବ ବଳେ ସବୁକଥା ବାଟକୁ ଆସିଯିବ।

ପାପାଙ୍କ ଜବାବ ପରେ ବୋଉର କୌଣସି ପ୍ରତ୍ୟୁତ୍ତର କିମ୍ବା ପ୍ରତିବାଦ ଶୁଭିଲାନି। ଖୁସିବାସିଆ ଝିଅକୁ ବିଦା ଦେବା କଥାରେ ବୋଉ ଆଖିରେ ଲୁହ ଟିକିଏ ଜକେଇ ଆସିଥିବ। ଝିଅ ବିବାହ ପରେ ଘର କେତେ ନିରୋଳା ଓ ନିଃସ୍ୱ ହୋଇଯାଏ, ସେକଥା କେବଳ ବାପାମାଆ ଜାଣନ୍ତି।

ଘରସାରା ଅଖଣ୍ଡ ନିରବତା ବିସ୍ତାର କଲା ତାର କାୟା । ଏ ଘରର ଚିର ପରିଚିତ ଫ୍ୟାନ୍, ଫ୍ରିଜ୍ ଓ ପ୍ରେସର କୁକୁରର ସୁସାଁ ଶବ୍ଦ ବ୍ୟତିତ ସମଗ୍ର ସହର ଯେମିତି ଘୁମେଇ ଯାଇଛି। ସ୍ୱପ୍ନା ପାଇଁ ଏ ଚାରି କାନ୍ଥ, ପଢାଘର, ନିଜ ହାତରେ ବଢେଇ ଥିବା ସେବତୀ ଫୁଲର ଛୋଟ ବଗିଚା ଓ ତାର ପ୍ରିୟ ଲେଖକ ମାନଙ୍କ ବହିରେ ଭରପୁର ଛୋଟ ବହିର ଆଲମାରୀ ଏଠିହିଁ ରହିଯିବ ।

ତାର ବିବାହ ପରେ ବି କୂଆଖାଇ ନଈ ସବୁଦିନ ପରି କଟକ ସହିତ ଭୁବନେଶ୍ୱରର ଭୌଗଳିକ ସୀମାରେଖା ନିୟନ୍ତ୍ରଣ କଲାପରି ବହି ଚାଲିଥିବ କାଳସର୍ପ ଗତିରେ। ସବୁଦିନ। କେଉଁ ପ୍ରାଚୀନ ମହା ମେଘବାହନ ଐର ଖାରବେଳଙ୍କ ସମୟରୁ ଅନିର୍ଦ୍ଦିଷ୍ଟ କାଳ ପର୍ଯ୍ୟନ୍ତ।

ଭୁବନେଶ୍ୱର ସ୍ଥିତ ସ୍ୱାମୀଙ୍କ ନିକଟରେ ଘର ସଂସାର କଲାପରେ ସେ ନିଶ୍ଚୟ ବୁଲି ଦେଖିବ ଇତିହାସ ପ୍ରସିଦ୍ଧ ଅମୀମାଂସିତ କଳିଙ୍ଗ ଯୁଦ୍ଧର ଭିତ୍ତିଭୂମି ଯେଉଁଠି ସମ୍ରାଟ

ଅଶୋକଙ୍କ ପିତାମହ ଚନ୍ଦ୍ରଗୁପ୍ତ ମୌର୍ଯ୍ୟ ଏକଦା ମହା ପ୍ରତାପୀ କଳିଙ୍ଗ ସେନା ହାତରେ ପରାଜୟ ସ୍ୱୀକାର କରିଥିଲେ। ଧଉଳିଗିରି ପାହାଡ ଉପରୁ ଦୟାନଦୀର ସଂକ୍ଷିପ୍ତ କଟିଦେଶକୁ ଦେଖିଲେ ଏବେବି କଳିଙ୍ଗ ଯୁଦ୍ଧରେ ଓଡ଼ିଆ ସୈନିକର ରକ୍ତରଂଜିତ ବୀରଗାଥା ଦୃଶ୍ୟମାନ ହୁଏ।

ଚନ୍ଦ୍ରଗୁପ୍ତଙ୍କ ରାଜ ଦରବାରରେ ସମ୍ମାନିତ ଗ୍ରୀକ ଐତିହାସିକ ମେଘାସ୍ଥିନିସଙ୍କ ବିବରଣୀ ଅନୁସାରେ କଳିଙ୍ଗର ପଦାତୀକ, ଅଶ୍ୱ ଓ ଗଜସେନା ଥିଲେ ଅତ୍ୟନ୍ତ ପରାକ୍ରମୀ ଓ ଦୁର୍ଦ୍ଧର୍ଷ।

ସମ୍ରାଟ ବିନ୍ଦୁସାରଙ୍କ ମୃତ୍ୟୁ ପରେ ସାମ୍ରାଜ୍ୟ ବିସ୍ତାର ପାଇଁ ଖ୍ରୀଷ୍ଟପୂର୍ବ ୨୬୧ ବର୍ଷରେ ଅଶୋକ ଛଅ ଲକ୍ଷ ସୈନିକଙ୍କୁ ନେଇ କଳିଙ୍ଗ ଅଭିମୁଖେ ବାହାରିଲେ। ପିତାମହ ଚନ୍ଦ୍ରଗୁପ୍ତଙ୍କ ପରାଜୟର ପ୍ରତିହିଂସା ନେବାକୁ ହେବ କଳିଙ୍ଗ ସେନା ଉପରେ। ଏକ ରକ୍ତାକ୍ତ ଆକ୍ରମଣ ହିଁ ପରାଜୟର ପ୍ରତି-ଜବାବ। ସେଥିରେ ବୀର ଉତ୍କଳୀୟ ସେନାର ନେତୃତ୍ୱ ନେଇଥିଲେ ମହା ପଦ୍ମନାଭ। ଅଭିଯାନ ସଫଳ ହେଲା।

ଏହି ଯୁଦ୍ଧ ଶେଷରେ ବିଜୟୀ ସମ୍ରାଟ ଅଶୋକ ଆତ୍ମ ସନ୍ତୋଷରେ ଧଉଳି ପର୍ବତ ଉପରେ ଠିଆ ହୋଇ ନିଜ ନୂତନ ସାମ୍ରାଜ୍ୟର ଆକଳନ କରିବା ଆରମ୍ଭ କଲେ।

କିନ୍ତୁ ଏ କି ଦୃଶ୍ୟ ଦେଖୁଛନ୍ତି ସେ? ଦୟାନଦୀର ଉଭୟ କୂଳରେ ସବୁଜ ଶସ୍ୟକ୍ଷେତ ଓ ନାରିକେଳ ଉଦ୍ୟାନ ପରିବର୍ତ୍ତେ ଦେଖା ଯାଉଛି କୁଢକୁଢ ଶବ ଓ ମୃତ୍ୟୁର ବର୍ବର ବିଭୀଷିକା। ମଣିଷ ରକ୍ତରେ ସଂକୁଚିତ କୁଆଖାଇର କିଶୋରୀ ତନୟା ଦୟାର ଅଧରରେ ଦିଶୁଥିଲା ପୀପାସା। ପଚା ମାଂସର ବିଳାପ।

ଏଇ ଯୁଦ୍ଧରେ ମୃତାହତ କଳିଙ୍ଗ ସୈନିକଙ୍କ ସଂଖ୍ୟା ଥିଲା ଦେଢ ଲକ୍ଷ। ଏଥିରେ ପ୍ରାୟ ସତୁରୀ ହଜାର ମୌର୍ଯ୍ୟ ସେନା ମୃତାହତ ହୋଇଥିଲେ ବୋଲି ଇତିହାସ ଉଲ୍ଲେଖ କରେ। କଳିଙ୍ଗର ପଦାତୀକ ଥିଲେ ଦେଢ ଲକ୍ଷ, ଅଶ୍ୱାରୋହୀ ସୈନିକ ଦଶ ହଜାର ଓ ଗଜାରୋହୀ ଯୋଦ୍ଧା ସାତଶହ।

ସେ ଯୁଦ୍ଧର ଭୟାବହତା ଓ ପରିଣାମ ଅଶୋକଙ୍କ ରାଜ୍ୟଶାସନ ସଂପର୍କିତ ଦୃଷ୍ଟିଭଂଗୀ ବଦଳାଇ ଦେଇଥିଲା। ତାପରେ ବିଷାଦ ଓ ଅନୁଶୋଚନା କବଳିତ କରିଥିଲା ମହାମହୀମଙ୍କୁ। ଭବିଷ୍ୟତରେ ଆଉ କେବେ ସାମ୍ରାଜ୍ୟ ବିସ୍ତାର ପାଇଁ ଯୁଦ୍ଧ କରିବେ ନାହିଁ ବୋଲି ସେ ହେଲେ ଶପଥବଦ୍ଧ।

ଏ ଶପଥ ପଛରେ ଥିଲା ଜଣେ ଓଡ଼ିଆ ତନ୍ୱୀର ପ୍ରେମ କାହାଣୀ।କଳିଙ୍ଗ କନ୍ୟା କାରୁବାକୀଙ୍କ ପ୍ରେରଣା ହେତୁ ଅଶୋକ ବୌଦ୍ଧଧର୍ମ ଅବଲଂବନ କରିଥିଲେ।

ମତ୍ସ୍ୟକନ୍ୟା କାରୁବାକୀଙ୍କୁ ଅଶୋକ ଭଲ ପାଇ ବିବାହ କରିଥିଲେ। ଯୁଦ୍ଧ ଓ ପ୍ରେମରେ ସମସ୍ତ ପ୍ରକାର ନିୟମକାନୁନକୁ ଜଣେ ରାଜା ଅତିକ୍ରମ କରି ଦେଇପାରେ।

ଅଶୋକଙ୍କ ଶିଳାଲେଖ ଅନୁସାରେ କାରୁବାକୀଙ୍କ ପରାମର୍ଶ ତାଙ୍କ ଯୁଦ୍ଧ ପରବର୍ତ୍ତୀ ଅନୁଶାସନ ବଦଳାଇ ଦେଇଥିଲା। ତାଙ୍କ ପ୍ରୋତ୍ସାହନ ସମ୍ରାଟଙ୍କ ଜୀବନଶୈଳୀ ଓ ବିଚାରଧାରାକୁ ପ୍ରଭାବିତ କରିଥିଲା ନିଶ୍ଚୟ।

ଧଉଳିର ପାଦ ଦେଶରେ ପ୍ରବାହିତ ଦୟାନଦୀ କୂଳରେ ଅଶୋକଙ୍କ ଶିଳାଲିପି ଏଯାବତ ସେ ଇତିହାସର ରକ୍ତରଂଜିତ ଗାଥା ସ୍ମରଣ କରାଇ ଦିଏ। ସେ ସ୍ଥାନ ନିଶ୍ଚୟ ଦର୍ଶନୀୟ, ମନେମନେ ସ୍ଥିର କରିନେଲା ସ୍ୱପ୍ନା।

ସ୍ୱରୂପଙ୍କ ସହ ଜୀବନ ଛନ୍ଦା ହେଲେ ସେ ମନ୍ଦିର ମାଳିନୀ ଭୁବନେଶ୍ୱର ସହରର ଇତିହାସ ଓ ଅଲୌକିକତାକୁ ଉନ୍ମୋଚନ କରିବାକୁ ପ୍ରୟାସ କରିବ। ଦେଖାଯାଉ।

ବୋଉ, ସ୍ୱପ୍ନା ଡାକ ପକାଇଲା ହଠାତ୍ । ମୋକଥା ଟିକିଏ ଧ୍ୟାନ ଦେଇ ଶୁଣିବୁ ? ବୋଉକୁ ସଚେତ କରି ଦେବାକୁ ହେବ, ତାର ବହି ସଂପତ୍ତି ଯେମିତି କେହି ଅସ୍ତବ୍ୟସ୍ତ କରି ନଦିଅନ୍ତି !

ତୋ ଆଲମାରୀରେ ମୁଁ ତାଲା ପକାଇ ଦେବି। ତୁ ଚାବିକାଠି ତୋ ଶାଶୁଘରକୁ ନେଇଯା, ନିଜ ସାଥିରେ। କେହି ତୋ ବହି ଛୁଇଁବେ ନାହିଁ ଏଠି। ଧିରେସୁସ୍ଥେ ତୋ ବହିପତ୍ର ବୋହିନେବୁ ପରେ। ବାସ୍। ହେଲାତ ?

■

- ୧୦ -

ନମସ୍କାର। ଭଲ ସମୟ ଦେଖନ୍ତୁ, ପୁରୋହିତେ। କୋଉଦିନ ବାହାରିଲେ ଭଲ। କୋଉଦିନ ଚାକିରୀରେ ଯୋଗଦେବା ଉଚିତ ହେବ, ସଠିକ ମୁହୂର୍ତ୍ତ ଗଣନା କରିବେ।

ସ୍ୱରୂପ ଏତେ ସକାଳୁ ପୁରୋହିତଙ୍କ ସହ କେଉଁଥି ପାଇଁ ବିଚାର ବିମର୍ଷ କରୁଛନ୍ତି, ବୁଝିବାରେ ଅସୁବିଧା ହେଲା ସ୍ୱପ୍ନାଙ୍କୁ।

ଆପଣ ବି ବସନ୍ତୁ ମାଡାମ୍। ସାର୍‌ଙ୍କ ଯାତ୍ରା ମୁହୂର୍ତ୍ତକୁ ମୁଁ ସ୍ଥିରୀକୃତ କରିଦିଏଁ। ଆପଣ ଚାହାପାନ ବ୍ୟବସ୍ଥା କରିବା ପୂର୍ବରୁ ଦୁଇ ମିନିଟ ବସି ପଡନ୍ତୁ। ନୂତନ କାର୍ଯ୍ୟ ଆରମ୍ଭ ପୂର୍ବରୁ ଯାତ୍ରାର ଶୁଭ ଘଡି, ହୋରା ଓ ତିଥି ଦେଖିବା ନିହାତି ଜରୁରୀ।

ସ୍ୱପ୍ନା ବସିଲେ ଶୋଫା ଉପରେ। ପାଦ ଦୁଇଟି ଉଠାଇ ଆଣିଲେ ଉପରକୁ ଓ ଚାହିଁରହିଲେ ସୁଦୂର ଦିଗବଳୟକୁ ଯେଉଁଠି ଘଞ୍ଚ ଗଛପତ୍ର ଆକାଶର ତଳସ୍ତରକୁ ସ୍ପର୍ଶ କରିଥିଲା। ପାହାଡର ଶୀର୍ଷ ରକ୍ତିମ ହୋଇ ଉଠିଥିଲା ସୂର୍ଯ୍ୟ ଆଲୁଅରେ। ସେ ଚିତ୍ରରେ ପକ୍ଷୀ ଉଡୁଥିଲେ। ଅଥଚ ସେମାନଙ୍କ କିଚିରମିଚିର ଶୁଭୁ ନଥିଲା।

ଯିବାକୁ ହେବ ବରୋଦା, କହିଲେ ସ୍ୱରୂପ।

କେବେ ଫେରିବେ ପଚାରି ପାରିନଥିଲେ ସ୍ୱପ୍ନା।

ନୂଆ ଚାକିରୀ ନା। ଏତେ ହଠାତ୍ ଓ ତରତରରେ ବାହାଘର ସରିଗଲାଯେ ବରୋଦା ଯୋଜନା ଆଗରେ ଅଛି ପାଶୋର ହୋଇ ଯାଇଥିଲା ମନରୁ।

ଦିଗବଳୟ ଏତେ ଦୂରରେ ଅଛି, ଅଥଚ ଲାଗୁଛି ହାତ ପାହାନ୍ତାରେ। ସୁନେଲି ଆକାଶ ଆଖି ଆଗରେ। ଯାହା ଭାସମାନ, ଚାହିଁଲେ ବି ମୁଠେଇ ଧରି ହେଉନି: ମେଘଖଣ୍ଡ। ମେଘ ଭିତରେ କେତେ ମହଣ-ମହଣ ବର୍ଷା ଗଚ୍ଛିତ ଥିବ କିଏ ଜାଣେ? ତଳକୁ ଝରିଲେ ମହାନଦୀରେ ବନ୍ୟା। କେମିତିକା ଜୀବନ ଯେ?

ସ୍ୱରୂପ ତା'ହେଲେ ବରୋଦା ଯାଉଛନ୍ତି। ଯାଆନ୍ତୁ, କାହାପାଇଁ କିଏ ଅଟକି ଯିବେ ?

ଅଭିଜିତ ମୁହୂର୍ତ୍ତ ଅଛି। ଦିନ ଦଶଟାରୁ ସାଢେ ଦଶ ସୁଦ୍ଧା ଘରୁ ବାହାରି ଯିବେ। ବରୋଦାରେ ନୂତନ କର୍ମକ୍ଷେତ୍ରରେ ଯୋଗ ଦେବେ ବୁଧବାର ପୂର୍ବାହ୍ଣ, ଅଫିସ ଆରମ୍ଭ ହେବା ସମୟରେ, ଯଥାରୀତି। ପୁରୋହିତଙ୍କ ବକ୍ତବ୍ୟ ଶେଷ ହେଲା।

ସ୍ୱରୂପ ଅନେଇ ଦେଲେ ସ୍ୱପ୍ନାଙ୍କୁ। ତାଙ୍କୁ ଜଣାଇ ନଥିଲେ ବରୋଦା ଯାତ୍ରା ନିର୍ଘଣ୍ଟ। ଚାହା ନେଇଆସୁଛି, ଟିକିଏ ବସନ୍ତୁ।

ରନ୍ଧାଘର ଝର୍କା ଖୋଲିଲେ ବାରିପଟ। ନିରବତା ଭିତରେ ଆମ୍ବ, ପଣସ ଓ ଚମ୍ପାଗଛର ସବୁଜ ଫାଙ୍କ ଦେଇ ପବନର ସୁଁସୁ ଶବ୍ଦ ଓ ଗୁହାଳ ଉପରେ କାଉ ମାନଙ୍କ କା-କା ଆମନ୍ତ୍ରଣ ସକାଳକୁ କରିଥିଲା ରୋଚକ। ତଥାପି ନିଦ୍ରାହୀନତା ଜନିତ କ୍ଲାନ୍ତି ଉତୁରି ନଥିଲା ଦେହରୁ। ମନରୁ।

ହଠାତ୍ ସ୍ୱପ୍ନାଙ୍କୁ ଅଜାଣତ ଏକେଲାପଣ ମାଡି ଆସିଲା। କେବେ ଫେରିବେ ସ୍ୱରୂପ ? କେଜାଣେ। ଘର ଓ ପରିବାର ଲୋକେ ତାଙ୍କ ବିବାହ ସଂପନ୍ନ କରିଦେଇ ଯେମିତି ନିଶ୍ଚିନ୍ତ ହୋଇଗଲେ। ସବୁଦିନ ପାଇଁ। ସ୍ୱାମୀବୋଲି ଯା'ର ହାତ ଧରାଇଲ ସେ ଯାଉଛନ୍ତି ଦୂର। ଏଠି ତାଙ୍କର ନିଜର ହୋଇ ରହିଲା ଆଉ କିଏ ?

ପୁରୋହିତ ଚାହା ଖାଇବାକୁ ମନାକଲେ। କାଳସର୍ପ ଯୋଗ ଶାନ୍ତିବିଧାନ ବିଷୟ ଆପଣ ବରୋଦାରୁ ଫେରିବା ପରେ ଚର୍ଚ୍ଚା କରିବା, କହି ଉଠିଲେ।

ଚାହା ବିସ୍କୁଟ ସ୍ୱରୂପଙ୍କ ହାତକୁ ବଢାଇ ଦେଇ ପଚାରି ଦେଲେ ସ୍ୱପ୍ନା: କେବେ ଫେରୁଛ ?

ନିଶ୍ଚୟ ଫେରିବି, କିନ୍ତୁ କବେ ତାହା ସେଠିକା ଅଫିସ ଉପରେ ନିର୍ଭର କରେ। ତମେ ଆସିବ ? ନା, ନା ଏବେ ଆସନାହିଁ। ମୁଁ ପ୍ରଥମେ ଯାଇ ସେଠିକା ଘରଦ୍ୱାର ରହିବା ବ୍ୟବସ୍ଥା ଠିକ୍ କରେ। ତା'ପରେ ତମେ ଆସିଯିବ।

ଏଠି ପ୍ରତୀକ୍ଷା ଯଦି ପ୍ରେମ, ଯୁଦ୍ଧ ଯଦି ଶାନ୍ତି, ତେବେ ଭଲ ପାଇବାହିଁ ଆରାଧନା ବା ତପସ୍ୟା। ଭଗିନୀ ମଞ୍ଜୁଲତାଙ୍କ କଥା ମନେ ପଡ଼ିଲା। ଏ ପୃଥିବୀ ଏକ ତପସ୍ୟା ସ୍ଥଳ। ଦେହ ଓ ଅବୟବ ଦ୍ୱାରା ଆମେ ନିଜ ପୂର୍ବଜନ୍ମର ବିକର୍ମ ବିନାଶ କରୁଛେ। ଏଠିକି ଆମେ ଆସିଛେ ଭୋଗ କରିବା ପାଇଁ। ଭୋଗ ସରିଗଲେ କିଏ କାହାର ? ଯେଝା ବାଟରେ କର୍ମଯୋଗୀ। ଶ୍ରୀ ଅରବିନ୍ଦ କହିଥିଲେ ନା: ଆତ୍ମା ଗୋଟିଏ ଘରୁ ଅନ୍ୟ ଘରକୁ ଗଲାପରି ଗୋଟିଏ ଜନ୍ମରୁ ଅନ୍ୟତ୍ର ଚାଲିଯାଏ, ମୃତ୍ୟୁପରେ।

ଠିକ୍ ଅଛି ... ଆଚ୍ଛା, ମୁଁ ଏଇଠୁ ଯୋଗକ୍ଲାସକୁ ଯାଇ ପାରିବି ସବୁଦିନ ?

ହଁ। ଚାହିଁଲେ ତମ ପାପା-ବୋଉଙ୍କ ପାଖକୁବି ଯାଇ ପାରିବ କିଛିଦିନ ପାଇଁ। କିନ୍ତୁ ଫେରି ଆସିବ ସାତଦିନ ଭିତରେ।

ହେଉ। ପରିସ୍ଥିତି ସହ ସାଲିସ୍ କରି ରହିବାହିଁ ଯଦି ଜୀବନ, ତେବେ ତାହାକୁ ପ୍ରଭୁ ପ୍ରଦତ୍ତ ଭାବି ଗ୍ରହଣ କରି ନିଆଯାଉ। ସ୍ୱପ୍ନା ନିଜକୁ ଆକଟ କରି ରଖି ପାରିଲେନି ଦୀର୍ଘ ସମୟ।

ତା'ହେଲେ ଆସନ୍ତାକାଲି ଆମେ ଦିହେଁ ଏକାଥରକେ ଘରୁ ବାହାରିବା ? ତମେ ବରୋଦା ଯିବ ଆଉ ମୁଁ ଆମ ଘରକୁ ?

ତମେ ଚାହିଁଲେ ଯେକୌଣସି ସମୟରେ ତୁମ ଘରକୁ ବସରେ ଚାଲିଯାଇ ପାରିବ, ପାଖ ବାଟତ ?

ଶାଶୁ, ଭାଉଜ କିଛି କହିବେନିତ ? କିମ୍ବା ବଡ ଭାଇ ? ବିବାହ ପରେ ଅଲିଖିତ ଅନେକ କାଇଦା କଟକଣା ବନ୍ଧନ ରୂପେ ଯୋଡି ହୋଇଯାଏ ଜୀବନରେ। ଏହାହିଁ ପାରିବାରିକ ପ୍ରବୃତ୍ତିର ସମ୍ବନ୍ଧ ଓ ସଂପର୍କ।

ମୁଁ ବୋଉକୁ କହି ଦେଉଛି, କହିଲେ ସ୍ୱରୂପ।

ପ୍ରଥମେ ମୁଁ ବୋଉଙ୍କ ଅନୁମତି ନେଇଯାଏଁ। ତାପରେ ତମେ ତାଙ୍କ ସହିତ ପଦେ-ଦିପଦ ଯୋଡିଦେବ। ନହେଲେ ତାଙ୍କର ମନେହେବ ଆମେ ଏସବୁ ଯୋଜନାବଦ୍ଧ ଭାବେ କରୁଛୁ।

ଯୋଜନା କଣ ? ବିନା ପ୍ରସ୍ତୁତିରେ କିଏ କେବେ ଟ୍ରେନ, ବସ୍ ଯାତ୍ରା କରିପାରିବ ? କୋଉ କାମ ବିନା ପ୍ରସ୍ତୁତିରେ ହୁଏ ? ସ୍ୱରୂପ ବୁଝେଇ ଦେଲେ।

ଗାଡିଆ କଡ ଧାଡିଧାଡି ନଡ଼ିଆ ଗଛ। ଆମ୍ବ ବଉଳର ବାସ୍ନାରେ ମହକିତ ବାରିପଟକୁ ଆସିଲେ ସ୍ୱପ୍ନା। ମାଟିସାରା ଖେଳେଇ ହୋଇ ପଡିଥିଲା ଶୁଖିଲା ଆମ୍ବପତ୍ର। କେତେବେଳୁ ବୋଉ ଇତସ୍ତତଃ ପଡିଥିବା ନଡ଼ିଆ ବାହୁଙ୍ଗା ମାନଙ୍କୁ ଉଠାଇ କାନ୍ଥକଡକୁ ରଖୁଥିଲେ । ସ୍ୱପ୍ନା ବୋଉଙ୍କୁ ସହାୟତା କରିବାକୁ ନଡିଆ ଖଡିକାର ଝାଡୁଟିଏ ବି ଧରିଲେ।

ଆଲୋ, ଏ ହୁଣ୍ଡି କଣ କରୁଛୁ ତୁ ? ତୋ ବାପାଙ୍କ ଷ୍ଟାଫ କ୍ୱାଟରରେ କୋଉଦିନ ଝାଡୁ ମାରି ଦେଖିଛୁ ? ଅଣ୍ଟା ବସିଯିବ। ଉଠ, ଉଠ।

ନାହିଁ ବୋଉ, ଆମ କଲେଜରେ ମୁଁ କେତେ ସଫେଇ କାମ କରିଥିଲି। ଜାତୀୟ ସେବା ସଂସ୍ଥା କାମରେ ଆମେ ଫୁଲବାଣୀ ଯାଇ ପ୍ରକୃତି ସଂରକ୍ଷଣ କାମ କରିଛୁ।

ହଁ, ସେ କାମ ଲୋକ ଦେଖାଣିଆ। ଏଠି ସତସତିକା ପ୍ରକୃତି ସହ ମିଳିମିଶି ଚଳିବାକୁ ହୁଏ। ପ୍ରକୃତିକୁ ଭଲ ପାଇଲେ ସେ ଆମକୁ ଭଲ ପାଇବ। ଏଇ ଗଛ ଉପରେ ଘଣ୍ଟାଏ ରାଗରେ ଗାଳି କରି ଦେଖ, ଗଛ ମରିଯିବ ତିନିଦିନ ଭିତରେ।

ସତରେ? ଏମିତି ଅନୁଭୂତି ଆପଣଙ୍କର ଅଛି?

ଏଇ ପୁରୁଣା ଗଛ ଦେଖିଛୁ? ଡିସେମ୍ବର ମାସରୁ କୁଢକୁଢ ପତ୍ର ଝଡିପଡେ। ଏମିତି ଦିନେ ଝାଡୁ କରି ନପାରି ମୁଁ ପିଣ୍ଡିରେ ବସି ଚିଲ୍ଲେଇଲି, ଇଏ କି ରାକ୍ଷସ ଗଛମ! ଝାଡୁ କରିକରି ମୁଁ ନୟାନ୍ତ। ବାସ୍, ଏତିକି। ସେହିବର୍ଷରୁ ଏ ଗଛର ସବୁ ବଉଳ ଫୁଲ ତଳେ ଝଡିଗଲେ। ଆଉ ଦୁଇବର୍ଷ ଯାଏଁ ତା ଦେହରେ ଆମ୍ବ ଫଳିଲାନି।

ତାପରେ ଗଛକୁ ଗେଲ କରି, ମିଠାକଥା କହିବାରୁ ପୁଣି ଆମ୍ବ ଫଳିବା ଆରମ୍ଭ କରିଛି ଏଇ ସୁନ୍ଦରୀ ଗଛ । ଆଉ ତୁ କିଛି କହିବୁ ବୋଲି ଆସିଥିଲୁ କି?

ହଁ, କହୁଥିଲି ଇୟେତ ବରୋଦା ଯାଉଛନ୍ତି, ମୁଁ ବି ଟିକିଏ ଘରଆଡେ ବୁଲିଦେଇ ଆସନ୍ତି।

ନିଲୁକୁ (ସ୍ୱରୂପକୁ) କହିଛୁ?

ହଁ। ଏଇ ତ, ସିଏ ଆସୁଛନ୍ତି।

ବୋଉ ସ୍ୱରୂପଙ୍କୁ ଦେଖି ମୁରୁକି ହସିଲେ। ସବୁତ ସଳାସୁତରା ହୋଇ ଆସିଛ, ମୁଁ ଆଉ କହିବି କଣ? ଯାଆ, ଦିନାଚାରି ରହି ଆସିବୁ। ଏଠିକାର କୌଣସି ରହସ୍ୟ ତୁମ ଘରେ କହିବୁନି, ସେଠିକା କୌଣସି କଥାବି ଏଠି କହିବୁନି। ଏଇ ହେଲା ଆଭିଜାତ୍ୟ, ପରସ୍ପର ପ୍ରତି ସମ୍ମାନବୋଧ। ବୁଝିଲୁତ?

ହଁ ବୋଉ।

ଚେୟାର ଦି'ଟା କି ଦଉଡିଆ ଖଟ ଅଗଣାରେ ପକାଇ ବସ, ମୁଁ ଆସେଁ। ତେଣେ ମୋର ଦୁନିଆ କାମ।

ଘରଚଟିଆ ମାନଙ୍କ କିଚିରମିଚିର କାକଳି ଭିତରେ ଧିରେଧିରେ ନକ୍ଷତ୍ର ମାନେ ଆକାଶ ସାରା ଛାଇ ଯିବାର ସଂଭାବନା ଥିଲା। କେତେବେଳେ ଜହ୍ନ ରାତି ପୃଥ୍ୱୀସାରା ପ୍ରସରି ଯିବାର ଭୟ ଥିଲା।

ହଠାତ୍ ଅନ୍ଧାର ଭିତରେ କୌଣସି ଲୋମଶ ଜୀବ ସ୍ୱପ୍ନାଙ୍କ କଟିବେଷ୍ଟିତ କଲା। ... ୟେମାଲୋ, ସ୍ୱପ୍ନାଙ୍କ ଆତଙ୍କିତ ଚିତ୍କାରରେ ଚମକି ପଡିଲେ ସ୍ୱରୂପ। କଣ ହେଲା? କାହିଁକି ଏମିତି ଚିଲ୍ଲେଇଲ?

ଭୟ ଓ ଆତଙ୍କରେ ରନ୍ଧାଘରୁ ବାହାରି ଆସିଲେ ଭାଉଜ। କଣ କିଛି ସାପଫାପ ଦେଖିଲ କି? ସ୍ୱରୂପଙ୍କୁ ସ୍ୱପ୍ନାଙ୍କ ପାଖରେ ଦେଖି ଫେରି ଯାଉଥିଲେ ଭାଉଜ।

ଆସ ଭାଉଜ, ସେ କିଛି ନୁହେଁ, ସ୍ୱରୂପ ଆଶ୍ୱାସନା ଦେଲେ।

କଣ ସାପ ଦେଖିଲ ନା କାଳସର୍ପ? ଭାଉଜ ପଚାରି ଦେଲେ।

ସ୍ୱପ୍ନା ନିରୁତ୍ତରିତ ଦେଖି କହିଲେ, ସାପୁଆ କେଳା ପାଖରେ ଅଛନ୍ତି। ସାପକୁ ଭୟ କଣ ? ଚାହା କଫି କିଛି ଆଣିଦେବି କି ସ୍ୱରୂପ ?

ନା। କିଛି ଦରକାର ନାହିଁ।

କାହିଁକି ମନା କରୁଛ ? ଭାଉଜ ଏତେ ସ୍ନେହରେ ଯାଚୁଛନ୍ତି ?

ଠିକ ଅଛି, ଚିନାବାଦାମ ଆସିଥିଲା। ବାଲିଭଜା କରି ଦେଉଛି। ଦଶମିନିଟ ମାତ୍ର...।

ପ୍ରଥମ ପ୍ରଣୟର ମିଛିମିଛିକା ମିଠାକଥା ଦୁଇ ଯୁବ ହୃଦୟକୁ ବାନ୍ଧିଦିଏ, ମାୟା ପରି। ଅଥଚ ଏକେଲା ପଣ ମାଡିପଡେ, ପ୍ରିୟର ଅବର୍ତ୍ତମାନରେ।

ମୋ କଥାଟିଏ ରଖିବ ? ଆସନ୍ତା ଶନିବାର ତମେ ନିଶ୍ଚୟ ଆସିବ।

ମୋତେ ମିଳିବ କଣ ? ମାୟା ମିରିଗ ?

ମିଳିପାରେ ସୁନା ହରିଣ। କିଏ ଜାଣେ, ଭୃକୁଟି ନଚାଇ କହିଲେ ସ୍ୱପ୍ନା।

ଏତେଦିନ କାହିଁକି ମିଳୁନଥିଲା ହରିଣର ସାନିଧ୍ୟ ?

ହରିଣ ନିଜେ ଜାଣି ନଥିଲା, ଏ କସ୍ତୁରୀ ମହକ କୋଉଠୁ ଆସୁଛି ? ସେଥିପାଇଁ ସେ ଖୋଜି ବୁଲୁଥିଲା ଜଂଗଲ ସାରା। ଅଥଚ ସେ କସ୍ତୁରୀ ତା ନିଜ ନାଭିରେ ଲୁଚି ରହିଛି। ଏତେ ପାଖରେ ଅଛି, ଜାଣିଲି ଏବେ... ତମେ ବରୋଦାରୁ ଫେରିଲା ପରେ ଆମେ ନୂଆ ଜୀବନ ଆରମ୍ଭ କରିବା।

ସେତେବେଳକୁ କଣ କଟିଯିବ କାଳସର୍ପ ଦୋଷ ?

ମୁଁ ଜାଣେନା। କିନ୍ତୁ ଏତିକି ଜାଣେ, ଫ୍ରଏଡ ମନଃସ୍ତତ୍ତ୍ୱରେ ସାପକୁ ଏକ ଯୌନ ପ୍ରତୀକ ବା ଚେତନା ବୋଲି କୁହାଯାଇଛି। ସେଇଟା ତମ ଅବଚେତନରେ ରହି ଯାଇଥିବା ପୀପାସା ହୋଇଥିବ କିମ୍ବା ମାୟା। ସେ ଆଉ କିଛି ନୁହେଁ। ତାହାଠୁ ଯେତେ ଦୂରରେ ରହିବ, ତମ ସଂସାର ସେତେ ସୁଖମୟ ହେବ।

ସତରେ ? କହିଲେ ସ୍ୱରୂପ ଓ ସ୍ୱପ୍ନାଙ୍କୁ ଜଡେଇ ଧରିଲେ ନିବିଡ ଆଶ୍ଲେଷରେ।

ଏବଂ ସେତେବେଳେ ସାର ରାତି ଜହ୍ନ ଆଲୁଅରେ ତିନ୍ତୁଥିଲା। ନିରବି ଯାଇଥିଲା ପକ୍ଷୀଙ୍କ କାକଳି। ସକାଳ ପର୍ଯ୍ୟନ୍ତ ବ୍ୟାପିଥିଲା ନିରବତା।

■■

ସମାପ୍ତ

BLACK EAGLE BOOKS

www.blackeaglebooks.org
info@blackeaglebooks.org

Black Eagle Books, an independent publisher, was founded as a nonprofit organization in April, 2019. It is our mission to connect and engage the Indian diaspora and the world at large with the best of works of world literature published on a collaborative platform, with special emphasis on foregrounding Contemporary Classics and New Writing.

www.ingramcontent.com/pod-product-compliance
Lightning Source LLC
Chambersburg PA
CBHW050422110726
47899CB00008B/2815
9781645603061